KB129831

똥
누고 밑을
닦지 않으면

똥 누고 밑을 닦지 않으면

초판 1쇄　　2015년 4월 1일

지은이　　한현구
발행인　　김재홍
디자인　　박상아, 문선이, 이슬기
교정·교열　　안리라
마케팅　　이연실

발행처　　도서출판 지식공감
등록번호　　제396-2012-000018호
주소　　경기도 고양시 일산동구 견달산로225번길 112
전화　　02-3141-2700
팩스　　02-322-3089
홈페이지　　www.bookdaum.com

가격　　12,000원
ISBN　　979-11-5622-081-7　03810

CIP제어번호　　CIP2015008449
이 도서의 국립중앙도서관 출판시 도서목록(CIP)은 e-CIP 홈페이지(http://www.nl.go.kr/ecip)에서 이용하
실 수 있습니다.

똥 누고 밑을 닦지 않으면

한현구 지음

지식공감 도서출판

이따금 길가나 어디에서 엄마 등에 업혀 있거나 그 품에 안겨 있는 아이를 보게 되면 인사를 건네는 경우가 있습니다. 눈을 아이와 살짝 마주치거나 때로는 손가락이나 발가락을 살며시 잡고서 이렇게 말하며 인사합니다. '지구에 온 지 얼마 되지 않았군. 어디, 지구를 방문한 소감이 어떠신가. 와서 살아보니 살 만하신가?' 혹은 '이 천사는 어느 별에서 오셨누.'라고요. 그러면 아이는 아는지 모르는지 그냥 날 말똥말똥 쳐다봅니다. 아이의 엄마는 그저 아이와 날 보며 아무런 말이 없습니다.

이제 이 책을 손에 드신 사랑하는 독자님께도 인사를 드리겠습니다. '안녕하십니까, 독자님? 님께서는 어떻게 이 아름다운 행성에 발 딛게 되셨나요, 혹시 저기 먼 별에서 오셨는지요? 지구인으로 살아보니 어디 살 만합디까. 이렇게 님을 만나뵙게 되어 정말 반갑습니다.'

제게는 학창시절부터 이것저것을 메모하는 버릇이 있습니다. 그 습관은 아직도 몸에 배어 있습니다. 어떤 생각이 떠오르거나 나름 쓸모 있다고 판단되는 정보를 접하면 일단 손바닥이나 수첩, 핸드폰 등에 적거나 저장해 놓고 봅니다. 기억하는 뇌 기능이 약한 편이어서 무엇이든 잊을세라 더욱 열심히 메모하려고 애쓰는 편입니다. 또, 자료에 따라 필요한 부분을 오리거나 출력하여 모아 놓기도 합니다. 이 책은 지난해에 메모한 것이나 모아 놓은 자료 등을 주재료로 하여 지었습니다. 작년 하반기에 집필하기 시작하였는데 대략 10월경까지 메모하거나 모은 자료를 포함해서 지었습니다.

책을 잘 썼는지의 판단이나 평판을 떠나서 작년 하반기부터 올 초까지 벌인 집필 작업은 제 삶에 어떤 방점을 찍는 의미가 있다고 생각합니다. 이 집필을 계기로 그동안 가져온 생각이나 견해를 어느 정도 정리하는 자리가 되었습니다. 쉽지 않은 작업이었고 한 문장, 한 페이지를 쓰면서 역량이 한참 달린다는 점을 느낄 수 있었습니다. 님께서 책 내용에 대하여 어느 정도 공감해 주신다면 더 바랄 것이 없겠거니와, 보다가 제대로 알지 못한다고 생각되시거나 한편으로 치우친 글 등이 있다면 부디 일깨워 주시기 바랍니다.

이 책의 목차는 열 개의 장과 각 장 아래 소제목을 두었는데, 장별로 특정한 주제가 따로 정해진 것은 아닙니다. 자연 장과 소제목 사이에도 어떤 통일성이나 연관성이 없습니다. 단지, 책을 쓰고 나서 보니 소제목이 많은 듯하여, 장으로 나누는 것이 아무래도 보기에 편할 것 같아 그리한 것입니다. 큰 제목이라 할 수 있는 장은 우리나라 전래의 어느 경전에서 따온 것입니다. 소제목의 차례는 제가 메모하거나 자료를 모은 순서와 별반 다르지 않다고 생각하시면 될 것 같습니다. 목차와 관련해 이러한 점을 미리 헤아려 주시기 바랍니다.

스스로 이 처녀작을 적잖이 부족하다고 여기나, 그럼에도 기쁜 마음으로 절 낳아 주시고 키워주신 부모님 전에 바치려 합니다. 손자의 재롱을 미처 다 보지 못하시고 세상을 뜨신 아버님! 두 차례의 암수술을 견디시고 홀로 사시는 어머님! 큰아들이 책 한 권을 지어 올리니 기껍게 받아주십시오. 그리고 이제껏 두 분께 미처 말씀 드리지 못하였으나 이 자리를 빌려서 고백하려 합니다. 아버님, 어머님! 마음속 깊이 당신들을 사랑합니다. 또한 낳고 키워주신 은혜와 크신 희생을 늘 잊지 않고 살고 있습니다. 언제나 감사합니다.

끝으로, 책을 펴내는 데 주변에서 도와주신 분들을 소개해 드립니다. 이분들의 도움이 없었더라면 아마 이 책이 세상의 빛을 보지 못했을 것입니다. 바쁜 가운데 시간을 내어 교정을 봐주고 기탄없이 좋은 의견을 주신 분들입니다. 먼저, 오랜 벗인 변호사 오세국 님, 언제나 말벗이 되어 주기를 마다하지 않는 절친인 전현덕 님. 같은 직장에서 늘 밝은 모습으로 대해주는 동료직원인 강미나 씨. 세 분께 깊은 사의를 표합니다. 그리고 책 제목의 글씨를 디자인해 준 우리 작은딸 지수와 표지 등의 사진을 골라 준 큰딸 영주에게도 감사한 마음을 전합니다. 끝으로, 책을 펴는 데 여러 가지로 도움말을 해주고 애써준 출판사 관계자분들에게도 고맙다는 말씀을 드립니다. 모두 모두 감사합니다.♡♡

| 서 평 |

"서평 좀 부탁드립니다." 어느 날 온 문자 하나. '내게 서평이라니 말도 안 돼.' 그래서 "서평은 사회적 인지도나 덕망 있으신 분이 쓰시는 거 아니에요?" 라고 되물었습니다. 그러자 "에세이류라 대단한 게 아니구요. 인지도는 저도 없습니다." 라는 답변이 돌아왔습니다. 그래서 그냥 좋다고 했습니다. 에세이라면 신변잡기일 테니까 그냥 간단하게 책에 대한 저의 느낌을 좀 끄적이면 될 것이라는 생각이었습니다.

하지만 원고를 받아 보고는 '괜히 서평을 해준다고 했구나!' 라고 무척이나 후회했습니다. 사실 처음엔 책의 첫 글 '똥 누고 밑을 닦지 않으면' 이라는 제목만 보고 웃으며 책장을 넘겼습니다. 하지만 첫 글의 마침표가 찍히기도 전에 웃으며 읽기에는 너무 깊은 것이 느껴졌습니다.

시중에 흔하게 볼 수 있는 신변잡기 에세이만 생각했던 저로서는 큰 오판을 한 것이죠. 소소하게는 부부간의 잠자리부터, 크게는 우주론에, 심지어 유머러스한 글까지. 흡사 베르나르 베르베르의 '상상력 사전' 이라는 책을 읽는 듯했습니다. 그래서 책을 읽은 후 서평을 다른 분께 부탁하시는 것이 어떻겠느냐는 연락을 드릴까, 며칠을 고민했답니다. 하지만 저도 기 약속한 말이 있기에 그 책임감에 이렇게 서평을 씁니다. 하지만 이 글을 읽는 독자분들은 서평이 아니라 본문의 글을 읽고 책을 평가해 주시길 부탁드립니다.

사람은 저마다 세상을 바라보는 시각이 있는 듯합니다. 직업에 따라, 혹은 가정에서의 역할에 따라, 혹은 수많은 다른 기준을 가지고 각자 세상을 읽고 해석하죠. 그것을 불교에서는 견시관이라 하고 일반적으로는 의식 수준이라고도 합니다. 아마 지구상의 사람 수만큼이나 다양한 기준이 있을 것입니다. 저 또한 나름의 기준을 가지고 있는데 그것이 무엇이냐 하면 따뜻함입니다. 글자로 표현한 따뜻함이 독자분들에게는 어떻게 전달될지 걱정이나 달리 표현할 길이 없군요. 아무리 날카롭고 정확한 글이라 할지라도 종종 사람들에게 상처가 되는 경우가 있습니다. 전 그래서 어떠한 글을 읽던 따뜻함이 스며들어 있지 않은 글을 좋아하지 않습니다. 조금은 무디나 세상을 향해 따뜻하고 유머러스한 글이 얼마나 많은 사람에게 격려와 위로를 주는지는 아마 많은 독자분들도 익히 아시리라 생각합니다. 그러한 따뜻함의 기준 측면에서 전 '똥 누고 밑을 닦지 않으면'이라는 책에 후한 점수를 주고 싶습니다. 책을 읽을 때 저뿐만 아니라 많은 분들이 작가가 얼마나 따뜻한 시선으로 세상을 보고 계신지 충분히 느끼며 입가에 웃음을 머금고 책을 읽으실 거라 확신합니다.

그리고 또 한 가지 저만의 기준이 더 있는데, 전 평이한 문장과 글을 좋아합니다. 물론 이건 지극히 개인적인 취향입니다. 책을 읽다 보면 온갖 현란한 문체로 많은 독자를 홀리는 경우가 있지만 정작 작가 본인의 철학적 깊이에 의문이 들 때가 종종 있기 때문입니다. 하지만 아마 이 책을 선택한 많은 독자 분들께서는 이런 걱정은 전혀 하실 필요가 없을 것입니다. 오히려 이렇게 평이한 글에 녹아들어 있는 작가의 사고 깊이에 대해 감탄을 하게 되실 겁니다.

마지막으로 글을 읽는 독자분들이 놓치지 말았으면 하는 것이 하나 있습니다. 작가 자신이 생각하는 해결책이나 생각을 써 놓은 부분을 꼼꼼히 읽어 달라 부탁드리고 싶습니다. 사실 에세이류라고 치부해 버리기에 아까운 다양한 해법이 책 곳곳에 쓰여 있습니다. 당장 자신에게 필요한 방책부터, 독자분들의 사고를 끝없이 넓혀 줄 수 안내자의 역할까지 충분히 할 것입니다.

귀하고 뜻있는 자신의 첫 번째 책에 서평을 쓸 수 있는 기회를 주신 한현구 작가님에게 진심으로 감사드립니다. 끝으로 이 책을 선택하여 읽으실 모든 독자님들께서도 부디 이 책에 담긴 지혜와 따스함을 온전히 받으시길 기원합니다.

- 지인 천손 김남희 -

| 차 례 |

제3장 무(無)

제4장 시(始)

제5장 일(一)

제6장 인(人)

제7장 중(中)

제8장 천(天)

제9장 지(地)

제10장 일(一)

제1장

일 (一)

| 똥 누고 밑을 닦지 않으면 |

지난해 어느 봄날 아침에 화장실에서 볼일을 보고 나서 화장지를 뜯어 밑을 닦으려다 문득 이런 생각이 드는 것이었습니다. '왜 똥 누고 밑을 닦는 것일까. 꼭 닦아야 하는 것인가. 만일 똥 누고 밑을 닦지 않으면 어떤 일이 벌어질까'라는.

전 오래 걸릴 것도 없이 금방, 또 아주 쉽사리 그에 대한 답을 스스로 얻었습니다. '나를 포함하여 누구든지 똥 누고 밑을 닦지 않는다면 어디를 가든 가는 곳마다 똥 냄새가 진동하고 또한 무척이나 불결해질 것이다'라는 답을. 사람들은 이런 사실을 이미 잘 알고 있기에 누구나 어떤 방식으로든 똥 누고 나서 밑을 닦습니다.

다소 엉뚱해 보이는 이런 의문의 발단은 아마 일반적으로 회자되는 '똥 누고 밑 안 씻은 것처럼 개운치 않다'라는 말의 연장선상에서 은연중 나오지 않았나 여겨집니다. 저는 이 자문과 자답을 통하여, 우리가 늘 하는 일이 아주 사소해 보일지라도 매우 필요하고 중요한 일이란 걸 새삼 알게 되었습니다. 특별하게 일어나거나 이루어지는 일뿐만 아니라, 일상적인 모든 일이 다 소중하고 값지다는 걸 깨우친 것이지요.

이런 시각으로 사람들이 종사하고 있는 다양한 직업을 바라보면, 그 일이 어떤 일이건 간에 무엇 하나 소중하지 않은 일이 없다는 사실에 도달하게 됩니다.

| 지구가 자전이나 공전을 멈춘다면 |

지구가 자전이나 공전을 멈춘 상황을 한번 가정해 보았습니다. 우리의 삶에 거의 절대적인 영향을 주는, 커다랗고 둥글며 아름다운 천체인 지구가 어느 날부터 자전이나 공전을 멈춘다면 어떤 일이 벌어질까. 그리된다면 아마 이 세상은 장구한 세월동안 우주의 대순환과 질서 속에서 간직해온 조화를 잃게 될 것입니다.

밤이나 낮이 사라지거나 계절이 변치 않아 지상의 생물은 대부분 살아남기 힘들어지게 되겠지요. 자연스레 인류의 삶도 한계에 부닥치고, 시간이 지남에 따라 그 막을 내릴 개연성이 아주 크리라 봅니다. 한 가지 가정을 통하여 우리가 별다른 의식 없이, 지극히 당연하게 받아들였던 지구의 존재와 그 움직임이 얼마나 귀하고 소중한지를 알 수 있었습니다.

사람들이 우주의 변함없는 운행을 보며 삶에서 견지해야 할 성실함을 배웠다고 합니다. 아주 정연한 자연과 지구의 움직임, 해와 달과 별의 질서를 떠올리게 되면 누구나 경외심을 품지 않을 수 없습니다.

| 해와 달과 별은 우리에게 |

사람이 삶을 영위하고 동식물이 살아가는 데 햇빛은 필수적인 에너지입니다. 감사하게도 이 햇빛은 빛의 주인인 태양으로부터 지구로 거의 일정하고도 적정한 양이, 쉼 없이 끊임없이, 보내지고 있습니다. 그 덕에 우리는 살고 있습니다.

그렇다면 해와 더불어 우리를 비춰주는 달이나 별은 우리에게 어떤 의미가 있을까요. 달빛의 주인이며 지구의 위성인 달은 지구의 자전 속도를 조절하고 지상에서 생물이 번성하는 데 도움을 주고 있으며 그 변화하는 모습으로 많은 이에게 교훈을 들려주고 있습니다. 또 달의 인력은 바닷물을 밀고 당겨 넓고 푸른 바다를 살아있게 합니다.

별빛의 근원지로, 항성이라 불리기도 하는 별은 사람으로 하여금 무한한 상상을 가능케 하며 미래를 꿈꿀 수 있게 하기에 충분합니다. 특히 캄캄한 밤하늘은 뭇별이 반짝이기에 무척이나 아름답습니다. 태양계가 수십억 년 동안 대체로 안정적인 하나의 세계를 이루고 있는 것은 틀림없이 숱한 별들의 보이지 않는 중력 작용으로 그러할 것입니다. 그렇게 본다면 세 가지 서로 다른 별인 해와 달과 별은 우리 인류의 삶과 인류의 고향인 지구의 운행에 절대적인 영향력이 있다 할 것입니다.

인류가 긴 세월 늘 바라보고 접해온 말없이 운행하고 있는 우주로부터 받아온 혜택은 엄청나고 헤아릴 수 없게 많습니다. 그로 인하여 사람들은 살아올 수 있었고 사람들 영혼은 자라날 수 있었겠지요.

| 원숭이의 어떤 욕심 |

님께서는 혹시 사람들이 원숭이 잡는 방법에 대하여 들어보신 적이 있습니까? 이 동물을 잡을 때 사냥꾼이 쓰는 방법이 있습니다. 사냥꾼은 원숭이가 먹기 좋아하는 바나나 등을 입구가 좁은 단지 안에 넣은 다음 이를 나무 위에 올려놓습니다. 단지는 나무에 단단히 고정해 놓고 말이지요. 먹이를 찾아다니던 원숭이가 이것을 발견하고는 단지 안에 먹을 것을 꺼내기 위해 손(?)을 넣습니다. 입구가 좁아서 먹을 것을 잡으려 주먹을 쥐면 단지에서 손을 뺄 수 없고, 주먹을 펴면 손을 꺼낼 수 있습니다. 그런데 원숭이는 다가오는 사냥꾼을 보면서도 단지 속의 먹을 것을 탐하여 주먹을 펴지 못한답니다. 쥐고 있던 먹이를 놓으면 단지에서 손을 빼내서 어디로든 도망쳐 살 수 있을 텐데, 먹을 것에 대한 욕심 때문에 주먹을 쥔 채 사냥꾼에게 붙잡히게 되는 것이지요.

그런데 사람의 경우에도 이와 흡사한 측면이 있습니다. 그 예를 한 가지 들어보겠습니다. 사람들은 하늘과 땅과 바다에서 필요한 자원을 얻고 자연환경의 혜택 속에서 살고 있습니다. 그런데 과거와 달리 현재 많은 나라에서 무분별하게 자원을 채취하거나 혹은 쓰레기를 함부로 버리는 일이 무수히 벌어지고 있습니다. 이로 인하여 많은 지역에서 토양이나 물, 공기 등 자연환경이 지속적으로 오염되기에 이르렀습니다.

지구의 자연환경이나 생태계는 인류에게 자궁과 같은 것이어서 이것이 파괴되어서는 인류가 온전한 삶을 살 수 없습니다. 이런 사실을 사람들이 모르지 않습니다. 그럼에도 경제적이거나 혹은 물질적인 욕망을 억제하지 못하여 위와 같은 잘못된 행동을 멈추지 못하는 것입니다. 이와 같은 사례는 원숭이의 먹을 것에 대한 욕심과 이로 인한 어리석은 선택, 그리고 그에 따른 결과와 비교해서 결코 더 낫다고 할 수 없을 것입니다.

사람이 살아가는 데 아무런 욕심이 없다면 살 수 없습니다. 문제는 욕심을 조절하지 못하는 것입니다. 사람들이 갖고 있는 갖가지 욕심을 제어하기 위해서는 순수한 마음이어야 하고, 이 순수한 마음을 잃어버렸다면 회복해야 하고, 이의 회복은 수행으로 가능합니다. 수행은 마음에 때처럼 붙어 있는 욕심을 털어내서 본래의 순수한 상태를 회복하게 합니다. 제가 아는 한 이기적인 탐욕을 내려놓는 데 수행보다 더 좋은 방편은 없습니다.

| 어둠이나 캄캄한 밤에 갖는 두려움 |

새를 비롯한 동물 그리고 풀 같은 식물이 어둠이나 캄캄한 밤을 두려워하지 않는 것은, 뭇 생물들은 사는 데 필요한 본능과 감정만 갖고 있기 때문입니다. 그에 반해 사람들은 여기에 더하여 상상력이나 사고력을 갖고 있는 데서 비롯된 것이 어둠에 대한 두려움이라고 볼 수 있습니다. 물론 모든 생물들

제1장 일(一) **19**

이 어둠이나 캄캄한 밤을 두려워하지 않는다고 단정 지을 수는 없고 사람들 중에도 전혀 이를 무서워하지 않는 사람도 있습니다. 사람은 눈으로 보지 못했어도 상상력을 바탕으로 귀신이나 도깨비 등과 같은 정보를 가지고 있어서, 담력이 크지 않은 경우에는 두려움을 갖게 됩니다.

| 아가의 욕구와 어른의 대응 |

아가! 울면 호랑이가 잡아간단다. 곶감 줄게 울음을 그치거라.

― 19세기 버전 ―

아가야! 까까 줄게 울지 마라. 우리 애기 사탕 줄게. 까꿍!

― 20세기 버전 ―

얘야! 이거 가지고 놀아라.

(먹을 것이나 장난감 등을 주기도 하고 비디오, 티브이를 보여주거나 핸드폰, 게임기를 손에 쥐어준다)

― 21세기 버전 ―

어린 아가들이 보채거나 떼를 쓸 때 어른들이 어르기도 하거니와, 달래기 위해서 쓰는 방법들입니다.

태어나 자라는 아이들에게는 다양한 욕구가 있습니다. 크게 보아 두 가지로 나누어 볼 수 있다고 봅니다. 편한 잠자리, 풍부한 먹거리 향유 등과 같은 육체에서 비롯된 기본적인 욕구가 첫 번째이고 깊은 정서적 교감, 따스한 손길, 순수한 사랑, 자연과의 교류 등과 같은 내면의 정신적인 욕구가 그 두 번째입니다. 과거에는 아이들의 육체적인 욕구를 제대로 충족시키지 못할망정, 정신적인 욕구는 충족시켜 주는 게 일반적이었습니다.

근대 이후 산업화와 물질문명이 발달되면서 전자의 욕구에 대한 충족도는 좀 나아진 측면이 있지만, 후자의 경우에는 오히려 떨어진 것으로 보입니다. 아무래도 여성의 취업이나 핵가족의 일반화 등으로 인하여 그리된 것으로 보입니다.

현대에 들어서는, 육체적 욕구의 만족도는 보다 향상되고 있는 것으로 보입니다. 그런 반면에 부모나 형제 등 가까운 사람과 교감하고 채워져야 마땅한 아이들의 정서나 감정이 다양한 매체나 전자기기 등을 통하여 대리 만족하는 사례가 점점 늘면서 순수한 마음이 변질되고 있습니다. 본래의 순수했던 인성이 병들게 되면 자라고 어른이 되어서도 치유되기 어려우며, 서로 존중하거나 믿지 못하고 살아가는 아픔을 겪게 될 수 있습니다.

특히, 우리나라에서 아이들의 순수성에 대하여 미숙하게 대응하거나 충분한 자양분을 공급하지 못하는 일이 늘어나고 있으며, 타고난 천재성은 어려서부터 돈까지 들인 주입식 교육으로 빛을 보지 못하는 경향이 있습니다. 주입식 교육은 천재를 범재로 만들기 십상입니다.

이제는 누구나 알 때가 되었다고 생각합니다. 아이들이 태어났을 때부터 이미 천사(天使)이고 천재(天才)이며 천손(天孫)[1]임을. 또한 이를 무시하거나 잘 모르고 아이들의 품성과 능력을 키워온 어른들의 잘못으로 인하여, 우리의 후예들이 자라면서 우리들과 같은 군상—순수한 인성에 금이 가고 연속적인 경쟁에 묻힌 삶을 사는 존재—으로 변모되고 있다는 사실을.

이를 알아차리거나 인정한다면, 어른들이 먼저 본래의 순수한 인성을 회복하는 노력을 기울일 때가 된 것입니다. 어른들이 본래의 순수한 인성, 즉 본성을 회복하면 순수한 아이들과 제대로 소통할 수 있게 됩니다. 그리되면 아이들이 본성을 잃지 않고 어른으로 성장하도록 제대로 이끌 수 있습니다.

---

1 여기서 말하는 천손(天孫)이란 하늘의 자손을 뜻합니다. 하늘이 선택한 민족이라는 이스라엘의 선민(選民)과 대비되는 개념이라고 말할 수 있습니다.

| 책을 읽거나 공부할 때의 자세 |

이제부터 열심히 공부하리라 큰 결심을 하였다면 무엇보다 이에 적합한 바른 자세를 갖추는 것이 중요하다 할 것입니다. 공부할 때 선호하는 자세는 제각각이겠으나, 피하여야 할 자세는 엎드리거나 누워서 책을 읽거나 공부를 하는 것이지요. 이런 자세는 처음에는 편하고 좋습니다. 근데 어느 정도 시간이 지나면 그 편한 것으로 인하여 졸기 쉽고 잠에 빠질 수 있습니다. 그러니 공부를 제대로 하고자 한다면 책상다리를 하고 앉든지 혹은 의자에 앉던지 정자세를 취하는 게 바람직하다고 하겠습니다.

그리고 공부하는 데 이를 방해하는 유혹이 생길 때는 자신이 스스로에게 이렇게 명령하는 것입니다. 그것도 아주 단호하게 말이지요. '책상에 앉아!', '그리고 핸드폰 진동으로 바꿔!'. 이렇게 하는 거, 생각보다 아주 효과가 좋습니다. 대부분의 사람들은 누군가에게 명령을 받는 것을 싫어합니다. 아무리 옳은 일이고 해야 할 임무라도 말이지요. 매사는 스스로 하는 것이 가장 능률적입니다. 또한 자신이 자신에게 내리는 명령은 기분이 전혀 나쁘지 않습니다. 자신이 흔들릴 때 스스로에게 내리는 명령을 활용하시기 바랍니다. 특히 공부하기 싫어하는 학생이라면 말이지요.

공부뿐만이 아니라 무슨 일을 시작하려고 한다면 거기에 알맞은 기본자세가 중요하다고 하겠습니다.

| 나에게 주어진 시간과 공간 |

나에게 주어진 모든 나날들에 대하여 감사해합니다. 월요일은 월요일이라서 감사합니다. 화요일은 화요일이라서 감사합니다. 수요일은 수요일이라서 감사합니다. 목요일은 목요일이라서 감사합니다. 금요일은 금요일이라서 감사합니다. 토요일은 토요일이라서 감사합니다. 일요일은 일요일이라서 감사합니다. 월요일이 다시 돌아오면 새로운 월요일이라서 감사합니다.

나에게 주어진 모든 공간에 대하여 감사해합니다. 집이라서 감사합니다. 직장이라서 감사합니다. 일하는 현장이라서 감사합니다. 산중이라서 감사합니다. 운동장이라서 감사합니다. 배 위라서 감사합니다. 기도하는 곳이라서 감사합니다. 쉴 수 있는 곳이라서 감사합니다.

삶의 기쁨, 인간관계의 만족감, 인류의 위대함 등은 감사함에서 비롯된다고 합니다. 나에게 주어진 모든 조건과 환경에 감사해 합니다. 사는 것이 죽을 만큼 괴로울지라도 이 순간 살아있어서 감사합니다. 감사합니다.

│교차로에서 차를 몰 때는 깜빡이를│

제 경험을 말씀드리고자 합니다. 신호등이 설치되지 않은 티 자형 삼거리입니다. 제가 좌회전하려고 좌회전 깜빡이를 켜고 정차하고 있습니다. 제 차가 서 있는 곳은 직진은 할 수 없고 좌회전이나 우회전만 할 수 있는 위치에 있습니다. 좌측 도로에서 오는 차량이 직진을 하면 나는 좌회전을 할 수 없습니다. 좌측 도로에서 오는 차량이 우회전할 때 좌회전이 가능합니다. 물론 우측 도로에서 직진하는 차량이 있으면 나는 역시 기다려야 합니다.

한데 나의 우측 도로에 직진 차량이 없는 상태인데 좌측 도로에서 오는 차량이 대체적으로 우회전하면서 우회전 깜빡이를 넣지 않고 그냥 우회전해버리곤 합니다. 그 뒤에 따라오는 다음 차량이 또한 깜빡이를 넣지 않았으므로 직진할 것으로 생각하고 계속 기다립니다. 근데 그 차량도 깜빡이를 켜지 않고 우회전을 합니다. 할 수 없이 좌·우측 도로에서 삼거리로 오는 차량이 없을 때를 기다렸다가 비로소 좌회전을 하거나, 좌·우측에서 오가는 차량 사이에 약간의 틈이 생겼을 때 비집고 들어갑니다. 제가 좌회전 깜빡이를 켜고 좌회전하면서 별일 없이 잘 지나가는 일도 있으나 때론, 정당하게 직진하던 좌·우측에서 오는 차량들과 약간의 위험성을 감수하게 되거나 욕을 먹기도 합니다.

신호등이 설치된 곳에서도 좌우 회전 시 깜빡이를 켜는 게 맞지만 특히나 신호 없는 교차로에서 우리가 운전할 때, 앞에서 기다리고 있는 차를 생각해서 또한 원활하게 차량이 교행할 수 있도록, 내가 필요할 때만 깜빡이를 넣지 말고 좌우측 방향으로 회전 시에는 교차로 진입 전에 깜빡이를 미리 켰으면 하는 것입니다.

교차로뿐만 아니라 골목길이나 주차장 내에서도, 90도 굽은 곳이라면 깜빡이등을 켜는 게 좋습니다. 어린이를 포함하여 주변에 지나다니는 사람들에게 주의를 줌으로써 보다 안전한 운행이 가능합니다. 운전을 십수 년 이상 했지만 얼마 전에야 그런 사실을 비로소 깨달았습니다.

그리고 컴컴한 밤에, 미등만 켜거나 등을 아예 켜지 않고 운전하거나 혹은 지나치게 상향등으로 눈을 부시게 하여 다른 운전자에게 지장을 주는 일이 더 이상 없기를 희망합니다. 눈비가 오거나 안개가 심할 때 미등을 밝히는 것도 서로를 배려하는 운전자의 자세라 할 것입니다.

| 잘 모르는 이웃에게 |

이웃에 살지만 잘 아는 사람이 있고 모르는 사람이 있습니다. 후자가 사실 거의 대부분입니다. 오다가가 알게 된 이웃 사람에게는 인사를 곧잘 합니다. 하지만 잘 모르는 이웃에겐 대체로 인사를 거의 하지 않습니다. 특히 엘리베이터를 같이 이용할 때 모르는 이웃에게 서로 인사 없이 탈 때가 많습니다.

이럴 경우에 분위기가 어색해지거나 때론 기분까지 약간 유쾌하지 못하기도 합니다. 이웃끼리 살면서 서로 모르고 지내고, 그러다 보니 마주쳐도 인사하기가 거북한 게 사실입니다.

대한민국 인구의 50%가 넘게 살고 있는 공동주택인 아파트에서는 사람들이 위아래 살면서, 마주보고 살면서도 얼굴을 잘 모르거나 혹은 이름 등을 모르는 경우가 태반입니다. 이제부터 가능하면 저를 비롯하여 서로 반갑게 인사하면 어떨까요. 남녀노소를 가리지 말고 연령이 윈지 아랜지 묻지도 말고. 쉽지 않은 일이나, 팍팍한 세상에서 이웃 간에 밝은 인사가 일상화된다면 분명 이 사회가 지금보다 훨씬 더 명랑하고 환해질 것입니다.

| 3456님, 7333님이 신청해주신 곡을 들려드리겠습니다 |

사연 주신 3456님이 신청해주신 곡을 들려드리겠습니다. 가수 '정00'의 노래 '아버지의 00'입니다. 사연 보내주셔서 감사합니다. 선곡된 곡 나갑니다. (노래 나감)

오늘 선곡되신 분들께는 선물을 드리겠습니다. 3456님에게는 살림에 도움이 되는 000을, 7333님에게는 아이들과 함께할 수 있는 공연 00을 보내드리겠습니다. 애청자 여러분들의 지속적인 관심과 성원을 당부드립니다. 지금까지 저는 가나다 방송의 진행자 홍부루였습니다. 내일 다시 찾아뵙겠습니다. 안녕히 계십시오. 대단히 감사합니다.

라디오 음악방송에서 흔히 들을 수 있는 멘트입니다. 이런 멘트가 영 마음에 들지 않습니다. 개인정보가 중요하고 또한 보호되어야 한다고 하더라도 사람이 이름이 아닌 전화번호로 된 숫자로 불리는 게 이상합니다. 혹시 이렇게 생각하는 제가 도리어 이상한 사람인가요.

우리가 발 딛고 사는 이 세상에서 믿음, 소망, 사랑이 소중하다는데 한 가지라도 제대로 남아있다면 과연 이러한 사태가 왔을 것인가. 과연 우리는 무엇을 바라고 어디를 향하여 가고 있는지. 우리가 사는 사회가 전에 없이 험하다지만, 특별한 사정이 없다면 이름이라도 제대로 부르고 또 불리길 바랍니다.

사람들은 종종 사실을 말해야 한다는

우리는 자신이 알고 있는 사실에 대하여 누구에게 어디까지 말하는 것이 좋을까요. 일례로 아랫배가 나온 남편에게 매일같이 되풀이하여, 배가 나왔으니 관리하라고 말하는 건 어떻습니까. 출산 후 살이 붙은 아내에게 아침저녁으로, 먹을 것을 줄이고 운동하라고 주문하는 건 괜찮을까요. 아들딸들이 핸드폰을 보거나 게임을 할 때마다 공부는 언제 하느냐고 잔소리(?)를 하는 건 효과가 있나요.

어떤 사실이나 진실 또는 소문에 대하여 알거나 혹은 들었다면 누군가에게 발설하기 전에 이 사람에게 말해도 좋은 것인지, 그리고 좋다면 그 말이 입밖으로 나간 후 예견되는 결과를 생각해서 이를 조절하거나 포장하려는 노력이 필요한 것 같습니다.

남의 마음을 아프게 하거나 비난하거나 혹은 꾸짖는 말 등은 에둘러 말하거나, 꼭 할 말이라면 다른 사람들이 없는 곳에서 하는 것이 그중의 하나겠지요. 누군가를 대할 때 항상 배려가 필요하듯이, 어떤 대화나 발언의 경우에도 이와 다르지 않다고 여깁니다.

| 몸에 좋은 먹거리 |

우리는 다양한 통로를 통하여 먹거리에 관한 많은 정보를 접하고 있습니다. 늘 접하게 되는 TV나 라디오, 신문, 잡지, 책 등지에서 보거나 듣습니다. 필요한 경우에는 전문직인 영양사나 의사, 한의사 등에게 조언을 듣기도 합니다. 때론 가까운 친구나 친지, 직장동료나 만물박사 등으로부터 사람의 체질과 다양한 먹거리와 그 효과에 대하여 여러 가지 정보를 수시로 접합니다. 그렇다면 내 몸에 좋은 먹거리란 과연 무엇이며, 어떻게 먹어야 하는 것일까요.

예로부터 공인된 먹거리로 무엇보다 인삼이나 산삼이 있습니다. 또 한동안은 다시마나 함초, 근래에는 개똥쑥이 좋다고 했습니다. 특히 남자의 정력에 좋다는 까마귀나 개구리 알에 대해서도 다들 들어본 적이 있을 것입니다. 비교적 자주 접하는 우유나 생선, 고기 또한 여기서 빠지지 않습니다. 채소나 과일도 몸에 유익하고, 유기농이면 더욱 낫다고들 말합니다.

특히, 몸이 예전만 못한 것 같다고 느낄 때나 무엇이 좋다는 얘기를 듣고 나서는, 몸에 좋다는 먹거리를 안 먹을 수 없습니다. 사서 먹거나 잡아서 먹고 혹은 얻어서도 먹어봅니다. 자고나면 또 새롭게 몸에 좋다는 먹거리가 나옵니다. 한번은 점심을 겸한 모임 자리에서 몸에 좋은 음식에 관한 얘기가 나왔습니다. 그 한자리에서 여주, 무말랭이, 흑삼, 돼지감자 등이 거론되었습니다. 정보가 넘치는 것인지, 상식이 많은 것인지 판단이 쉽게 서지 않습니다.

전문적인 지식이나 현대과학에 의해 우리가 접하는 먹거리에 대해 과거보다 많이 알게 되었습니다. 하지만 문제는 아직도 모르는 것이 상당하고, 그 모르는 내용이 얼마만큼이고 어느 정도 중요한지를 가늠키 어렵다는 것이지요. 하여, 예로부터 전해온'고루 잘 먹고, 잘 놀고, 잘 싸고, 잘 자는 것이 최고의 건강법이다', '밥이 보약이다'라는 말에 새삼 귀 기울일 필요가 있습니다. 이런 기본에 충실한 다음에 비로소 자신의 몸이 원하는 음식을 먹고, 자신의 건강 상태와 연령 등에 따라 보편적으로 알려졌거나 전문가가 권하는 먹거리를 취하는 게 좋다고 여겨집니다.

과학과 지식의 발달로 거의 모든 분야에서 지식과 정보가 과거와 달리 눈부시게 쌓여가고 있습니다. 그 쌓이는 속도 또한 해마다 빨라지고 있으며, 이제는 날마다 엄청나게 늘어나고 있습니다. 그럼에도 불구하고 그 숱한 정보와 지식이 실제 우리의 삶에 얼마만큼이나 유익한지 확실하게 알지 못하는 경우가 적지 않습니다. 사람의 인체나 먹거리에 관하여도 여기서 벗어나지 않습니다. 그러기에 이에 관한 조상들의 오랜 경험과 물려준 지혜가 소중합니다. 또한, 건전한 먹거리를 지속적으로 확보하기 위해서는, 인간의 생명 유지와 건강에 절대적으로 소용되는, 동식물의 복지와 자연생태계의 보전에 보다 큰 관심이 필요하다 할 것입니다.

| 술 담배의 적량은 |

사람에 따라 술 담배를 다 하시는 분, 한 가지만 하시는 분이 있고, 다 안 하시는 분이 있습니다. 또 한 가지 혹은 둘 다 하시는 분의 경우에도 그 양이나 취향도 각양각색입니다. 그렇다면 이 물음에 대한 답은 처음부터 없다고도 할 수 있습니다. 각자 자기가 좋아하는 술이나 담배를 원하는 만큼 취하면 되니까요. 주지하다시피 이 두 종류의 특별한 음식은 체력이 뒷받침될 때 접하는 게 좋고 체질에도 맞아야 섭취가 가능합니다.

사실 자신에게 맞는 술이나 담배의 종류나 양은 본인들이 가장 잘 압니다. 자신이 알고 있는 일정한 한도를 넘으면 몸에 이상이 나타나는 걸 감지할 수 있습니다. 각자의 한도를 넘지 않으면 적당하다고 할 수 있습니다. 문제는 그게 말처럼 쉽지는 않다는 것이지요. 스스로 흡연이나 음주 한도를 지키기 위해서는 일정한 자제력이 필요하니까요. 살면서 자신이 자신을 통제하는 것은 가장 쉽기도 하고, 가장 어렵기도 합니다.

　술 담배가 생각처럼 자제가 되지 않는다면 정신력을 키우면 됩니다. 정신력은 뇌력(腦力)과 심력(心力)이랄 수 있습니다. 뇌력과 심력을 기르려면 우선 건강한 체력(體力)이 요구됩니다. 체력을 바탕으로 뇌력과 심력이 강해져 자제가 가능해집니다.

　여기서 제도를 통해 강제적으로 술 담배를 아주 못하게 하는 것을 생각해 볼 수 있습니다만, 이는 일정한 측면에서 성공할 수 있을지 모르나 전체적인 측면에서 실패할 가능성이 높습니다. 왜냐하면 술 담배는 스트레스 해소와 인간관계를 형성하는 데 나름대로 상당한 역할을 하고 있기 때문입니다. 대안 없이 이를 못하게 하거나 못하게 된다면 어떤 약물이나 어떤 바람직하지 못한 방식 등이 그 자리를 대신할 개연성이 대두할 수 있습니다. 강제적으로 술 담배를 금지할 경우, 대책이 결여된 작금의 성매매 금지가 종전보다 더 많은 새로운 부작용을 낳았듯이, 뜻하지 않은 결과를 가져올 공산이 크다고 여겨집니다.

|잠|

　일반적으로 말하기를 하루에 8시간은 자야 건강에 지장이 없다고 합니다. 의사분들은 잠자는 시간의 양보다 질이 중요하다고 하면서 숙면이 좋다고 합니다. 깊이 잠들수록 시간은 짧아도 된다는 말로 들립니다. 제가 고교에 다니던 시절에 널리 회자되었던 말 가운데, 잠과 관련된 유명한 말이 있었습니다. 4당 5락 즉, 하루에 4시간 자면 대학에 붙고 5시간 자면 떨어진다는 의미를 가진 말이었습니다.

근래 TV를 보다 보면 광고 중에 GE의 설립자이자 발명왕으로 이름 높은 미국인 에디슨의 영상이 나옵니다. 그는 평생 하루에 4시간을 잤다고, 그 이상의 잠은 인생에서 낭비라고 말하고 있습니다. 반면에 잠을 적게 자면 살이 찐다는 말도 들었습니다. 특히 나이 드신 분들은 새벽잠이 없으시거나, 밤중에 깨면 잠들기가 어려워 힘들다고 하십니다. 그 밖에 잠자기가 어려워 약물에 의존하는 분들도 없지 않고, 반면에 바닥에 머리만 갖다 대면 잠이 오는 분들도 있습니다.

　수면은 무엇보다 뇌의 활동 상태를 보여주는 뇌파 즉, 뇌의 파장과 밀접한 관계가 있습니다. 잠을 잘 때의 뇌파와 활동할 때의 뇌파가 확연히 다르게 나타납니다. 깨어있을 때의 뇌파는 빠르고, 수면 시에는 뇌파가 느려집니다. 자다가도 어떤 자극 등으로 뇌파가 활발해지면 잠이 깨거나 깊은 잠을 잘 수 없게 됩니다. 뇌파를 떨어뜨리는 것이 수면에 드는 관건입니다. 드물게 깨어있으면서 뇌파가 떨어진 상태가 있습니다. 이를 명상 상태라고 하죠.

　그럼 뇌파를 떨어뜨리기 위해서는 어떻게 하는 것이 좋을까요. 먼저 몸의 긴장을 푸는 게 필요합니다. 신체의 각 부위의 긴장을 하나하나 의식적으로 풀어줍니다. 가슴, 팔, 배, 다리, 목 그리고 머리에서 힘을 빼는 것입니다. 그 다음에는 호흡을 통해 감정을 내려놓습니다. 코로 숨을 깊이 들이쉬고 입으로 내쉬길 반복합니다. 이때 가슴을 크게 부풀려 숨을 양껏 들이 마십니다. 내쉴 때는 숨이 자연스럽게 입으로 빠져나가도록 합니다. 자신의 숨소리에 귀를 기울이면서. 이를 반복합니다. 티브이나 라디오, 핸드폰은 끄거나 진동으로 해놓습니다. 몸의 긴장이나 감정을 풀면 활발하던 뇌파가 떨어지면서 대부분 잠이 들게 됩니다.

　잠을 편안하게 자도록 유도하기 위해서 또는 밤에 잠에서 깨어 잠 못 들 때 쉽게 잠드는 방법 한 가지를 더 소개합니다. '장운동'이라고 들어보셨는지 모르겠습니다. 이 운동은 동작이 아주 단순하며 누구나 하기 쉽습니다. 양손을 아랫배 위에 올려놓고 아랫배를 힘껏 앞으로 내밀었다가 힘껏 뒤로 당기는 것입니다. 이 동작을 100회 이상 하면 좋습니다. 호흡과 관계없이 하는데 장이 굳어 있는 사람은 처음에 하기가 쉽지 않습니다. 이 운동의 효과는 여러 가지입니다. 매일 반복하면 장이 풀려서 잠이 잘 올 뿐만 아니라 머리까지 맑아집니다. 이때, 자세는 눕거나 앉거나 서서도 할 수 있습니다. 이 중에서 기마자세 즉, 말 탈 때의 자세로 서서 하는 게 가장 좋습니다.

이 밖에 잠들기 위해 숫자를 헤아려서 잠을 들게 하는 방법이 있습니다. 이는 뇌의 활동을 한군데로 집중시켜 다른 활동을 멈추게 하는 방법이라고 할 수 있습니다. 널리 알려진 반신욕은 몸속의 노폐물을 배출시키고 기혈 순환을 돕는 방법으로, 몸의 피로와 마음의 긴장을 풀어 수면을 유도하는 데 도움이 됩니다.

그리고 잠을 자고 나서 일어날 때도 유의할 사항이 있습니다. 밤에 자고 난 후 아침에 벌떡 일어나지 않습니다. 잠에서 깨면 몇 번 기지개를 켜고 그다음 내가 일어난다는 정보를 각 신체에 보냅니다. 그러고 나서 천천히 몸을 옆으로 일으켜 앉고 비로소 잠자리에서 일어납니다. 이렇게 잠들고 깨면서 자신에게 알맞은 시간은 숙면의 정도에 따라 자신이 판단하면 될 것입니다.

| 부부간 잠자리 관리 |

부부관계라는 게 나이에 따라, 궁합·컨디션·가치관 등에 따라, 횟수나 지속 시간 등이 다르기 때문에 일률적으로 말할 수 없습니다. 또, 결혼한 성인 남녀라면 부부관계를 한번 가질 때 대략 어느 정도의 에너지가 소요되는지 알고 있습니다. 일반적으로 남자의 경우에 훨씬 많은 에너지가 필요한데, 이는 잠자리를 같이할 때 여자와 달리 남자는 대부분이 배출을 하기 때문입니다. 여성의 경우에는 웬만하면 잠자리에서 체력이 달리는 일이 그리 없어 보입니다.

그렇다면 혼인한 남성이 몸을 지키면서 배우자와 사랑을 나누려면 어떻게 해야 좋을까요. 관계 시 배출하게 되면 축적된 기운이 많이 빠져나가지만, 배출하지 않으면 기운이 그리 소모되지 않습니다. 또 배출하더라도 젊어서 혈기가 왕성하거나 체력을 잘 관리하시는 남자는 소모된 기운이 조기에 충전되기에 문제가 되지 않습니다만, 그렇지 않은 분은 소모된 기운을 회복하는 데 시간이 걸립니다.

만일에 남성이 배출을 조절할 수 있다면, 즉 배출하기 직전에 멈출 수 있다면 나이나 체력이 뒷받침되지 않아도 특정한 질병에 걸린 경우를 제외하고 횟수에 크게 구애받지 않게 됩니다. 근데 이게 진짜 어렵지요. 하여 배출 전에 멈추기 위해서는 부부관계를 함에 있어서 결과보다 그 과정에 집중할 필요가 있습니다. 클라이맥스로 치닫지 말고, 과정에서 깊이 느끼는 것입니다. 느낌에 집중하면서 천천히 정상 근처까지 올랐다가 직전에 천천히 내려오는 것입니다. 이를 조절하면서 반복합니다. 마인드 컨트롤로 이러한 부부관계가 가능합니다.

남녀를 불문하고 스태미나, 정력은 아껴서 오래오래 쓰는 게 좋겠지요. 관계하는 횟수는 부부간 합의에 의하여 정하되, 나이 먹어도 뜨겁게 사랑하기를 원한다면, 부부가 다 마찬가지겠으나, 특히 남성에게 체력 관리와 함께 마인드 컨트롤이 꼭 필요하다 할 것입니다.

부부관계를 하는 데 있어 남성들이 발기부전 등의 문제를 해결하기 위하여 비아그라 등 약물의 도움을 받을 수 있습니다. 하지만 역시 체력 관리, 마인드 컨트롤이 보다 중요하다고 할 수 있겠습니다. 그 밖에, 부부간 잠자리에서 상대방에 대한 전희 즉, 애무는 필수적이라고 생각합니다.

그리고 나이 들게 되면 섹스도 건강이나 재산의 경우와 마찬가지로 관리가 중요합니다. 젊은 시절에는 무리도 하고 모험도 하며 실수도 하지만, 나이 오십 줄에 들어서고 육십이 넘어서서도 그렇게 해서는 곤란합니다. 성을 관리 모드로 전환함이 보다 바람직하다 할 것입니다.

| 대한민국은 왜 성형공화국이 |

여성들은 큰 키와 늘씬한 몸매, 흰 피부와 작은 얼굴, 높은 코와 볼록한 가슴, 크고 반짝이는 눈을 갖기를 원합니다. 여성의 경우에 대체로 원하는, 부인하기 힘든 외모의 기준입니다. 물론 남성의 경우 기준은 이와 다르겠습니다만, 남성 또한 외모에 대하여 과거보다 훨씬 관심이 많아 보입니다. 이제 남성들도 거리낌 없이 화장을 하거나 다양하게 단장을 하기도 합니다. 일찍이 공자님께서도 '미인보다 학문을 더 사랑하는 이를 본 적이 없다.'라고 말씀하셨습니다. 예로부터 여인에게 근래에는 남자를 포함하여, 아름다운 외모에 시선이 쏠리고 아름다워지기를 원하는 일반적인 감정을 탓할 수 없습니다. 또한 배우자를 선택하거나 직원을 채용할 때 외모를 어느 정도 감안하는 것도 이해가 갑니다.

그렇지만 외모지상주의는 바람직하지 않다고들 말하며 이에 동의합니다. 요즘에는 눈, 코나 가슴 성형은 기본이고 손대는 부위를 늘려가며, 나이와 성별의 한계도 점차 사라져 가는 추세입니다. 한 번에 그치는 것이 아니고 하고 또 하고. 아마 잦은 성형으로 문제가 발생하지 않았다면 성형공화국이란 자조 섞인 말은 나오지 않았을 것입니다. 이제부터 의술의 도움을 받는 성형도 좋지만 자신의 타고난 모습에 자부심과 자신을 갖고, 있는 그대로의 나를 사랑하는 것은 어떨까요.

제 개인적인 생각으로, 소수이긴 하나 지나치게 성형에 의존함은 철학의 부재, 종교의 맹신, 전통가치의 추락 등에서 비롯되었다고 봅니다. 정신세계의 빛이 바래니 외모를 숭상하는 풍조를 따르게 되었다는 말이지요. 사람의 몸은 소중합니다. 위대한 영혼을 담고 있는 그릇이기 때문이죠. 외모를 통하여 마음이 예뻐지지는 아니하나, 영혼을 아름답게 가꾸면 외모는 분명 아름다워집니다. 최근 일부 사람들의 습관적인 성형은 재고할 필요가 있다고 봅니다. 성형이 도를 넘으면, 육체적인 부작용뿐만 아니라 정신적인 건강도 해칠 수 있습니다.

아웃도어와 정장과 한복의 구성비가 갖는 의미는

지금까지 수천 년 동안 간직하고 변화하고 발전하면서 입어온 전통적인 우리의 복색이 20세기 전후의 외침과 내전, 외래 문물의 무분별한 도입 속에서 점차 줄었습니다. 급기야 20세기 후반부터 급격히 사라지는 형국입니다. 반면에 그 와중에 일상복이나 유니폼, 정장 등에서 서양의 것이 점차 늘어나 풍미하였고 근래에는 어른이나 아이의 옷차림에서 내국이나 외국의 등산복이나 아웃도어의 트렌드가 대세인 형국입니다. 한반도 주인의 대표적인 옷이 확 바뀌었습니다. 이 바뀐 옷들은 입는 때와 장소의 구별도 별반 없습니다. 이 같은 상황을 굴러온 돌이 박힌 돌을 빼낸 경우라고 한다면 저의 지나친 억측일까요.

우리가 간직해온 한식, 한복, 한옥, 한글, 한얼 가운데 이제 남은 것은 무엇입니까. 이제 그 가운데 온전하게 남은 것은 한식과 한글뿐인가요. 만약에 이 두 가지 모두, 혹은 한 가지가 더 사라진다면 우리의 정체성은 무엇이라고 말해야 할까요? 남아는 있을까요? 스스로 만든 개량 한복을 수십 년간 입고 가끔씩 매스컴에 나오는 유명한 가수 한 분이 있습니다. 그러나 우리 전통 의상의 가치를 소중하게 여기는 그분에게 누가 한복 한 벌 지어줬다는 소리를 못 들었습니다. 저 또한 아직까지 두루마기 하나 해 입지 못하고 살고 있습니다만.

| 새엄마와 새아빠 |

결혼에 대한 종래의 인식이 바뀌면서, 혼자 사는 사람이 늘어났습니다. 한부모 가정도 드물지 않습니다. 새엄마와 새아빠도 많아졌습니다. 남녀가 재혼으로 가정을 꾸리는 경우에 부부 관계를 정립하는 것도 쉽지 않은 일이겠으나, 성숙하지 않은 인격을 가진 아이들의 입장에서 새엄마나 새아빠 또는 새로운 형제들과 온전히 한 식구가 되는 과정은 아무래도 더 어려운 숙제일 것입니다.

아이들에 대한 새 부모나 친부모의 관심과 사랑이 필수적입니다. 살던 집을 옮기거나 학교를 전학하게 되면 처음에 서먹해하는데, 가족구성원이 바뀐 경우는 더 어색하고 불편할 것입니다. 자녀들 스스로도 노력해야 하겠지만 주변에서 도움을 주면 보다 빨리 적응하게 되겠지요. 어느 새엄마의 전처소생의 자녀 학대 문제로 사회가 시끄러운 일이 있었습니다. 강력하게 처벌해야 한다고 아우성이었습니다. 그런데 세상의 이치라는 것이 어둠을 결코 어둠으로 밝힐 수 없습니다. 어둠은 빛으로 밝힙니다. 어둠은 또 어둠을 낳을 뿐입니다. 천년 된 어둠도 한 줄기의 빛으로 사라집니다.

이 사회의 어두운 구석은 특정한 개인만의 책임이 아니라 사회의 책임이며, 나 자신을 포함하여 누구든지 그 책임의 일부를 지고 있습니다. 죄지은 자에게 다수가 무차별적으로 돌을 던지는 행태는 결코 바람직하지 않다고 생각합니다. 우리가 스스로 빛이 되어 광명으로 어둠을 밝히는 노력이 필요해 보입니다.

불과 얼마 전까지 해도 우리에게는 좋은 전통이 많이 전해졌고 지켜왔습니다. 형제자매가 형편이 몹시 어렵게 되었을 때 그 자녀들을 거두어 주는 것도 그중의 하나였습니다. 이제 이와 같은 전래의 좋은 전통을 되살리는 노력도 필요하거니와 새로운 아름다운 전통을 세우는 일이 우리에게 주어졌습니다.

재혼으로 새로운 가정을 꾸렸을 때, 부모가 본래부터 갖고 있는 내 안의 깊은 사랑이나 측은지심으로 새롭게 맞이하는 자녀들의 심정을 헤아리고 품는 일은 행복한 가정을 이루는 주춧돌이라 여겨집니다. 이렇게 시작하여 평범한 행복을 누리는 평범한 가정으로 삶을 향유해 나감이 이 시대에 세워야 할 새로운 전통의 하나라고 봅니다. 새 가정이 보다 빨리 융화할 수 있도록 가정을 꾸리기 전에 사전교육을 받을 수 있도록 하거나 자녀와 갈등이 생긴 경우에는 연극이나 가상현실 등을 통하여 치유하는 방법도 고려해 볼 수 있을 것입니다.

| 오줌구멍과 똥구멍 |

오줌구멍이 막혔는데 오줌구멍이 아닌 똥구멍을 뚫으려 하면 안 된다는 것을 모를 사람은 없을 것입니다. 한데 오줌구멍이 막혔는데 똥구멍이 막힌 것으로 오인하였다면 그리할 수 있습니다. 진단을 잘못하면 처방이 잘못되기 때문에, 문제가 해결되는 것이 아니라 오히려 새로운 문제가 생기거나 키울 수 있게 되는 것이지요. 처방하기에 앞서 올바른 진단이 중요한 까닭입니다.

| 전신운동과 전신힐링 |

나무가 잘 자라기 위해서는 물과 햇빛, 공기와 함께 영양분이 필요하다고 하지요. 그 가운데 필요로 하는 영양분은 종류를 막론하고 그 양이 모두 다 충분해야 한다고 합니다. 한 가지만 부족해도 생장에 지장을 받는 것이지요.

사람이 하는 운동도 이와 견주어 생각해 볼 수 있습니다. 사람이 전신운동을 할 필요성이 있는 것은 어디 하나 빠진 곳 없이 운동을 해야 온전히 건강하기 때문입니다. 신체의 일부에 국한되는 운동을 하면, 나머지 신체의 건강을 보장하기 어렵습니다.

힐링도 그렇습니다. 전신힐링이 중요합니다. 몸의 일부가 아플 때 전신을 치유해야 하는 이유는 꼭 아픈 부분만 문제가 되는 것이 아닐 개연성이 있어서입니다. 즉, 어떤 특정 부위가 아픈 것이 통증을 잘 느끼지 못하는 신체의 질병에서 전이되어 나타나는 경우도 왕왕 있기 때문입니다. 이를테면 비염이나 축농증은 폐의 건강과 밀접한 관련이 있습니다. 폐의 상태는 그에 접한 다른 장기의 건강과 연관이 있습니다.

사람의 몸은 내부적으로 서로 연결되어 있고 긴밀히 협업을 하기에, 건강을 위하여 전신운동이 필요한 것과 같이 아픈 몸을 치유할 때도 의료적인 치료와 함께 운기(運氣)와 조식(調息)에 의한 전신힐링이 필요하다고 여기는 것입니다.[1]

| 담배 한 개비와 담뱃불 빌리기의 추억 |

제 경험에 의하면 80년대 중후반까지 그랬습니다. 기차나 고속버스 등을 타고 어딘가 멀리 갈 때 옆자리에 앉은 생면부지의 사람과 종종 내가 샀거나 혹은 옆자리에 앉은 사람이 산 계란이나 사탕, 떡이나 빵 등을 서로 나누어 주거나 받아 먹기도 하였습니다. 처음 보는 사람인지라 얘기는 별로 하지 않

---

[1] 운기와 조식이란 내 몸 안에 흐르는 기운을 돌리고 호흡을 가다듬는 것을 뜻합니다. 외과적인 또는 약물에 의한 치료와 더불어 호흡과 기운을 다스리는 전신힐링으로, 우리는 우리의 몸을 제대로 치유할 수 있습니다.

앉지만. 또한 비슷한 연배의 남자들 사이에서는 길을 가다가 서로 담배 한 개비나 담뱃불을 빌리는 일이 예사였습니다. 그 시간대가 낮이고 밤이고를 가리지 않고.

시기를 딱히 확정할 수 없으나 그 후 언제부턴가 고속버스 등을 이용하면서 서로 먹을거리를 나누는 것은 고사하고 아무런 인사도 없이 옆자리에 앉았다가 일어납니다. 이런 경우, 아주 거북살스러운 경우가 없지 않습니다. 아니 이제는 그게 오히려 피차 편하게 된 일인지도 모르겠습니다. 특히 남녀 간에는 혹여 서로 신체의 일부가 닿거나 옷깃이라도 스칠까 봐 몸을 사리게 됩니다. 또한 이제 담배나 불을 빌리는 것은 잘 아는 사람들 간에만 가능한 일이 되고 말았습니다.

단순한 예에 불과하지만 이를 통하여 세상이 변한 것을 알 수 있습니다. 왜 이렇게 세상은 차디차게 변했을까요. 급격히 도시화가 되면서 이웃 간의 정이 사라진 탓일까요. 혹은 지독한 경쟁이나 입시 위주의 교육에 장기간 노출되어 인성이 병든 때문일까요. 돌이켜 생각해보면 살림살이가 지금보다 훨씬 못했지만 지난 시절에 사람이나 사회는 상당히 따스했습니다.

아파트라고 불리는, 사람보다는 이익을 추구하여 만든 공간이 사람을 격리시키고, 이로 인하여 사람의 마음이 본의 아니게 닫힘으로써 이웃에 대한 신뢰가 떨어져서 그리된 것이 아닐까. 이것이 외부까지 확장되어 생긴 현상이 아닐까 혼자 짐작해 봅니다.

| 좁은 인도에서 빗겨 가기 |

인도뿐만 아니라 지하도나 실내 혹은 선상이나 열차 등지에서 걷다가 앞에서 오는 사람과 왕왕 마주칩니다. 그럴 때 서로 반대 방향으로 가려다 즉, 이

쪽은 오른편으로 상대편은 왼편으로 가려다 혹은 그 반대로 서로 가려다 정면으로 마주치게 되어 멈칫하는 경우가 적지 않습니다. 이럴 때 특별한 경우가 아니면 양쪽 다 한 방향으로 가면 서로 빗겨 갈 수 있을 것입니다. 물론, 다 왼쪽으로 가도 빗겨갈 수 있으나, 사람의 통행이 오른쪽으로 가도록 통용되고 있으므로 오른쪽으로 가기로 모두 약속을 하는 것입니다. 이렇게 하면 길을 걷다가 마주쳐서 어색하거나 민망할 일을 줄어들 것 같습니다. 항상 오른쪽으로 빗겨갈 수는 없을 것입니다. 그때그때 인도의 사정이나 주변에 놓여 있는 사물의 배치, 상대방의 시선 등을 십분 고려해야겠지요.

| 크고 작은 공원에 연못 만들기 |

도심에는 곳곳에 크고 작은 공원이 조성되어 있습니다. 그리고 거기서는 사람만 휴식을 취하는 것이 아니라 벌이나 나비, 새 등도 쉬었다 가고 때론 둥지를 틀고 살기도 합니다. 만일에 작은 못이나 수조 등이 공원 안에 있다면 그곳에 들르거나 살고 있는 말 못하는 곤충이나 새들에게 큰 도움이 될 것입니다.

어떤 곳에서나 일정하게 물을 제공하고 관리를 한다는 것은 생각처럼 쉽지 않습니다. 우선 물을 가두거나 끌어들이기 위한 시설물이 갖춰져야 하고, 이를 점검하고 보수해야 하는 일이 뒤따릅니다. 분명 금전과 수고가 수반되는 일입니다. 그렇지만 있으면 좋겠습니다.

여름철 모기가 걱정이 된다고요? 방제는 어떻게 하느냐고요? 도심에서도 공원이나 자연환경을 잘 가꾸어 나가면 모기를 좋아하는 잠자리 같은 곤충이나 박쥐 등이 출현하여 그 문제를 해결해줄지도 모를 일입니다.

| 영재와 영재교육 |

저는 선도를 닦는 사람의 견지에서 모든 사람이 천재로 태어났다고 확신합니다. 개인이 가진 이런 천부의 재능은 말 그대로 하늘이 인간에게 부여한 능력입니다. 또한 영재란 수학이나 물리 등을 잘하는 수재들뿐만 아니라 각 분야에서 나름대로 잘할 수 있는 소질을 타고난 사람들입니다. 그러니까 아이를 포함하여 모든 사람이 다 천재이면서 동시에 영재입니다. 그 가운데 어려서부터 일찍이 능력이 발현되는 아이들을 가리켜 영재라고 부르기도 합니다. 그런 아이들은 그에 합당한 조기교육이 필요해 보입니다.

하나, 상당수 사람들의 타고난 천재적인 능력은 밖에서 자극하고 동시에 자신이 깨우도록 오랫동안 노력해야 나타납니다. 이를 위해서는 가정이나 학교에서 어려서부터 연령대별로 아이들의 천재성을 일깨우데 필요한 일관적이고 체계적인 교육을 제공해야 마땅합니다. 그러나 현재 시행되고 있는 교사와 학생 간의 쌍방향이 아닌 일방향적인 혹은 입시 위주의 교육은 자라나는 아이의 천재성을 키우지 못하고 또한 인성을 깨우는 데도 심히 적합하지 않다고 봅니다.

이제 아이들 각자의 타고난 개성을 발견하고 발현될 수 있도록 도움을 주며, 개인의 발달 수준에 알맞게 이끌어 주는 소위 '맞춤형 교육'으로 정규교육을 개편할 때가 된 것입니다. 바람직한 교육, 참된 영재교육은 그런 것이라 보며 이런 교육을 통하여 우리들의 영재는 비로소 제 빛을 발하면서 인재로 커갈 수 있습니다. 이런 바람직한 영재교육을 위하여 학생과 학부모, 교사와 학교 및 교육당국이 깊이 고민할 필요가 있다고 봅니다. 지금 한참 뜨고 있는 뇌교육이 훌륭한 대안의 하나가 될 수 있을 것입니다.

제2장

시(始)

|인간의 구원|

누가 인간을 구원할까요. 절대자인 신이 인간을 구원합니까, 혹은 신명을 부여받은 특별한 사람이 인간을 구원하나요? 신은 인간을 창조하고 특별한 사람은 구원으로 인도합니다. 인간의 구원, 즉 인간영혼의 구원은 각 개인이 스스로 합니다. 그것도 각자가 각고의 노력을 통하여 말이지요. 일부 종교인들이 이에 동의하지 않음을 알고 있습니다. 그럼에도 분명한 사실이 변할 수는 없는 것이지요.

그렇다면 또 묻습니다. 누가 지구를 온난화나 환경파괴로부터 구합니까. 거룩한 신이 구합니까, 특별한 사람이나 특정한 단체가 구합니까? 아닙니다. 마찬가지로 개인이 구합니다. 개인들이 뜻을 모으고 힘을 합쳐서 말이지요. 위대한 신은 아름다운 별 지구를 창조했고 인간을 창조했습니다. 특정한 사람이나 지도자, 환경단체는 지구를 온난화 등으로부터 구하는 데 일정한 역할을 합니다. 그렇지만 개인들이 내 일처럼 나서지 않으면 지구는 절대로 구할 수 없습니다.

스스로를 구원하고 지구를 구하고자 한다면 21세기의 최고의 화두나 최후의 복음은 마땅히 이것이 되어야 한다고 생각합니다. '인간사랑 그리고 지구사랑'.

|택배로 온 물품에 이름이 한현*라고 되어 있습니다|

이름뿐만 아니라 택배로 배달된 물품에 적혀있는 전화번호의 뒷자리 숫자도 ****입니다. 촘촘하게 온라인이나 오프라인상의 관계는 형성되어 있고 인터넷을 통하여 지구 저편의 소식도 거의 실시간으로 접하고 있으나, 개인정보에 대해서는 장막을 드리우고 있습니다. 과거에 죽의 장막이 있고 철의 장막이 있었다면 지금은 개인정보의 장막이 세상의 구석구석에 쳐져 있습니다.

또 한편으로 윗집에 누가 사는지, 아랫집에서 밥은 제때 먹는지 잘 모르거나 관심이 부족합니다. 언제부턴가 마음 놓고 활보하던 밤거리는 생각하기 어렵게 되었고, 곳에 따라서는 대낮의 골목길조차 부녀자가 맘대로 다닐 수 없습니다. 사람의 장막이 자리하고 있기 때문입니다. 과연 우리 세대는 제대로 인간답게 살고 있는 것인가, 나는 무엇을 바라며 살고 있는 것인가 하는 생각이 문득 듭니다. 나는 잘 살고 있는 것인가, 과연 나는.

| 참새와 비둘기, 까치와 철새는 날다 스칠 때 |

새들이 하늘에서 날다가 스칠 때, 나뭇가지에서 마주쳤을 때, 지상에서 먹이를 먹다 서로 쳐다보게 되었을 때 과연 어떤 생각이나 감정을 갖는지 궁금하고, 또 인사를 나누기는 하는 것인지, 한다면 어떤 인사를 나누는지 궁금합니다. 옛 선인들은 말을 하지 않아도 서로 통하고 가지 않아도 볼 수 있었다는데, 저를 포함하여 사람들이 본래의 감각을 회복하면 알 수 있지 않을까 싶습니다.

| 본능에 대하여 |

공부는 빼먹어도 밥 먹는 건 결코 잊지 않습니다. 일은 미뤄도 오늘 잠은 다음 날로 절대로 미루지 않습니다. 운동은 게을리해도 아내에 대한 남편의 신성한 의무는 다합니다. 비록 이튿날 아랫도리가 후들거리고 코피를 흘릴지언정. 우리에겐 본능이 있고 이것이 무엇보다 강력하다는 것이 얼마나 감사한 일인지 모릅니다. 우리에게 본능이 없거나 약해지면 생존이 불가능하거나 살아남기 어렵게 될 것입니다. 본능이 지나치면 문제가 될 수 있으나 그렇다고 해도 본능에 대한 고마움이 한 치도 줄어들 수 없습니다.

| 0.01%의 물 사용, 5%의 두뇌 활용에 감사합니다 |

인류가 사용하는 지구상의 물은 전체 수량 가운데 약 0.01% 정도라고 합니다. 달리 말한다면 전체 가운데 만 분의 일입니다. 한편, 인간이 활용하는 뇌 기능은 뇌 전체 용량의 약 5% 정도라고 알려져 있습니다. 달리 말한다면 전체의 이십 분의 일입니다.

인류가 단지 0.01%의 물을 사용하고 있음에도 나머지 99.99%의 물을 점차 오염시키고 있습니다. 만일에 1%나 10%의 물을 사용하고 있다면 아마 지금보다 훨씬 사정은 악화되고 오염된 물로 인하여 인류가 지금보다 더한 고통을 겪고 있지 않을까 짐작됩니다.

또한, 인간이 현재 뇌 기능의 일부, 약 5%를 사용하고 있음에도 인류가 유사 이래 가져온 숙명적인 문제(의식주)가 해결되지 않은 상태에서 새로운 문제(환경 파괴, 온난화, 동식물의 멸종. 인간성의 상실. 방사능 누출 등)가 심각하게 대두되고 있습니다. 인간이 성숙하지 않은 의식으로 두뇌의 10% 이상을 사용해 왔다면, 과연 인류가 지금까지 생존이 가능했을까 혹은 현재 누리는 삶이 가능했을까 하는 의구심이 드는 것입니다.

그러기에 역설적이긴 하나, 개인적으로 이에 대하여 외려 깊은 감사함을 느낍니다. 소량의 물 사용과 부분적인 뇌의 활용에 대하여 깊이 감사드립니다.[1]

---

1 여기서 언급되고 있는 0.01%, 5%라는 비율이 얼마나 사실에 근접한 것인지 저로선 확실히 모릅니다. 단지. 일반적으로 통용되는 수치를 인용했음을 밝혀 드립니다.

| 현대의 문명은 |

현대의 발달된 문명은 인류에게 과거에 누리지 못했던 많은 혜택을 주고 있습니다. 이동수단의 발달로 지금은 과거의 상상을 뛰어넘을 정도로 빨리 지구의 끝까지도 그리 오랜 시간 걸리지 않고 갈 수 있습니다. 통신수단의 진화로 아무리 먼 곳에 있는 사람이라도 서로 얼굴을 보거나 통화할 수 있습니다. 인터넷의 발달로 숱한 정보가 거의 실시간으로 유통됩니다. 대량생산으로 누구나 돈만 있으면 필요한 물품을 언제 어디서나 쉽게 구입하고 사용할 수 있습니다.

또한 의학의 발달로 육체적 질병의 상당 부분을 치유하고, 얼굴이나 몸도 고치는 세상이 되었습니다. 평균 수명도 대폭 늘어나 오래 사는 것이 당연시되고 있습니다. 컴퓨터의 발달로 상상하지 못할 정도로 빨리, 그리고 대량으로 수리 계산을 할 뿐만 아니라 기상과 사람의 행동, 인류의 미래를 예측하고 우주에 대한 궁금증을 풀어가고 있으며 그 밖에도 많은 문명의 혜택을 보고 있습니다.

반면에, 발달된 현대 문명의 그늘도 적지 않습니다. 다 그렇다고 할 수는 없겠으나, 문명사회 이전에는 있는 그대로의 물을 마시는 데 별 어려움이 없었습니다. 지금은 종전보다 훨씬 많은 지역에서 검증된 생수가 아닌 다음에는 소독하거나 끓이거나 정수하지 않으면 마실 수 없습니다. 물 분쟁도 심각합니다.

문명사회 이전에는 공기를 마시는 데 거리낌이 없었습니다. 지금은 먼지와 오염물질로 숨쉬는 데도 일정한 제약을 받습니다. 공기를 사먹어야 되는 날이 올지도 모릅니다. 과거에 우리나라의 하늘은 맑고 푸르른 날이 많았습니다. 지금은 하늘이 뿌옇거나 흐린 날이 더 많습니다. 기후나 환경의 악화는 사람의 기분에 종종 좋지 않은 영향을 미치기도 합니다.

전에는 먹는 음식이 부족하긴 해도 다 웰빙식이었으나 지금은 항생제, 농약, 비료 사용도 모자라서 유전자 조작 식품이 등장하여 먹거리를 선택하는 데 어려움이 있습니다. 한편, 문명의 발달에도 불구하고 종교 분쟁, 인종차별이나 빈부 격차는 조금도 줄지 않고 있습니다.

그렇다면 문명의 좋은 점은 지속할 수 있도록 하되, 그 그늘을 벗어나기 위하여 어떤 전환점을 찾아야 되는 게 아닐까요.

| 게임 |

컴퓨터가 등장하기 전에는 사람들이 머리를 쓰거나 몸을 움직여서 하는 오프라인 게임만 있었습니다. 20세기에 들어서 컴퓨터나 게임기 같은 전자기기가 나오면서 비디오 게임, 온라인 게임, 전략시뮬레이션 등 이전에 없던 새로운 게임들이 엄청 많이 생겼습니다. 물론 기존의 오프라인 게임을 거의 그대로 컴퓨터 등으로 옮겨온 게임도 적지 않습니다.

제가 20세기에 등장한 게임 중 고전적인 방식의 단순한 게임 이외에는 해보지 않아서 다양해진 새로운 게임의 방식, 소요 시간이나 게임을 하거나 구입할 때 드는 비용 등에 대하여 모릅니다. 다만, 게임에 빠진 청소년들이 많고 그런 성인들도 꽤 있다는 것은 보고 들어서 압니다. 또한 새로운 게임의 종류가 많지만 그 상당수가 개인적으로, 혹은 집단적으로 싸우거나 경쟁하는 것이 주류라는 것도 알고 있습니다.

하여, 덜 폭력적이면서 어린이의 호기심을 발달시키거나 청소년에게 모험심을 길러주고 학습효과를 주는, 그러면서도 재미난 어린이용 게임이나 청소년용 게임이 보다 많이 개발되고 보급되었으면 하는 것입니다. 성인용 게임의 경우에도 폭력보다는 협업과 상생을 가미한 새로운 차원의 게임이 쏟아져 나오기를 희망합니다.

| 아동학대와 성폭력 |

아동이나 약자에 대한 학대나 성폭력은 의외로 가까운 사이에서 많이 일어난다고 합니다. 좀 노골적으로 말하면 만만한 사람에 대하여 행해지는 패악이라고 할 수 있습니다. 이는 누구나 피해자가 될 수 있고 가해자가 될 수도 있다는 말도 됩니다.

이런 악행이 늘어나는 원인이 있을 것입니다. 저는 무엇보다 예절이 땅에 떨어졌기 때문으로 보입니다. 윗사람과 아랫사람 간의 예의, 조상에 대한 도리가 무너지면서 사회 기강이 문란해진 것이지요. 또 이렇게 예절이 떨어진 이유는 하늘과 땅과 사람간의 조화와 상생에 대한 무지나 무관심에서 비롯되었다고 봅니다.

그러기에 아동학대나 성폭력에 대하여 신속한 대응체제를 확립하거나 가해자의 처벌 수준을 높이면 어느 정도 효과가 있을 수 있겠으나, 이는 일시적인 처방책일 뿐, 근본적인 해결책은 아니라고 보는 것이지요. 이를 근원적으로 해결하기 위해서는 가정, 학교를 포함하여 사회 전반에 걸쳐 예절교육의 확대, 철학과 인문학의 진흥, 그리고 기부와 봉사의 장려가 절실히 요구된다고 봅니다. 여기에 사족을 단다면, 어떤 사회적인 문제가 만연함은 사람의 문제가 아니라 제도적인 문제일 가능성이 높다는 점입니다.

| 사주팔자와 이의 풀이 |

타고난 사주팔자의 풀이는 그 풀이하는 사람의 공부한 깊이에 따라 해석이 다르게 나타납니다. 또 신내림한 사람이 사주를 보는 경우에는 그 사주풀이가 무당에게 내린 신이 얼마만큼 용한지에 달려있다고 봅니다. 사람의 사주팔자는 생년월일시로 이미 정해져 있으나 그 삶은 개인의 노력, 가족의 사주, 주변 환경 등에 따라 변화하게 됩니다. 사주는 보되 매달리지 말고 이를 참고하여 자신을 삶을 밝고 긍정적으로 펼쳐나간다면, 사주를 풀이하는 사람이나 사주의 주인공 모두에게 나름 보람이 있고 의미가 있다 할 것입니다.

| 현 근무처나 거처의 일상적인 사진을 찍어두면 |

보통 어디를 놀러 가거나 혹은 여행이나 연수 등을 하게 되면 개인이나 가족, 친구나 동료 등과 어울려 함께 사진을 박게 됩니다. 인물뿐만 아니라 주변의 경치나 시설물, 타지의 풍물 등을 카메라에 담습니다. 이와 같이 특정한 장소와 시간에 그치지 않고, 현재 근무하는 곳이나 사는 곳 안팎의 모습을 사진기나 폰으로 찍어서 모아둔다면 나중에 추억거리가 될 수 있을 것입니다. 지금 바로, 나를 포함하여 내 집과 내 직장의 모습을 있는 그대로 찍습니다. 찰칵!

| 원시인과 인디언 삶의 재조명 |

지금도 태곳적의 삶을 그대로 유지하며 사는 원시인들이 있습니다. 벌거벗은 채, 혹은 중요 부위만 가린 채 생활합니다. 마치 에덴동산의 아담과 이브처럼 말이지요. 그들은 약속이나 한 듯이 사냥을 하거나 채취를 하거나 또는 물고기를 잡을 때, 꼭 필요한 만큼 취하고 그 이상의 것은 욕심내지 않습니다. 그리고 이를 나눌 때는 각자가 기여한 정도에 따르지 않고 모두에게 똑같이 분배합니다. 보통 문명사회에서는 이들을 보고 미개하다고들 하지요. 브라질 아마존 강 유역의 원주민은 이와 같은 삶을 살아가는 대표적인 원시인 중의 하나입니다.

또 지금은 소수민족이 되었지만, 백인들이 들어오기 전까지 신대륙의 주인이며 원주민이었던 인디언의 삶도 이와 크게 다르지 않았습니다. 지난날 그들 인디언은 땅이나 강이나 짐승이나 식물 등을 소유한다는 것 자체를 이해하지 못했다고 합니다. 자연은 오르지 신의 것이며, 인간은 자연이 주는 산물이나 혜택에 감사해 하며 사는 존재라고 인식하였고, 부족의 구성원들이 부족하거나 넘치지 않게 함께 사는 지혜를 가지고 있었다고 하지요.

타락하기 전의 아담과 이브같이, 욕심 없는 삶을 여전히 이어가고 있는 세계 곳곳의 원주민들과 그들의 삶터가 각국의 개발 등에 밀려 지상에서 점차 사라지고 있어 안타까운 심정입니다.

| 한류스타가 유성이 아니라 항성이 되려면 |

현재 아시아뿐만 아니라 중동, 아메리카 등 세계 곳곳에 한류와 한류스타들이 뜨고 있습니다. 매우 고무적인 현상입니다. 근래 *에서 온 그대는 특히 인근 국가에서 인기가 폭발적이라고 하지요. 혹자에 의하면 한류스타가 혜성처럼 나타나 유성처럼 사라지지 않고 항성처럼 오래 빛나려면 전략이 필요하다고 합니다.

이미지를 관리하고 팬서비스를 잘 해야 하고 해당국의 문화를 이해하면서 기부도 하고, 또 시에프를 몰아서 찍으면 안 되고. 이에 덧붙여 한꺼번에 얼굴을 자주 보여주지 않도록 조절하는 등의 전략 말입니다. 우리의 한류스타와 한류문화가 세계에 널리 알려지고 정착되기를 희망하면서 그들에게 감사와 격려의 박수를 보냅니다. 짝짝짝.

| 결혼의 조건 |

제가 생각하는 결혼의 필수 조건은 세 가지입니다. 결혼하는 데 필요한 조건은 정직, 성실 그리고 책임감입니다. 흔히 말하는 사랑, 외모, 혼수나 배경 등은 그다음입니다. 위에서 언급한 전자의 세 가지는 인생을 사는 데도 필요한 조건이라고 믿습니다. 사람이 거짓이 없고 무슨 일이든지 꾸준히 하며 자신이 맡은 바를 완수한다면, 결혼을 하거나 인생을 사는 데 부족함이 없다고 여기기 때문입니다.

| 사랑과 결혼과 섹스 |

'사랑은 운명적이고 결혼은 현실적이며 섹스는 충동적이다.'라는 것이 저의 의견입니다. 대체적으로 성인이 된 선남선녀는 사랑, 결혼 그리고 섹스 이 세 가지가 함께 가는 것을 원합니다. 그런데 이 삼자는 각기 성격이 달라 삼합이 되는 것은 매우 이상적인 경우에 한한다고 말씀드릴 수 있겠습니다. 실제는 각기 따로따로이거나 혹은 셋 중 어느 두 가지가 같이 감이 보다 일반적이라 할 것입니다.

그러기에, 사랑이 식었다고 결혼을 물리려고 하면 곤란합니다. 결혼이 사랑보다 무겁습니다. 누구를 사랑한다고 섹스까지 하려는 건 재고해야 합니다. 이게 늘 가능하지 않습니다. 또 섹스를 했다고 결혼하리라 생각하는 것은 신중한 판단을 요합니다. 서로 사랑한다고 해도 결혼은 결코 쉽지 않습니다. 결혼이 불가능한 경우가 의외로 많습니다. 그럼에도 가능하다면 세 가지를 같이 추구하고 조화를 이루려는 노력이나 희망을 저버릴 수는 없겠지요.

시대가 바뀌어서 결혼한 부부사이에도 주말 부부, 월말 부부가 있고 외국에 일정 기간 떠나보낸 기러기 부부도 적지 않게 생겼습니다. 그래서 세 가지를 함께 하는 일이 더 어려운 일이 된 측면이 있습니다. 그리고 이 세 가지를 주관하는 신체가 따로 있음도 알 필요가 있습니다. 사랑은 뇌에서, 결혼은 가슴에서, 섹스는 하체에서 주관합니다.

사랑과 결혼의 결정적인 차이는 결혼은 집안끼리 하는 것이고, 사랑은 개인끼리 하는 것이라는 것이지요. 해서 집안 간 인륜지대사인 혼인이 개인 간의 불꽃같은 사랑보다 훨씬 힘들고 강합니다.

| 출차주의와 주차금지 안내 |

일반적으로 주택가의 건물주차장 출입구에는 대개 화분이나 타이어 등이 놓여 있거나, 혹은 '출차주의'나 '주차금지' 등의 글씨가 쓰여 있습니다. 또 어느 건물주차장 앞에는 주차가 가능한 시간이 적혀 있기도 합니다. 어디 볼일을 보러 차를 타고 가서 주차할 곳을 찾다가 후자와 같은 안내표시를 보게 되면 참 감사하다는 생각이 듭니다. 자가용이 크게 늘어나 주택가의 주차난이 심각한데, 이런 친절함을 베풀어주시니 고맙지 않을 수 없습니다. 물론 수시로 차가 오가는 주차장의 출입구에 해당한다면 편리를 봐주고 싶어도 그럴 수 없습니다.

어쨌든 이렇게 주차 가능한 시간을 알려주는 건물의 주차장 입구에 차를 세워놓는 분은 반드시 그 주어진 주차 시간을 지켜주시고 또한 본인의 연락처를 차량에 남겨서 만약의 경우에 대비하는 센스가 필요하겠지요. 이런 경우에도 주차한 분이 즉시 주차지에 올 수 있는 반경에 있을 때에 한하여 주차하는 것이 좋을 것입니다.

| 아파트 층간 소음 |

아파트 위아래 층 사이에서 층간 소음이 문제가 되는 경우가 드물지 않아 보입니다. 사람이 사는 곳이니 큰 소리가 나는 경우가 있고, 집에 아이들이 있으면 뛰거나 쿵쾅거리는 일이 잦을 수밖에 없습니다. 특히 사내아이의 경우 놀이 행태가 더욱 시끄럽습니다. 사실 층간 소음의 일차적인 책임은 아파트를 지은 시공사에 있습니다. 그런데 시공사는 떠나서 없고, 거주자들과 아파트 관리사무소가 남았습니다.

층간 방음이 제대로 되지 않은 경우에, 윗집에 살고 있는 아이들이 뛰논다면 이웃 간에 긴장감이 높아지기 쉽습니다. 어떻게 하면 좋을까요. 위 아랫집이 다 같이 아이들을 키우는 상황이나 서로 잘 아는 사이라면 그나마 덜할 텐데 그렇지 않다면. 누군가에게 윗집에서 떡이나 먹을 것을 열심히 날라 층간 소음을 해결한다는 말을 들은 적이 있습니다. 또 매트를 두껍게 깔아 충격을 완화하시는 분도 있다고 들었습니다. 나름 좋은 방법이라고 생각합니다. 향후 아파트를 분양할 경우, 미리 층간 소음에 대한 정부의 기준과 실제 방음의 정도를 공개하도록 함이 어떨지 싶습니다.

| 공기와 물과 햇빛 |

공기와 물과 햇빛은 모두 없어서는 안 될 귀중한 자원입니다. 세 가지 자원 가운데 물은 대부분의 지역에서 돈 주고 사먹지만 아직 상당히 싼 편입니다. 감사하게도 나머지 두 자원인 공기와 햇빛은 거의 공짜입니다. 쉽게 얻을 수 있고 싸거나 공짜이다 보니 그 소중함은 종종 잊고 삽니다. 무엇이건 소중한 것을 소중하게 생각지 않고 함부로 대하거나 소홀히 하다 보면 잃기가 쉽습니다. 그리고 한번 잃으면 되찾기 어렵습니다. 소중한 세 가지 자원, 우리 모두가 귀하고 귀하게 여겨 잃지 않도록 해야겠습니다.

| 아이에게 맞는 어린이집 |

우리 아이가 어느 어린이집에 늘 가고 싶어 하고, 갔다 와서 표정이 밝으면 아이에게 맞는 곳입니다. 아이가 가기 싫어하고, 갔다 와서 표정이 어두우면 아이에게 맞지 않는 곳입니다. 저는 이렇게 단순하게 판단하려 합니다.

| 재테크 |

증권, 부동산, 현물, 저축 어떤 상품이 되었든지 간에 좋습니다. 어떤 것이 더 좋고 더 낫다고 일률적으로 말할 수 없습니다. 단지 드리고 싶은 말씀은 아는 상품에 아는 만큼 투자하시라는 겁니다. 잘 모르시면 검증된 전문가나 전문가 그룹의 도움을 받으시기 바랍니다. 그럴 경우에도 상품에 대하여 알도록 최대한 노력해야 함은 물론입니다. 상품에 대하여 충분히 알고, 무리하지 않는 범위 내에서, 과욕을 삼가며 투자하는 재테크라면 분명 원하시는 소기의 성과를 거두실 것입니다. 자신이 투자하는 상품을 잘 모르면서 돈을 번다 함은 소 뒷걸음치다 쥐 잡는 격에 해당합니다. 잘 모르고 하는 재테크, 내돈이 이미 내 돈이 아니기 십상입니다. 아예 머리 쓰기 싫고 큰 욕심내지 않아 일반 은행에다 적금을 붓거나 예금하시는 분들도 있습니다.

| 남편의 반찬투정 |

남편의 오래된 반찬투정은 참 고치기 힘들어 보입니다. 이런 남편을 모시고 사는 분을 위해 말씀드립니다. 이렇게 해보면 어떨까요. 우선 남편이 하는 말에 맞장구를 칩니다. 짜다고 하면, '그래요, 좀 짜네요.', 싱겁다고 하면, '그래요, 좀 싱겁게 됐네요.', 맛이 없다고 하면, '정말, 오늘은 맛이 어째 떨어지네요.' 하고. 한편으로 주말이나 시간이 났을 때 음식을 같이 해보는 겁니다. 음식 하는 수고를 알게 되면 아무래도 반찬투정이 줄어들 겁니다. 아니면 식사중에 대화의 주제를 음식에서 다른 것으로 돌려보는 것은 어떨까요. 특히, 가사노동에 소홀한 우리 남편들은 아내들의 노고를 깊이 헤아릴 필요가 있습니다. 식재료 구입과 요리, 설거지하는 등의 수고에 대하여 알아야 하고 감사해야 마땅할 것입니다.

| 첫사랑은 세월을 이기지 못합니다 |

처음으로 사랑에 빠졌던 지난 과거와 달리 현재는 시간뿐만 아니라 공간이 이동되었고, 내게 여러 경험이 쌓였으며, 가치관 또한 바뀌었습니다. 그런 가운데 내가 사람 보는 시선이 예전과 같지 않고 내 모습도 변화하였습니다. 첫 사랑이던 상대방도 크게 다르지 않습니다. 첫사랑은 추억 속에서 항상 안타깝고 아름답지만, 이를 확인하려 한다면 흘러간 세월의 흔적을 담담히 받아들여야 할 것입니다.

초등학교에 입학하여 학교운동장에서 내 생애의 첫 번째 담임선생님을 만난 순간, 내심 어쩔 줄 몰라 했습니다. 그토록 어여쁜 사람을 태어나서 처음 보았기 때문이지요. 그 후에 전학 수속을 밟으려 교무실에 들렀을 때 마지막으로 뵈었는데 여전히 고우셨습니다. 때로 그 시절 기억들이 떠오르기도 하지만 이제는 가물가물합니다.

| 전세, 월세, 자가와 주택 가격의 안정 |

우리나라 사람들의 상당수는 아직까지 사정이 허락한다면 자신의 집을 갖고 싶어 합니다. 그래서 자가를 장만하고자 나름대로 무척 애를 쓰는 사람이 여전히 많습니다. 문제는 상당액에 달하는 주택 구입 자금입니다. 과거에는 이자가 비싼 때문인지 일정 기간 저축해서 목돈을 마련하여 집을 구입했는데, 지금은 이자가 싸서인지 살게 될 집을 담보로 하여 대출을 받아 주택을 장만하는 것이 일반적입니다.

집을 구입할 형편이 되지 않거나, 구입했어도 사정에 의하여 전세를 사는 경우가 있습니다. 전세의 경우에는 2년마다 계약을 갱신하든지 혹은 이사를 해야 해서, 불편하거나 불안한 측면이 있습니다. 전세 살 여유가 없어서 사글세나 월세를 사시는 분도 적지 않습니다. 이런 경우 돈 떼일 염려는 별반 없으나 사는 집에 따라 월세가 그리 만만치가 않지요.

일부 가구이긴 하나, 과도한 주택 구입비나 전세금 대출 때문에 깡통 주택, 깡통 전세가 될 위험성이 있습니다. 또한 무리한 대출로 인한 원리금 상환 부담은 소비 여력을 떨어뜨려 경기 회복에 지장을 주고 있습니다.

앞으로 주택 공개념의 도입으로 모든 가구에게 자가 주택이건 장기임대 주택이건 60㎡[십팔 평] 이하의 주택을 100% 공급하길 희망한다면 지나친 욕심일까요. 무리한 일일까요.

한편, 우리나라 가계의 자산구조 가운데 가장 큰 부분이 부동산이라고 하지요. 근데 이런 자산구조 형태는 그리 바람직하지 않다고 합니다. 점진적인 자산구조 변화를 위한 노력이 필요하다 하겠습니다. 그밖에 주택을 비롯한 부동산 가격의 안정은 서민생활의 안정에 필수적인 요소 중의 하나라 할 것입니다.

| 트라우마 극복에 관하여 |

사람에 따라 정도는 다르겠으나 어떤 예기치 못하거나 감내하기 힘든 아픔이나 괴로움을 경험하고 나면 정신적 질병의 일종인 트라우마[사고후유장애]가 생깁니다. 특히 전쟁이나 지진, 전염병 등은 종종 다수에게 후유증을 남깁니다. 트라우마를 치유하려면 전문가의 도움과 개인의 노력, 그밖에 주변에서의 지원이 필요하다고 합니다.

전문적인 치료 외에 몸과 마음을 다스리는 수행을 통해서도 가슴속 감정의 응어리를 풀고 뇌 속에 남아 있는 기억의 고통에서 벗어날 수 있습니다. 이제 더 이상 심신 수행은 특이한 행위가 아니며 또한 특별한 사람의 전유물도 아닙니다. 자신을 향한 정성입니다.

| 불법적인 다단계 판매 등에 대한 나의 판단 기준 |

1. 불법 다단계 판단 기준 – 일 단계는 육 개월간 자금 투입하고 육 개월 후 나오는 돈이 보통이자보다 적으면 의심, 이 단계는 일 년간 자금 투자하고 일 년 후 나오는 이익금이 보통이자보다 적으면 재고, 삼 단계는 이 년간 투자하고 이 년 후 실제 손에 쥔 수익금이 보통이자보다 적으면 탈퇴 고려. 같이 투자한 사람이 있으면 함께 철수 고려.

1. 사기의 판단 기준 – 투자 기간이 지나치게 짧거나 기간이 자꾸 바뀌면 의심, 통상보다 배 이상의 이익을 말하면 재고, 빚을 내더라도 많이 투자할수록 좋다고 하고 힘 있는 사람 운운하거나 혹은 신분이 불확실하거나 하면 확신. 공적인 서류가 미비한데 보완되지 않거나 혼자만 알고 있으라고 말하면 조심. 전혀 모르는 사람이나 비교적 잘 아는 사람인 경우도 있음에 유의.

1. 한탕주의 판단 기준 – 소위 말하는 몰빵을 포함합니다. 경마, 게임, 복권, 도박, 주식, 부동산, 사채, 보증한도를 넘은 저축 등에 수입의 대부분이나 자산을 담보로 대출받아 한곳에 몽땅 밀어 넣는 것이 한탕주의입니다. 이는 절대로 금물입니다. 이 가운데 도박은 불법행위일 가능성도 높습니다.

1. 모략의 판단 기준 – 누군가가 어떤 사람에 대하여 일방적으로 악담하거나 깎아내리면, 다른 사람의 평가와 상대방의 말도 직접 들어 보고 깎아내리는 사람의 평판도 고려하여 모략인지 사실인지를 판단합니다. 여기서 언급한 기준들은 순전히 저의 개인적인 판단 기준임을 재삼 상기시켜드립니다. 아주 개인적인.

| 야동과 성교육 |

과거에 비하여 근래에 우리 사회에서 남녀 간의 성이 더 개방되거나 문란해 졌는지는 알지 못합니다. 한 가지 분명한 사실은 현재 성적 자극을 주는 야동 등이 전보다 흔해졌고 확산 속도는 빨라졌으나, 거기에 비하여 성에 민감한 연령층에 있는 청소년에 대한 성교육은 매우 부족하다는 점이지요. 입시, 학업 등에 치여 성교육은 학교에서나 사회적으로 답보 상태입니다.

성에 관한 올바른 상식을 청소년을 포함하여 어른들이 쉽게 접할 수 있도록 성교육 프로그램을 만들어 유튜브 등으로 제공하는 것도 한 방법이 될 것입니다. 반면에, 성을 터부시하는 풍조는 이제 물러날 때가 된 듯싶습니다. 부모 자식 간에도 성에 대하여 부끄럼 없이 말하고 성지식을 나눔으로써 성에 대한 이해도를 높이고 성으로 인한 문제를 미리 예방함이 좋다고 봅니다.

제3장

무(無)

| 폐지나 재활용품을 모으는 어르신들 |

폐지나 재활용품을 모으는 어르신 가운데는 노후에 생활비가 없어서 그러는 분도 계시고, 용돈이라도 마련하려고 그러는 분도 계시며, 그저 운동 삼아 그러는 분도 계십니다. 어찌 되었건 이분들이 우리 환경의 파수꾼들이십니다. 이런 어르신들께 응원의 박수를 보내드립니다. 힘내십시오. 세상은 어지럽고 힘드나 아직 희망은 남아있고 바로 당신들이 그 희망의 등불 하나를 밝히고 계십니다. 감사드립니다.

| 술과 춤과 노래를 즐깁니다 |

우리 민족은 음주가무라고 하여 전통적으로 여럿이 함께 모여 질펀하게 즐기던 놀이문화가 있습니다. 기록에 의하면 옛 고구려 사람들은 몇 날 며칠을 먹고 마시고 춤추며 축제를 벌였다고 하지요. 지금도 우리 한민족은 어디를 가도 술과 춤과 노래를 즐깁니다.

지방자치제가 시행되면서 각지에서 지역별로 매년 또는 격년 주기로 다수의 사람들이 참여하는 각종 축제가 많이 열리고 있으며, 이런 행사에는 민관이 함께 참여하는 것이 보통입니다. 개인적으로 해마다 일정한 기간에 온 국민이 전국적으로 함께할 수 있는 축제가 새로이 만들어지기를 희망합니다. 모두가 음주가무를 맘껏 즐기면서 연간 쌓인 묵은 감정을 말끔히 씻어내고, 긴장을 풀며 새로운 기운을 충전하는 전통 문화가 이런 축제를 통하여 되살아났으면 좋겠습니다.

| 치매와 우울증 |

사람이란 돈 없이 못 살고, 사랑 없이 살 수 없는 존재입니다. 사람은 항상 돈을 필요로 하고, 또 누구나 사랑에 목말라 합니다. 돈의 쏠림 현상이 늘어나듯, 사랑도 예전만 못하게 흐르나 봅니다. 가난한 사람이 늘어난 것처럼 사랑에 고파 마음이 아픈 사람들이 점점 늘어나고 있습니다.

한데 많은 이들이 잊고 있는 게 있으니, 누구에게 사랑을 받기에 앞서 가장 먼저 자신이 사랑을 시작해야 한다는 사실입니다. 또한 그 사랑의 첫 번째 대상이 가족도, 이웃도, 또 미치도록 좋아하는 사람이나 어떤 절대자도 아닌 바로 자기라는 진실입니다. 자신을 사랑하지 못하면 누구를 온전히 사랑할 수 없고, 다른 사람의 사랑 또한 제대로 받지 못합니다.

보편적으로 사람은 태어나서 처음으로 부모의 사랑을 받고, 이를 통하여 스스로를 사랑하는 법을 알게 되고, 그다음에 부모를 사랑하게 되고, 이것이 확장되어 남을 사랑하게 됩니다. 부모 이외의 타인의 사랑도 받을 줄 알게 됩니다. 그런데 이 고리의 연결 부분이 어디에선가 끊어지면 사랑의 결핍이 오게 되고, 이는 정신적인 혹은 육체적인 문제를 발생시킵니다.

비만을 비롯한 여러 가지 육체적인 질병이나 치매와 우울증 같은 정신적인 질환으로 나타납니다. 병의 근원은 대부분 사랑과 연결되어 있습니다. 병 가운데 치매나 우울증은 자신을 사랑하지 않거나 사랑할 줄 몰라서, 혹은 충분히 사랑을 주고받지 못해서 생긴 질환의 일종이라 할 것입니다. 그러니 우리 모두 육체적인 건강과 정신적인 건강을 위해서라도 스스로를 사랑하고 서로 사랑합시다.

만약에 신이 인간에게 부족함이 없도록 모든 걸 주시고 각자 혼자 살도록 했더라면 어떻게 됐을까요. 살 수 있었을까요. 산다면 잘 살 수 있었을까요. 짐작컨대 분명 치매나 우울증이 왔을 것입니다. 둘이면 그나마 살 수 있었을 것입니다. 사람이란 무릇, 여럿이 더불어 살 때 비로소 건강하게 인간답게 살 수 있습니다. 부모가 없는 아담에게 이브가 있었기에 망정이지 아담에게 그녀가 없었다면 그는 아마 백인 최초의 치매나 우울증 환자가 되었을 것입니다.

| 갑과 을의 관계 |

태양을 중심으로 지구가 돌고 있으며, 지구를 중심으로 달이 돌고 있습니다. 태양과 지구, 지구와 달은 서로 갑과 을의 관계일까요. 태양은 달의 갑의 갑인가요. 항성, 혹성, 위성인 이 3자의 관계는 갑을관계가 아니라 구심과 원심의 관계이며, 균형적인 관계라고 해야 맞을 것입니다.

이와 달리 이 사회에는 사람 간이나 조직 간에 갑과 을의 관계가 있나 봅니다. 이를 달리 말하여 휘두르는 자와 휘둘리는 자의 관계라고 표현해도 무리가 없을 것입니다. 갑이 처음부터 갑이지는 않았습니다. 을도 처음부터 을은 아니었을 것입니다. 그런데 어떤 계기로 누구는 갑이 되고 누구는 을이 되어 갑과 을의 관계가 되었습니다. 그리고는 갑은 강자로서 더욱 강해지려 하고 을은 약자로서 더 이상 약해지지 않으려 하고 있습니다. 상생의 노력보다는, 한쪽에게는 욕심이, 다른 한쪽에게는 피해의식이 자리 잡게 되었습니다. 이대로 가도 좋은 걸까요. 갑은 진짜 괜찮은 걸까요.

어떤 조직 간이나 상하 간, 혹은 계층 간에 갑을 관계가 존재한다면 함께 살고 살리려는, 그리하여 더불어 살고자 하는 의식의 고양으로, 그리고 상생 관계로 전환하기를 기대하고 또 간곡히 바랍니다.

| 우리가 갖고 있는 육체적인 감각을 잃는다면 |

우리 사람은 육체적으로 보았을 때 크게 다섯 가지 감각을 가지고 있습니다. 청각, 시각, 후각, 미각, 촉각이 그것입니다. 만일 이들 감각 가운데 선천적이거나 혹은 후천적으로 청각이나 시각을 잃는다면 생활하거나 학습하는 데 상당히 불편할 것입니다. 마찬가지로 육체적인 감각 중에 또 다른 감각인 후각이나 미각을 잃는다면 아마 음식물 따위를 제대로 먹기 힘들 것입니다. 또, 그중에 촉각을 잃는다면 모르긴 해도 사랑조차 제대로 할 수 없는 지경이 되리라 봅니다.

우리는 육체적 본능이 있는 것에 감사해야 하듯이, 몸에 다섯 가지 감각이 있는 것에 감사할 수밖에 없습니다. 일부 감각을 잃었다 해도 나머지 감각이 살아있음에 감사함을 갖습니다. 우리에게 몸이 있고 또 몸이 지닌 감각이 있어서, 살 수 있기에 감사한 마음을 갖는 것이 지극히 당연하다 여겨집니다. 우리가 모든 육체적 감각을 잃는다면 아마 우리는 살아도 산 것이 아닐 것입니다. 육체적 감각을 비롯하여 우리는 우리가 오래전부터 가져온 것들에 대하여, 그리고 미처 고마움을 표현하지 않은 것들에 대하여 뒤늦게나마 감사하다고 말합시다.

| 입시와 대학과 취업 |

청년 취업하기가 하늘의 별 따기라고 합니다. 중소기업에서는 일손 구하기가 해변에서 바늘 찾기라고 합니다. 대기업은 입사하려는 사람이 모래알처럼 넘쳐나서 고민이랍니다. 조금 과장해서 말씀드리자면 그렇습니다. 가장 큰 문제는 고용 인력의 80% 이상을 중소기업에서 감당하고 있는데 미스매칭으로 인하여 수요와 공급, 구인과 구직 간에 간격이 크다는 데 있습니다. 경제

개발 이후 지난 80년대까지는 일자리 걱정은 크게 하지 않았던 것으로 기억됩니다.

왜 그렇게 되었습니까. 제가 보기에 이런 미스매칭이 생기고 청년 취업이 어려워진 가장 큰 이유는 대학이 너무 많이 생기고 대학생이 크게 늘어서입니다. 우리나라 사람의 교육열은 세계적입니다. 그런데 단기간에 대학을 왕창 늘려놓았으니 너도 나도 대학에 가려고 하는 것은 너무나 자연스러운 현상이 아닐 수 없습니다. 대학이 대폭 늘은 동시에 대학 가려는 학생도 많아져, 입시의 치열함은 전혀 줄지 않았습니다. 치열한 입시를 통하여 힘들게 대학 들어갑니다. 그리고 비싼 등록금 내고 공부 열심히 합니다. 그런데 막상 취업이 어렵습니다. 대학교 졸업생이 갈 만한 일자리는 현실적으로 한정된 측면이 있기에 그렇습니다.

청년 일자리 늘리는 확실한 방법은 쉽지 않지만 길은 있습니다. 먼저, 대학과 대학생을 줄이는 것입니다. 시차를 두고 적정 수준으로 줄입니다. 숫자만 줄이는 게 아니라 필요한 학과를 신설하거나 인원을 조정합니다. 이를 대학의 구조조정이라고 하지요.

다음으로, 중소기업 종사자의 처우를 개선하고 중소기업의 경쟁력을 키우는 것입니다. 중소기업의 경쟁력을 키우기 위해서 대학과 중소기업 간 산학협력을 강화합니다. 산학협력 방식은 히든챔피언이 많은 독일식 모델을 검토하여 희망하는 기업에 적용하도록 합니다. 그리고 정부에서는 각 대학에서 산학협력 인프라를 더욱 공고히 구축하도록 적극 유인합니다.

| 조기교육, 영어교육, 뇌교육 |

한 배 속에서 나온 아이들도 재능이 다르고 성격도 제각각입니다. 일찍 말문이 트이고 말귀를 알아듣는 자식이 있는가 하면 늦게 지각이 생기는 녀석도 있게 마련입니다. 부모 된 입장에서는 자녀를 조기에 교육시켜 보다 빨리 우수한 인재로 키우고 싶어 합니다. 하여, 조기 교육도 시켜보고 영어유치원에도 보냅니다. 새롭게 부상한 뇌교육에 대한 정보를 접한 분은 자녀에게 뇌교육 프로그램을 이수하게도 합니다.

어떤 교육이 되었든 간에 자녀의 나이에 맞고 유익하며 재미있어야 한다고 말씀드리고 싶습니다. 아이에게 부담을 주거나 이로움이 없거나 재미가 없는 교육을 제공하느니, 차라리 아이들을 신나게 놀게 하고 다만 책만큼은 가까이 지낼 수 있도록 함이 훨씬 좋을 것입니다. 아이의 지적 호기심을 충족시키지 못하는 교육은 아이에게 별 도움이 되지 않기 때문입니다.

| 소비자와 투자자와 근로자와 경영자의 관계 |

소비자는 소비하고 투자자는 투자하며 근로자는 근로하고 경영자는 경영합니다. 그렇다면 이들 경제 주체들의 관계는 어떨까요. 다양한 측면이 있습니다. 이들은 서로 독립적이면서 동시에 의존적인 관계입니다. 또한 다양한 경제활동 속에서 여러 경제 주체를 겸하는 일이 드물지 않습니다. 개인은 물건을 살 때는 소비자이지만 저축을 할 때는 투자자이며 일을 할 때는 근로자이거나 경영자일 수도 있습니다. 한 가정에서 소비자와 근로자가 함께 사는 것도 매우 일반적입니다.

이를 염두에 둔다면 네 경제 주체들 간에 역지사지가 가능하리라 봅니다. 예를 들자면, 한 기업에 다니는 근로자가 임금 등을 무리하게 한꺼번에 올려 달라는 것을 스스로 재고할 수 있습니다. 왜냐면 그는 또 다른 기업의 투자자로서 무리한 임금인상이 기업에 악영향을 준다는 것을 알고 있기 때문입니다. 이와 반대의 예로, 한 기업의 경영자는 근로자의 처우 개선에 너무 인색한 것을 재고할 수 있습니다. 그가 퇴직 후에 다른 업체에서 근로자로서 일할 개연성이 있고, 그의 자녀 또한 어느 업체에서 근로자로서 일을 하고 있거나 취업을 해야 하기 때문입니다.

네 경제 주체들은 각기 다른 경제 주체로서 자기의 이익을 취한다는 면에서 서로 대립적인 관계로 보이지만, 실은 큰 틀 안에서 공존과 상생의 관계입니다. 그러기에 어떤 한 업체나 한 업종 내의 경제 주체들, 그 가운데서 특히 근로자와 경영자는 상호 간 대립이나 불신은 최소화하되 협력과 이해는 최대화함이 바람직하다 할 것입니다. 달리 표현하여 노사가 각기 다른 쪽이 아니라 같은 방향으로 함께 나아가길 바라는 것입니다. 또한 대기업과 중소기업이 서로 파이를 공평하게 나누는 일과 더불어, 파이를 키우는 일에 관심을 가져 주길 소망합니다.

| 우주의 팽창과 수축 그리고 평형 |

인류 미래과학의 연구 방향 가운데 하나가 우주의 팽창 등과 관련되어 있다고 합니다. '우주가 영구적으로 팽창할 것인가, 아니면 어느 순간 멈추고 수축을 시작할 것인가. 그렇지 않으면 어느 순간 팽창과 수축도 아닌 평형상태에 머물까'라는 질문이 그것입니다.

과연 끝도 시작도 없는 무궁한 시간과 공간 속에 달랑 이 우주 하나만 존재할 것인가. 현재 우리가 알고 있고 속해 있는 우주, 137억 년 전에 빅뱅으로 시작한 이 우주만 존재할 것인가. 어찌 보면 찰나지간에 생긴 이 우주가 유일하다고 할 수 있을까요. 제가 상상컨대 이 우주 외에도 수많은 우주가 존재하리라 봅니다. 그중 어느 우주는 팽창 중이고 어느 우주는 수축 중일 것입니다. 아마 언젠가 우리는 우리가 속한 우주 밖에서 수축하거나 팽창하는 다른 우주를 발견하게 될 것입니다.

그렇다면 온 우주가 결국은 평형상태에 도달할 수도 있는 것이 아닌가. 저는 결단코 아니라고 봅니다. 온 우주의 시간은 그 시작이 없습니다. 그런데 바로 현재 팽창하고 있는, 우리가 속해 있는 이 우주가 존재하고 있다는 사실이 결코 온 우주의 평형상태가 존재하지 않는다는 반증이라고 봅니다. 현재라는 시점은 시작도 없는 우주의 시간이 영구히 흐른 시점이기도 하기 때문입니다.

또한 우리 우주가, 시작이 없는 영원한 시간 속에서, 불과 137억 년 전까지 하나의 점으로만 영구적으로 존재했다는 것은 불가능하다 봅니다. 이는 빅뱅이 시작되기 전, 하나의 점으로 존재했던 세계가 그전에 존재했던 어느 우주의 수축의 극점이라고 보아야 할 것입니다. 또한 우리가 속한 우주가 언젠가는 팽창을 멈추고 다시 수축을 시작하리라 봅니다. 저는 팽창하는 힘과 수축하는 힘에 대하여 알지 못합니다. 다만, 현재의 빅뱅 우주론과 함께 시작도 끝도 없는 시간과 공간이라는 개념에 입각하여, 위 질문과 관련해서 우리가 속한 우주의 미래와 우리가 속하지 않은 수많은 우주의 존재 가능성 등에 대하여 제 나름의 논리를 가지고 한번 상상해 보았습니다.

| 힐베르트의 23문제와 우리나라 수학의 발전 |

1862년 독일에서 태어난 다비트 힐베르트는 세계적으로 저명한 수학자 중 한 사람입니다. 그는 19세기 말과 20세기 전반의 기간을 통하여 수학의 다방면에 걸쳐 뛰어난 업적을 남겼으며, 특히 국제수학자회의에 23개의 미제 수학 문제를 제출한 일은 유명하다고 합니다. 독일의 수학은 근대 이후에 크게 발전하였다는데, 독일의 근대국가의 성장에 독일의 수학이 어떤 역할을 하였을지 자못 궁금해집니다.

우리나라의 지속적인 성장과 과학의 진보를 위하여 어떻게 아국의 수학을 발전시키고 활용할 것인가. 고민할 필요가 있을 것입니다. 우리나라의 수학 수준이 세계적으로 어느 정도인지 모르겠지만, 우리나라에서 수학이라는 학문이 날로 발전하고 보다 널리 쓰였으면 하는 바람입니다. 이를 위하여 선진국, 특히 독일 등에서 어떤 방법으로 수학을 발전시켜 오고 지금은 어떻게 연구하고 있는지 관심을 갖고 깊이 교류할 필요가 있다고 생각합니다.

근자에 어떤 인터넷 기사를 보니 미국에서 가장 소득이 높은 직업이 수학자라고 하던데, 이런 사실이 장차 우리나라에서 저명한 수학자를 배출하거나 기업체 등에서 수학연구를 지원하는 데 긍정적인 영향을 주지 않을까요.

| 준비운동은 왜 하는지 |

어떤 운동을 하든지 간에 운동을 시작하기 전에 몸을 푸는 준비운동을 합니다. 학교 다닐 때 학년별 체육 교과서에는 준비운동과 정리운동에 대하여 빠지지 않고 기술되었던 것으로 기억합니다. 그런데 그 이유에 대해서는 특별한 설명이 없었던 것 같습니다.[1]

근자에 온라인상에 올라와 있는 준비운동과 관련된 내용을 보았는데, 이 운동을 하는 까닭은 굳은 근육을 풀어주고 열을 내서 에너지가 잘 발생하도록 함으로써 본 운동을 할 때 효과를 높이고 무리가 없게 하기 위함이랍니다. 매사에 준비가 중요하듯이 모든 운동에도 준비가 필수적인가 봅니다.

제가 선도(仙道)[2]에서 배운 바에 의하면 특히, 아침에 일어날 때가 하루 중 근

---

1 제 기억력은 썩 좋지 않습니다. 독자 여러분께서는 이 점을 해량하여 주시기 바랍니다.

2 선도란 천지인(天地人) 사상을 기반으로 하는 우리의 고유한 도(道)이며, 모든 종교와 사상의 뿌리입

육이 가장 많이 굳은 상태라고 합니다. 그러니까 잠자리에서 일어나기 전에 팔다리 등에 일어날 것이라는 신호를 충분히 주고 어느 정도 꾸물거린 다음, 기지개를 켜고 난 뒤에 몸을 일으켜 세우는 것이 좋습니다. 나이 드신 분의 경우는 더욱 그러합니다.

| 남녀의 뇌구조와 부부싸움 |

유전적으로 남녀의 뇌는 그 구조가 다릅니다. 이에 따라 동일한 사안에 대하여도 통상적으로 판단이나 행동이 달리 나타나는 경향이 있습니다. 또, 남녀 간에는 뇌구조의 차이뿐만 아니라 신체의 구성이나 호르몬 분비에 있어서도 서로 다릅니다. 상호 이런 남녀 간의 선천적인 차이점을 이해하지 못하거나 인정하지 못한 데서 부부싸움이 일어나기도 합니다. 따라서 부부 모두가 우선 남녀의 뇌구조와 그 신체적 특성에 대하여 알 필요가 있습니다. 그러면 서로를 이해하는 데 큰 도움이 될 것으로 보입니다. 상대방에 대하여 더 알게 되면'칼로 물 베기'라는 부부싸움도 지금보다 크게 줄어들지 않을까 싶습니다.

| 우리나라 개미들과 와타나베 부인 |

직장인이나 자영업자로서 주식에 투자하는 개미들이 여전히 적지 않습니다.[1] 저도 한때는 숱한 개미 중의 하나였습니다. 근데 유감스럽게도 그때나 지금이나 개미들이 열심히 호박씨를 물어다 놓으면 외인들이 한 입에 털어 넣기 일쑤인 것으로 보입니다. 이게 사실이라면 도대체 왜 이런 일이 반복되는 것

니다. 천도(天道), 신선도(神仙道), 풍류도(風流道)라고도 합니다.

[1] 한국거래소 통계 자료에 의하면 개인투자자가 2013년도 현재 대략 500여만 명이라고 합니다.

일까요.

큰 금액이건 작은 금액이건, 어느 주식 상품이건 간에 투자함에 있어서 정확한 정보와 냉철한 판단이 요구됩니다. 한데 상당수의 개미들은 장·단기 투자를 막론하고 참을성이 부족하거나, 쏠림 현상이 강합니다. 전문적인 지식을 가지고 냉철한 판단을 하면서 투자하는 분은 비교적 드물어 보입니다. 하여 상당수가 짧은 투자 기간에는 종종 이익을 남기지만 장기적인 투자 기간을 보면 적지 않은 투자자가 손실을 봅니다. 펀드는 제외하고 말씀드리고 있습니다.

반면에, 외인들은 사실상 우리 머리 꼭대기 위에 올라 앉아 있는 것으로 보입니다. 주식에 관련된 정보력이나 주가의 분석·판단력에서, 국내의 개인 투자자는 날고 기지 않은 이상 부처님 손바닥 안에 있다고 해도 과언이 아닐 겁니다. 그래서 권해드립니다. 대박을 노리기보다는 모두가 인정하는 우량주나 비전이 있는 종목에 투자하시기 바랍니다. 그런 종목 가운데 선택하여 매입하고 매도하는 시점은 격언을 따릅니다. 무릎에서 사서 어깨에서 판다는. 이에 대해서는 투자자 본인이 깊이 연구하기 전까지는 여러 전문가의 도움을 받아 종합적으로 판단하는 것이 보다 바람직하다 여겨집니다.

우리가 눈여겨볼 투자자가 외인 외에 또 있습니다. 남편 월급이나 자국의 금융회사에게 싼 금리로 빌린 자금으로 타국의 증권시장에 뛰어들어 돈을 버는 일본의 아줌마들, 일명 와타나베 부인입니다. 근자에 우리나라 아줌마들도 이런 류의 돈벌이를 시작하신 분이 있는 걸로 알고 있습니다. 꽤 짭짤한 수입을 올리는 일본의 와타나베 부인들의 정보력과 판단력을 배울 필요가 있을 것입니다.

개미들이 사업하거나 직장에서 힘들여 번 돈, 이제부터 불리지는 못해도 더이상 떼이지는 맙시다. 내 돈 잃은 것처럼 너무나 아깝고 또 안타깝습니다.

| 성희롱, 성추행, 성폭행이라는 유령 |

이성뿐만 아니라 동성 간에, 모르는 사람뿐만 아니라 아는 사람 간에, 비슷한 연령대뿐만 아니라 큰 연령차가 있는 경우에, 친족이 아닌 관계뿐만 아니라 친족 관계에서, 은밀한 장소뿐만 아니라 공개된 장소에서 성희롱, 성추행, 성폭행이라는 유령이 이 땅에서 배회하고 있는 듯합니다.

우리나라는 예로부터 동방예의지국으로 불리던 나라였습니다. 우리가 스스로 그렇게 부른 것이 아니라 남들이 인정해서 부르던 호칭이지요. 어떤 나라가 타국을 그렇게 부른다는 것이 쉬운 일이었을까요. 결코 그렇지 않았을 것입니다. 그런데 지금은 그런 고결한 명성과는 거리가 꽤나 멀어졌습니다. 왜 그렇게 되었을까요. 언제부터 그렇게 되었을까요. 저는 그리 오래되지 않았다고 봅니다.

나라를 잃은 36년간 우리나라의 역사는 변질되었습니다. 한국전쟁이 끝난 후에는 서양 문물이 밀물처럼 들어오고, 눈부신 경제발전의 그림자가 짙게 드리우면서 수천 년간 간직해온 아름다운 상부상조의 전통이나 윗사람·부모·조상에 대한 예는 추락하였습니다. 또한 사람 간의 도리가 하염없이 무너져 내렸으며, 이는 지금도 계속되고 있습니다. 외래의 강압과 종교, 압축적인 성장 등 환경적인 요인에 의하여 오랫동안 간직해온 우리 내부의 순수한 본성, 인성이 극도로 오염된 것입니다.

그 결과로 나타난 현상 중의 하나가 위에서 언급한 시공에 구애받지 않는 새로운 유령의 출현입니다. 현행 방법과 같이 처벌을 강화하고 감시를 늘리면서 여성의 인권을 강조한다고 이 문제가 근본적으로 해결되리라고 보지 않습니다. 오염되고 병든 인성의 순수성을 회복하게 될 때 비로소, 곳곳에서 출몰하는 이 유령은 이 땅에서 저절로 사그라지리라 봅니다.

인성은 본성이라고도 하며 양심이라고도 하지요. 인성을 제대로 회복하자

면 인성교육과 더불어 우리 고유의 정체성을 확고히 정립하는 게 필요하다
할 것입니다.

|'열 손가락 깨물어 안 아픈 손가락 없다'|

흔히 자식을 두고 하는 말로 아주 오래전부터 우리 강산에서 회자되어 왔
습니다. 이 말의 뜻은 못난 자식이나 잘난 자식이나 다 귀한 자식이란 뜻입니
다. 이 말이 미치는 범위가 비단, 딸린 자식에게만 그친다고 생각하지 않습니
다. 얼마든지 확장 가능성이 있는 격언입니다. 내가 키우는 자식뿐만 아니라
가르치는 제자나 함께 일하는 직원에게도 해당하며 나라의 주인인 백성에게
도 들어맞습니다.

나아가 모든 사람과 생명체, 사물에 대해서도 적용될 수 있습니다. 왜냐하
면 누구하나 무엇 하나 차이를 두거나 가릴 것 없이 모두가 내 자식처럼 귀한
존재이기 때문입니다. 또한 생물이거나 무생물이거나 모두가 사람처럼 사랑
받기 위해 태어난 존재라서 그렇습니다.

'열 손가락……'은 지극히 당연한 말이면서 참으로 뜻이 깊은 말이기도 하다
는 것입니다. 만약 세상에 보다 많은 사람들이 우리 선조들이 물려주신 이 단
한 줄의 말을 제대로 이해하고 동의하며 공감할 수 있다면, 이는 세상에서 빚
어지고 있는 온갖 상처들을 미연에 예방하거나 혹은 아물게 하는 엄청난 치유
가 일어나리라 확신합니다. 세상의 온갖 혼란과 분리, 갈등과 차별을 근원적
으로 해소해 나가는 정신적인 동력으로 충분하리라는 이런 제 생각에 대하여,
저는 우선 이 책을 읽는 독자 여러분의 동의를 구하고 싶은 심경입니다.

| 소비의 지혜와 경기의 회복 |

과거에 비하여 국내의 경제성장이 더뎌지고 있으며, 국외적으로는 주변국의 경제상황이 녹록지 않습니다. 수출입은 늘어났음에도 기업의 수익률은 전과 같지 않고, 전반적인 경기는 활발한 기류와는 거리가 있습니다. 동시에 주변국의 기술적인 추격은 빨라지고 있습니다.

모든 부문에는 주체가 있듯이 경제에도 경제주체라는 것이 있습니다. 국내에서 볼 때 정부, 기업, 개인 등이 주요한 주체입니다. 그리고 각 주체는 경제적으로 담당하는 역할이 따로 있습니다. 다른 주체는 차치하고 개인, 그중에서도 개인의 소비자로서의 역할에 대하여 경기의 회복과의 관련성을 보려고 합니다. 경기회복에 소비자가 할 수 있는 역할이 없을까요. 저는 소비자의 소비 행태와 경기의 회복과는 상당한 인과 관계가 있다고 믿습니다. 왜냐하면 소비자는 절대 다수이기에 소비자의 소비행태가 유통업체와 생산업체를 포함하여 산업 전반에 막강한 영향을 미친다고 보기 때문입니다.

그래서 소비자가 3가지 차원(생산업체, 유통업체, 브랜드)에서 3등분 구매의 원칙[1]을 지켰으면 좋겠다는 말씀을 드립니다.

우선 첫 번째 차원입니다 : 개인이 소비자로서 어떤 물건, 재화나 용역을 살 때 장기적인 관점에서 생산업체인 대기업, 중소기업, 수제업의 제품을 골고루 1/3씩 사는 것입니다.

두 번째 차원입니다 : 해외직구·인터넷몰·홈쇼핑, 대형마트나 할인매장, 전통시장이나 동네슈퍼에서 가격차가 있겠으나 필요한 물건을 유통업체별로

---

1 여기서 1/3씩 구입한다는 의미를 담은 '3등분 구매의 원칙'이란 어떤 전문용어나 경제용어가 아닌 순전히 제가 지어내고 주장하는 사견임을 밝혀 드립니다. 3차원도 마찬가지입니다. 소비할 때 특히 고려해야 할 점을 세 가지 차원으로 보았습니다. 소비자가 3차원에서 3등분으로 구매를 한다면, 구매 유형이 9가지(3차원×3등분)가 됩니다. 이를 그대로 실천한다는 것은 현실적으로 상당히 어렵다고 생각합니다. 그럼에도 소비자가 경제와 상생을 생각하면서 이와 같은 구매 내지 소비행위를 벌이고자 한다면 이는 매우 유의미하다고 보는 것입니다.

각 1/3씩 쇼핑하도록 합니다.

세 번째 차원입니다 : 브랜드 차원으로 지역 브랜드, 지역 외 브랜드, 외국산 브랜드를 각 1/3씩 구입하는 것입니다. 필요한 물건을 구입할 때 미리 마음속으로 위의 세 가지 차원을 고려하고 구매하는 것입니다. 물론 지역이나 연령층에 따라 구매행태가 다르고 물건마다 가격이 다르므로 일률적으로 적용하는 것은 무리입니다. 그럼에도 각자 노력은 하는 것이지요.

이를테면 내가 전통시장에 못 간다면 부모님을 통해서 장을 볼 수 있습니다. 치우치지 않게 소비자들이 구매하는 지혜를 발휘한다면, 대한민국의 구석구석까지 돈이 흐르게 됨으로써 지역 경기를 살리고 고용을 일으키며 경제를 발전시키는 데 크게 도움이 되리라고 보는 것입니다. 개인 한 사람 한 사람의 힘은 미약하지만, 개인들이 모여 뜻을 같이 한다면 그 힘은 막강해집니다.

| 명품 백 만들기 |

국내법의 하나인 '협동조합기본법'에 의하면 5인 이상의 자격이 있는 자가 발기하여 소정의 설립 절차를 마치면 누구나 협동조합을 설립할 수 있도록 되어 있습니다. 근자에 한참 뜨고 있는 협동조합의 법적이고 제도적인 배경이 바로 이 법입니다. 우리나라에는 널리 알려진 굴지의 협동조합이 여럿 있습니다.

이참에 어디 우리 손으로 명품 백 만드는 생산조합 한번 만들어보면 어떨까 싶습니다. 우리나라에는 가축을 잘 기르는 농업인이 많고 솜씨 빼어난 장인이며, 가죽을 잘 다루는 업체며 디자인에 강한 대학도 고루 있습니다. 이런 개인, 단체 등이 의기투합하여 협동조합을 결성하고, 조합원이 되어 백을 생산한다면 분명 외국의 유명브랜드보다 더 나은 백이 나오리라 믿어 의심치 않습니다. 브랜드가 될 조합의 이름을 멋있게 짓고 상생을 담은 정관을 만들어서 심플한 로고로 승부한다면 세계정상은 따 놓은 당상이 될 것이 틀림없습니다. 명품 백뿐만 아니라 가방, 의류 등도 가능성이 충분하다고 확신합니다. XX백은 물럿거라. 한국 OO백 나가신다~.

| 저출산과 고령화 |

흔히 저출산과 고령화를 큰 문제라고 말합니다. 정확히 말하자면 크게 대두되고 있는 저출산이나 고령화는 그 자체가 어떤 문제는 아니고 어떤 문제점들을 가져오는 새로운 사회적 현상이라고 보는 게 보다 타당할 것입니다.

그럼 이로 인한 문제점은 무엇일까요. 대표적인 문제점을 보면, 저출산의 경우에는 생산가능 인구의 감소를 가져옵니다. 이에 비해 고령화의 경우는 생활비, 의료비 등 복지 비용의 증가로 이어집니다. 여기서 한 가지 짚고 넘어간다면 저출산으로 인구가 없어질 것처럼 예측하는 것은 다분히 과장된 것이라는 것입니다. 저출산이 수십 년 혹은 수백 년간 지속되리라는 것을 쉽게 속단할 어떠한 근거도 없기 때문입니다.

현재 진행되는 저출산이나 고령화 현상이 장래를 위하여 바람직하지 않다면 그 원인을 찾고 바른 처방을 가하면 됩니다. 처방을 하는 목적은 저출산의 경우는 그 탈피가, 고령화는 관리라 할 것입니다. 현재 중앙이나 지방정부에서는 나름대로 이를 위해 여러 가지 방안을 실행에 옮기고 있습니다. 처방전은 많이 나오는데 원인의 진단은 좀 부족한 듯 보입니다. 하여 그 효과가 두드러지게 나타나고 있지 않다고 생각됩니다.

이 두 가지 현상은 서로 밀접한 관계가 있습니다. 저출산과 고령화가 동시에 진행되면서 고령화율이 점점 높게 나타납니다. 반면에 지금 인구가 늘어나면 나중에는 고령인구가 늘어납니다. 따라서 두 사안에 대하여 단순히 판단하고 대처할 수 없습니다. 통일 후 인구 추이와의 연관성도 살펴봐야겠지요.

그럼 먼저, 저출산부터 진단해 보겠습니다. 저출산이라는 현상이 어째서 생겨났을까요. 우선, 한 가정을 꾸리는 데 과거에 비하여 비용이 훨씬 많이 들어갑니다. 집을 장만하려면 여간 노력하지 않으면 안 됩니다. 교육비 역시나 만만치 않습니다. 통신비, 생활비, 레저비 꽤 들어갑니다. 맞벌이 가정은 아이 돌보는 데도 상당한 대가를 치러야 합니다. 복지 비용을 지속적으로 늘려왔지만 주거복지와 교육복지 예산이 충분치 않습니다. 저출산의 첫 번째 원인은 과다한 가계비와 아직 미흡한 복지제도라 할 수 있습니다.

두 번째 원인은 저출산이란 현상은 여성인력의 취업 양태의 변화에서 비롯되었다고 봅니다. 전에는 남자가 혼자 버는 외벌이가 많았고, 맞벌이가 흔하지 않았습니다. 또한 여성의 경우에는 취업을 했다가도 결혼을 하거나 출산을 하게 되면 본의건 타의건 직장을 그만두는 일이 허다했습니다. 지금은 맞벌이가 크게 늘어난 데다가 여성이 결혼이나 출산을 해도 그대로 직장에 다니는 일이 당연시되고 있습니다. 근래 출산 휴직이 많이 늘었다고는 하나 일부 직업군에 한정되어 있습니다. 직장의 육아시설도 태부족합니다. 취업한 여성이 출산하고 육아하는 데 있어 직장의 지원이 부족한 것이 두 번째입니다.

세 번째, 저출산의 또 다른 요인으로 남녀가 공히 결혼을 늦게 하는 기조가 뚜렷하고 아예 하지 않는 비율이 상승하였다는 점입니다. 대학 이상의 진학률이 높아지면서 취업이 늦춰지고, 연이어 결혼 연령이 늦어지거나 본의 아니게 임신 적령기를 지나 결혼하게 되는 경우도 적지 않습니다. 결혼을 하지 않고 살겠다는 청춘남녀가 늘어나는 새로운 기조도 생겼습니다.

이런 원인들로 인하여 우리나라에서 저출산이 일반적이 되었습니다. 원인을 안다면 이에 따른 처방도 가능합니다. 어떻게 해야 이 저출산이라는 현상을 완화시킬 수 있을까요. 우리는 답을 이미 다 알고 있는지 모릅니다.

주거복지와 교육복지의 점진적인 확대가 첫 번째 답이 될 것입니다. 서민들이 집 장만하느라 허리가 휘는 일만 해결해도 저출산을 완화하는 데 상당히 도움이 되리라 봅니다.

두 번째 원인에 대한 해결책은 여성들이 출산 후 아이들을 맘 놓고 키울 수 있도록 정부나 기업체에서 뒷받침해주면 됩니다. 비용이 많이 든다구요? 당연합니다. 아이를 가정에서 책임지는 시대는 지났으며, 아이를 키우는 것은 사회적으로 보았을 때 인재를 길러내는 것입니다. 특히 여유가 있는 대기업체에서 다음 세대의 육성을 위하여 기꺼이 재원이나 시설을 출연하길 바랍니다.

세 번째 원인에 대한 답은 대학의 구조조정입니다. 대학생이 지나치게 많이 늘어나 배우는 기간이 필요 이상으로 길어지고, 이로 인하여 결혼시기가 갈수록 지연되고 있습니다. 대학의 경쟁력 강화와 함께 대학생을 줄이는 노력이 필요합니다.

다음으로, 고령화의 원인에 대하여 진단하고 어떻게 처방할지를 생각해 보겠습니다. 먼저 원인을 살펴보도록 하겠습니다. 무엇보다 국민소득이 높은 국가에서 나타나는 공통적인 현상의 하나가 고령화입니다. 우리나라의 경우는 소득이 급격히 증가한 만큼 그 속도도 남다릅니다. 고령화의 원인은 소득 증가로 인하여 과거와 달리 천수를 다하기 때문입니다. 이로 인하여 발생하는 문제는 장기간에 걸친 생활비, 의료비, 복지비의 증대입니다. 앞서 언급한 바와 같이 노령화는 이를 해소할 수 있는 것이 아니기에 어떻게 대비하고 관리할 것인가를 고민해야 할 과제로 보입니다. 세 가지 방법이 필요하다고 봅니다.

첫 번째는 역시 소용되는 비용의 문제라고 보입니다. 어떻게 마련할까요. 공적·사적 연금제도를 십분 활용할 수 있겠습니다. 젊었을 때 노후를 대비하는 것이지요. 취업자에 대하여 65세가 되기 전에 국가나 기업의 지원이 필요하겠지요. 국가와 기업과 개인이 공동으로 노후 비용을 마련하는 것입니다.

두 번째는 힘찬 노후가 되도록 하여 고독, 질병에서 벗어나도록 하는 것입니다. 어떤 시설이나 도우미도 필요하겠지만 보다 중요한 것은 자신의 삶을 성찰하고 자신의 몸과 마음을 다스리는 법을 널리 행하는 것이라 할 수 있습니다. 사람은 태어날 때부터 사실상 완벽한 존재입니다. 스스로 치유할 수 있고 사랑할 수 있으며, 창조할 수 있고 깨달을 수 있는 권능을 하늘로부터 부여받았습니다. 그래서 사람을 소우주라고도 하지요. 그런데 이런 사실을 잊거나 그런 능력을 믿지 않거나 혹은 주어진 권능을 쓰지 않아서 나이 들어 고독해지고 질병에 약해진 것이지요. 하늘이 주신 달란트를 깨우는 데 있어 오래되고 증명된 방법이 있으니 바로 수행이고 명상입니다. 이를 통하여 건강하고 평화로운 노후를 보낼 수 있습니다.

세 번째는 노인 일자리 제공입니다. 일을 함으로써 건강을 유지하고 고독에서 벗어나며 소득이 발생하여 가난에서 벗어날 수 있습니다. 정부에서 환경이나 노동 분야의 파수꾼으로 활용한다든가 혹은 각 지자체에서 농업의 기계화를 일부 유보하는 대신, 노인들에게 품삯을 주고 일거리를 줄 수도 있습니다. 수요와 공급의 법칙을 활용한다면, 얼마든지 일자리를 제공할 수 있다고 봅니다. 고령화 현상의 대비와 관리라는 과제는 위와 같이 국가와 기업과 개인이 다 같이 노력하면 해결되리라 봅니다.

여기서 언급한 수행이나 명상에 대하여 편견이 있는 사람들이 꽤 있다는 걸 잘 알고 있습니다. 자신이 잘 알지 못하는 분야에 대하여 흔히 갖게 되는 견해의 일종이라 봅니다. 우리 민족의 전통적인 명상과 수행은 인간과 하늘의 교류인 호흡과 맞닿아 있으며 오래되고도 새로운 영역임을 인식하셨으면 좋겠습니다. 명상과 수행은 검증된 심신수양법일 뿐만 아니라, 과거에 한정된 장소에서 특정인이 행하던 조류에서 벗어나, 이제는 언제고 어디서나 남녀노소, 종교 유무, 지위 고하 등을 막론하고 누구에게나 소용되기에 이르렀습니다.

| 이제부터는 소프트웨어 잘 대접합시다 |

기계, 장비, 컴퓨터 등 하드웨어는 생긴 지가 오래되건 그렇지 않건 간에 눈에 보이는 것이라 인정받고 대접 받은 것이 당연시되었으나 음원, 프로그램, 콘텐츠 같은 소프트웨어는 생긴 지가 얼마 되지 않았고 눈에도 보이지 않는지라 그간 그냥 갖다 쓰기도 하고 대접하는 것이 퍽 소홀한 면이 두드러집니다. 근래 소프트웨어에 대한 시각과 평가가 전에 비하여 많이 향상되었다고는 하나, 다수의 전문가들의 의견은 아직 멀었다는 것입니다. 보이지 않는 믿음과 사랑과 소망이 귀하듯이, 보이지 않지만 힘들여 개발한 각종 소프트웨어도 소중한 자산이니만큼 정부나 기업이나 개인이나 잘 대접합시다. 여기에 돈 좀 쓸 만큼 씁시다.

| 역사의 왜곡, 위안부 할머니, 독도의 영유권 |

현해탄 건너 일본인들은 여전히 우리 역사의 왜곡, 위안부 할머니에 대한 모욕이나 독도의 부당한 영유권 주장 등을 자행하고 있습니다. 우리는 이에 대처하기 위하여 국민이 함께 목청을 높여 꾸짖기도 하거니와 때론 손가락을 잘라 혈서를 써서 보내고 혹은 일본관청을 항의 방문하기도 합니다. 이는 그네들의 잘못된 인식을 바로잡기 위한 아주 작은 대응에 불과하다고 여겨집니다.

섬나라 사람들의 잘못에 제대로 대처하기 위하여는, 위와 같은 항의나 행동을 포함하여 치밀하고 지속적인 대응이 요구됩니다. 뿐만 아니라 우리 스스로 그네들의 만행에 대비하는 데 있어 부족한 점이 없었는지 되짚어 보고, 있었다면 이를 채우기 위한 노력을 하지 않으면 안 될 것입니다.

세 가지 사안에 대하여 하나하나 짚어보겠습니다. 먼저, 첫 번째로 역사의 왜곡에 관해서입니다. 우리의 역사가 무엇보다 일제에 의하여 크게 왜곡되었고, 특히 그네들의 교과서에 자신들이 저지른 과거의 여러 침략 행위를 정당화시키는 잘못을 되풀이하고 있습니다. 이는 물론 시정되어야 마땅합니다. 근데 이보다 더 심각하게 생각해야 할 점은 우리의 역사교과서에 우리나라 최초의 국가인 고조선이 그 연대기조차 제대로 기술되지 못하고 있다는 사실입니다. 또한 국내에서조차 그 장구한 역사가 제대로 인정받지 못하고 있다는 사실입니다. 매우 불편한 진실이라고 봅니다. 고대사를 바로 잡지 않으면 우리나라의 역사가 바로 설 수 없습니다.

유구한 우리의 역사는 일본뿐만 아니라 북방 이민족이나 중국의 침입에 의하여, 그리고 믿기지 않겠지만 우리 스스로, 역사적인 기록을 감추거나 없앤지라 변변치 않게 되었습니다. 물론 삼국사기, 고려사, 조선왕조실록 등 귀중한 사료가 남아있기에 그나마 삼국 이후 근대사까지 상고할 수 있습니다.

앞으로, 우리는 우리의 역사를 바로 세우기 위해서는 일제에 의하여 어떻게 왜곡되었는지 깊이 살펴볼 필요가 있으며 일본의 서기, 수당의 수·당서 외에 금나라의 금서, 요나라의 요서, 청의 흠정만주원류고 등을 학문적으로 널리 연구해야 마땅하며 고대사의 정립을 위하여 힘써야 할 것입니다. 또한 우리의 영토뿐만 아니라 동북삼성 지역과 발해 등의 영역에 잠들어 있는 우리 문화재를 중국이나 러시아와 협력하여 연구할 필요가 있습니다. 만약에 우리나라의 역사와 문화가 길고 깊고 찬란하지 않았다면, 과거나 현재의 일본이나 중국이 굳이 우리의 역사서를 불태우고 훔쳐가거나 폄하하거나 비틀 이유가 있을까요. 다 같이 상량해 볼 필요가 있습니다.

또한, 우리나라 역사를 기술함에 있어 여러 가지 학설이 있고 동일한 사안에 대해서도 해석이 다른 경우 이를 우리 역사책이나 역사교과서에 같이 병기하여 실어야 함이 지극히 당연하고 타당하다 할 것입니다.[1]

---

1 지난 60년대 초에 정부에서는 연호 표기와 관련하여 중요한 결정을 합니다. 스스로 단기(檀紀) 연호

다음으로 두 번째 사안입니다. 위안부 문제는 우리의 반성이 먼저입니다. 나라 잃은 백성으로 고난을 감내해야 했던 할머니들이 그토록 받고 싶어 하는 진실한 사과와 마땅한 보상을 받도록 하기 위해 우리는 얼마만큼 관심을 가지고 대내외적으로 노력했던가요. 기도로, 혹은 마음으로나마 성원을 보냈던가요. 저 자신도 매우 부끄럽습니다. 국제사회에 이 문제를 우리 정부에서 공식적으로 제기한 것이 바로 지난해인 갑오년 아닙니까. 개인도 학계도 언론도 정부도 부끄러워해야 할 일이 아닐 수 없습니다. 이제 본격적으로 문제 제기가 시작되었으니 너도 나도 힘을 보태고 뜻을 모아서 할머니들이 눈감기 전에 섬나라 사람들에게 진솔한 사과라도 받아내야 할 것입니다.

끝으로, 세 번째 사안입니다. 근대 이후 일본국의 독도에 대하여 자행되는 잘못에 대해 흥분하거나 분노할 때는 이미 지난 것으로 보입니다. 그보다는 냉철하게 대처하는 게 더욱 필요합니다. 세계 여러 나라의 온라인과 오프라인 상의 독도에 관한 지도와 기술에 대하여 조사하고 잘못된 부분에 대하여 강력하게 시정을 요구합니다. 학문적으로도 연구에 힘써서 객관적인 자료를 각국에 제공합니다. 자국에 있거나 타국에 나가 있거나 이에 대한 관심을 가지고 지켜보고 성원합니다.

한 나라의 역사나 영토는 그 나라의 사가들에 의해서만 기록되고 군인들에 의해서만 지켜지는 것이 아니라 봅니다. 관심 있는 국민 한 분 한 분의 의지와 충심에 의하여 바르게 기록되고 영구히 지켜진다고 저는 믿습니다. 역사와 독도를 온전히 지키기 위하여 보이지 않는 전선에서 다 같이 눈을 부라리고 물심양면으로 힘을 보태 일인(日人)의 허튼 짓을 조기에 분쇄합시다. 또한 할머니의 한을 풀어주는 일에 동참합시다.

를 폐기한 것입니다. 우리의 고유한 연호를 버리고 외래의 서기(西紀)만 사용키로 한 것입니다. 이로 인하여 우리 민족은 오랜 역사를 지닌 한겨레라는 자긍심에 큰 상처를 입게 되었습니다. 늦은 감이 있지만 지금 당장에 이를 되돌려야 마땅합니다. 적어도 대외적인 문서나 국가의 중요 기록에는 일단 서기와 단기를 병행하도록 제도화함이 후손으로서 선조와 역사에 대한 최소한의 도리를 지키는 일이 될 것입니다.

바다 건너 섬나라에서 살면서 과거 우리 선조에게 글과 도리를 배웠던 그네들이 내뱉는 쓸데없는 소리를 듣느라 더 이상 귀를 더럽히지 맙시다. 그보다는 일본을 비롯한 해외 유출 문화재 11여만 점의 소재 파악과, 반환, 연구 방안 등에 힘을 쏟을 필요가 있습니다. 이를 위해 민관을 통틀어 관련 기구의 확대와 충분한 예산, 인력의 확충은 필수적이라 하겠습니다.

| 뇌의 시냅스와 회로에 인생이 달려 있습니다 |

인간의 뇌는 무한한 창조성을 갖고 있으면서, 동시에 습관적으로 작동하려는 속성도 갖고 있다고 알려져 있습니다. 무한한 창조성은 뇌의 뉴런(신경세포)과 시냅스(다른 신경세포와 접합하는 부위)에 달려있고 습관성은 뇌회로에 의하여 좌우됩니다.

뇌는 쓰면 쓸수록 뇌의 시냅스가 증가하여 뇌의 기능이 더 발달하게 되고 창조성도 더욱 발휘하게 됩니다. 누구나 쓰고 있는 뇌이지만 이를 잘 쓰기 위하여 뇌활용하는 방법을 배울 필요가 있습니다. 뇌를 잘 활용하는 것은 치매나 우울증 예방에도 효과가 있습니다.

한편, 사람의 행동이나 사고의 일정한 패턴은 뇌의 습관성에 의한 것으로 이는 뇌회로가 형성되었기 때문입니다. 사람이 습관을 바꾸기 위해서는 기존의 뇌회로 대신 새로운 뇌회로를 만들어야 하며, 이를 위해서는 일정 기간[21일 이상] 꾸준한 노력이 필요합니다.

그러니까 누구든지 끊임없이 뇌를 생산적으로 써서 창조성을 키우고, 또한 21일 이상의 노력을 기울여 가치 있는 뇌회로를 만들 때 인생은 원하는 대로 달라지기 시작합니다.

| 차내에서 가방 들어주기와 자리 양보하기 |

자가용이 드물고 택시 타기는 쉽지 않았던 90년대 초까지 시내버스를 비교적 많이 이용했습니다. 고등학교 다닐 때 자전거와 병행하여 자주 탔습니다. 등교 시간에는 버스 안에 손님이 꽉 차서 숨조차 쉬기 어려운 경우도 종종 있었습니다. 그때에는 차내에서 서로 가방을 들어주고 웃어른께 자리 양보하는 풍경은 아주 일반적인 일이었습니다. 유정한 세월이 흘러가서인지 혹은 학생들이 들지 않고 메는 가방이어서 그런지 버스 안에서 서로 가방 들어 주는 일이 거의 사라졌습니다. 다행스럽게 웃어른에게 자리 양보하는 미풍은 아직까지 다소 남아있습니다만.

| 화석에너지와 신재생에너지, 우리의 선택은 |

개인이나 기업이나 국가 차원에서 우리는 매일 에너지를 생산하거나 혹은 소비하면서 살고 있습니다. 에너지원의 종류는 많지만 통상적인 관점에서 크게 두 가지로 나누어 볼 수 있습니다. 그중 한 가지가 석탄, 석유, 가스, 셰일가스, 셰일석유, 플루토늄 등과 같은 화석에너지원입니다. 다른 한 가지는 쓰레기, 수소, 바이오, 풍력, 조력, 태양광·열, 지열, 핵융합 등과 같이 신재생에너지원입니다. 이 에너지원들은 그대로 사용하기도 하지만 대부분 전기에너지 등으로 바꾸어 씁니다. 전자의 화석에너지원은 널리 쓰이는 한편, 절대량은 줄어들고 있고 특히 지구온난화를 일으키는 주요인으로 지목받고 있습니다. 반면에 후자의 신재생에너지원은 쓰임새가 아직 적지만 환경을 보호하고 지속적으로 쓰일 수 있는 가능성 때문에 각광받고 있습니다.

두 에너지원에 대하여 좀 더 살펴보겠습니다. 먼저, 주목받고 있는 신재생에너지원에 관한 내용입니다. 각국에서는 향후 화석에너지원의 고갈과 지구의 환경을 생각하여 화석에너지원을 점차 신재생에너지원으로 전환하기 위하여 연구 개발에 힘을 쏟고 이를 사용하거나 확대하려는 추세가 점차 두드러지고 있습니다. 우리나라 또한 예외가 아닙니다. 그런데 세상에 쉬운 일은 없나 봅니다. 현재의 기술 수준으로는 신재생에너지원의 확대 사용에 두 가지 걸림돌이 있습니다. 이를 에너지화하는 데 있어 비효율성으로 인하여 경제적인 부담이 매우 크다는 것이 그 첫 번째이고, 당초에 기대하는 바와 달리 친환경이지 않은 경우가 상당하다는 것이 그 두 번째입니다.

몇 가지 예를 들어보겠습니다. 배출되는 쓰레기를 제대로 소각처리하지 않으면 다이옥신이 나옵니다. 수소에너지는 폭발성이 있어서 위험하므로 정밀한 기술이 필요합니다. 바이오에너지는 식량값의 폭등을 가져왔습니다. 풍력과 조력 등은 녹지나 바다에 설치함에 따라 자연 환경에 대한 파괴적인 요소가 강합니다. 태양광이나 풍력발전의 경우에는 눈비가 오거나 바람이 약해지거나 하면 지장을 받습니다. 효율성을 갖기가 말처럼 쉽지가 않습니다. 앞으로 두 가지의 큰 걸림돌 제거로 효율성을 개선하고 친환경성을 높이자면 전략적인 노력이 필요해 보입니다.

신재생에너지원별로 특정한 대학, 기업, 연구소 간 기술 개발 협약을 통해 효율적인 신재생에너지 생산 방안을 선점하거나 비약적인 기술발전을 도모하는 게 바람직하다고 봅니다. 또한 정부에서는 신재생에너지 생산연구나 투자가 중복되거나 집중되지 않도록 조정할 필요가 있습니다. 그 가운데서 미래의 에너지는 수소에너지가 대세가 아닐까 합니다.

다음으로, 화석에너지원입니다. 화석에너지원의 경우 아직까지 전기에너지 등으로 전환하여 사용함에 있어 그 효율성이 신재생에너지원보다 훨씬 높습니다. 또 우리나라에서는 대부분의 화석에너지원을 수입에 의존하고 있습니다. 그래서 그 효율성을 더욱 높이기 위하여 현재의 기술을 혁신하는 일을 소홀히 할 수 없으며 관련 기업이나 연구소에서 이를 위하여 애쓰는 것으로 압니다. 과거나 현재를 막론하고, 에너지원과 여기서 생산되는 에너지는 인류에게 유익하며 매우 중요한 재화의 하나입니다. 그런 만큼 이를 지속적으로 이용하는 데 있어 상응하는 연구와 투자는 필수적이라 할 것입니다. 현재 우리나라에서는 양 에너지원을 모두 사용하고 있으며 어느 것 한 가지도 소홀히 할 수 없습니다.

연구소, 기업이나 국가 등에서 에너지의 효용성 제고에 쏟는 노력과 함께 개인적인 차원에서도 에너지를 보다 효율적으로 사용하는 것이 중요하다 할 것입니다. 예를 들자면, 물건을 구입할 때 에너지 효율이 높은 제품을 사서 쓰고 동·하절기에는 실내에서 적정 온도를 유지하여 에너지를 절약합니다. 평상시에는 물을 아껴 쓰고 폐기물을 적게 배출하며, 직장에서 일회용품 사용을 가급적 줄이고 재활용을 생활화하는 것 등입니다. 그 밖에도 이동 시에는 대중교통을 가능한 이용하고 자전거를 즐겨 탑니다. 여유가 있는 분이라면 차를 구입할 때 하이브리드 차량이나 전기차를 사는 것도 좋을 듯싶습니다.

유에프오와 외계인의 존재, 이들의 지구 습격 가능성

사람은 누구나 개인이면서 동시에 한 가족의 일원이고, 어느 민족의 구성원이며 어떤 인종에 속해 있기도 합니다. 또한 인종이 모두 모이면 인류라는 하나의 종이 됩니다. 좀 더 크게 지구라는 혹성의 차원에서 보면 인류는 지구인이며, 만일에 다른 천체에 지적인 영성체가 존재한다면 그들이 입장에서 볼 때 우리 지구인은 외계인이랄 수도 있습니다.

우리나라를 포함한 여러 나라의 과거 기록이나 남긴 그림 또는 20세기 이후 촬영된 영상물이나 사진에 의하여 혹은 직접 경험했다는 사람의 증언을 통하여, 수많은 사람들은 유에프오로 추정되는 비행물체와 외계인의 존재에 대하여 보고 들었습니다. 현재까지 이러한 기록이나 주장들과 이들의 실존을 인정하거나 믿는 것과는 아직 일정한 거리가 있어 보입니다.

유에프오와 외계인이 실존할까요. 만일 실존하고 존재해왔다면, 그리고 현재까지 지구를 방문하고 있다면 지구인이 어떻게 대응해야 할까요. 그들의 존재를 믿을 뿐만 아니라 이 지구를 집어삼키고 지구인을 노예로 삼지는 않을까 염려하는 분도 있는 것 같습니다. 그분들의 염려대로 현재나 가까운 장래에 외계인끼리 지구를 두고 서로 쟁탈전을 벌이거나 어느 별에서 쫓겨난 외계인 집단이 특정한 나라나 조직과 연계하여 지구를 지배할지도 모릅니다.

제가 추론하건대 드넓은 우주에 오로지 태양계의 지구에서만 지적인 생명체가 존재한다는 가능성은 확률상 0퍼센트라고 봅니다. 과거나 현재, 미래에 아마도 많은 지적인 생명체가 우주의 곳곳에서 살고 지고 있으리라 보는 게 보다 개연성이 높다고 여겨집니다.

반면에 수효를 알 수 없으나, 특정한 종교를 가진 분들을 포함하여 눈으로 보기 전까지는 절대 어떤 존재를 인정하지 못하시는 분들, 그 밖에도 많은 분들이 이들 유에프오나 외계인의 존재를 믿지 않는 것으로 알고 있습니다.

추론상 외계인이 존재한다는 제 의견이 틀릴 수 있습니다. 그럼에도 여기서 제가 분명히 드릴 수 있는 말씀은 만약, 외계인이 존재하여 어떤 은하계에서 비행접시 같은 지구보다 훨씬 문명이 앞서고 기술이 뛰어난 비행물체를 타고 우주 공간을 날아 지구까지 도달할 수 있거나 도달하여도, 적어도 지구를 침략하는 일은 없으리라는 것입니다. 침략이란 적으로부터 생존을 꾀하거나 약자를 취하기 위한 무력을 동반한 집단적인 행동양식의 하나입니다. 생각건대 공간 또는 시간을 넘나들면서 지구를 방문할 정도의 발달된 과학기술을 갖기 위해서는 상생이나 공존이라는 높은 의식에 도달하지 않으면 도저히 불가능하다는 것입니다. 그러니 그들이 존재하고 지구까지 오는 일이 있다고 해도 침략당할 일은 결단코 발생하지 않는다고 확실히 말씀드릴 수 있습니다.

지구인이 진정 염려할 바는 그들의 존재 유무나 혹은 방문이나 침략이 아닙니다. 그것은 인류가 지구라는 혹성에서 오래전부터 버리지 않고 지니고 있는 편견과 자만과 무지라는 인류의 고질적인 환우입니다. 이런 쓸모없는 과거의 유산과 함께 특정한 종교나 사상, 민족이나 혹은 국가에 매인 작은 의식입니다. 인류가 이런 환우와 의식을 과감하게 깨뜨려 버리고 지구인으로 거듭나, 평화와 상생의 의식을 공유하고 미래를 향하여 함께 노력해 나간다면, 지구인도 외계인과 같이 우주 공간을 넘나들고 외계를 기쁘게 방문하는 날이 틀림없이 오리라고 확신합니다.

| 자식의 음주와 흡연 |

제가 고교 졸업 후 술을 많이 마신 모습을 어머니께 처음 보여드린 날이 아직 잊히지 않습니다. 얼굴에 놀라는 빛이 가득하였고 야단치기보다는 오히려 크게 걱정하셨습니다. 아버지께서 거의 평생 술을 하지 않았기에 더욱 놀라셨나 봅니다. 제가 그 뒤에 담배도 피웠는데 거기에 대해서 어머니께서 염려하신 기억은 잘 나지 않습니다. 이 또한 아버지께서 평생 동안 담배를 가까이 하셨기 때문이 아닌가 짐작됩니다.

진작부터 술은 어른 앞에서 배워야 한다고 들었습니다. 또 안 하는 게 좋지만 만약, 담배도 피우게 된다면 어른이나 선배 앞에서 제대로 지도를 받아 피우는 것이 좋다고 생각합니다. 어른 앞에서 술 담배를 배운다면, 아마도 자녀분들이 술을 마시되 주정을 하지 않고 어르신이 있는 곳에서는 흡연을 삼갈 것입니다.

제4장

시(始)

|갯벌, 습지의 개발과 보전 |

우리나라 서해 바다는 세계적으로 드물게 갯벌이 잘 발달되어 있고, 내륙에는 습지들이 적지 않게 자리하고 있습니다. 60년대부터 70년대까지 경제개발이 본격적으로 이루어진 과거에는 이런 갯벌을 비롯한 자연의 환경적 중요성이나 경제적 가치에 대하여 잘 알려지지 않았습니다. 단지 주요 개발대상 중의 하나로 여겼습니다. 하여 수십 년간 행해진 국가나 기업의 대규모 서해안 간척사업으로 드넓은 갯벌이 사라졌습니다. 지금도 새만금사업 등으로 메워지고 있습니다. 내지에 위치한 습지들 또한 도시화나 각종 개발 등으로 그동안 많이 없어진 것으로 알고 있습니다.

과거의 인식과는 달리, 대략 1990년대부터 우리나라 서해안의 갯벌이나 내지의 습지가 환경적으로나 경제적으로도 매우 귀중한 자원이라는 사실이 점차 알려지게 되었습니다. 조개나 캐고 별 쓸모없어 보이던 갯벌은 실상 바닷물을 정화시키고 수많은 생명체에게 서식처를 제공한다는 사실이 밝혀졌습니다. 질퍽하고 부가가치와는 상관없어 보이던 습지 또한 지상의 오염된 물을 거르고 다양한 동식물체에게 먹이와 물을 공급한다는 사실에 눈을 떴습니다.

그럼에도 불구하고, 환경에 대한 인식이 달라진 현재까지 이런 천혜의 보고가 보존보다는 개발에 밀리고 있어서 큰 걱정입니다. 특히 갯벌의 경우 새로 생기는 토지와 그 위에 세워지는 공장이나 건물들, 손에 잡히는 이익과 부가가치로 인하여 보존이나 친환경적 이용은 여전히 쉽지 않은 실정입니다. 또한 수천 년간 갯벌이 인근에 사는 어민들의 생업에 있어서도 매우 중요한 위치를 차지하고 있다는 진실을 아예 잊어버리거나 외면하고 싶은 것으로 보입니다.

현 세대뿐만 아니라 미래 후손에게 물려줄, 그리고 지구의 생태계에서도 주요한 위치를 차지하고 있는 서해안의 갯벌과 내륙의 습지가 더 이상 사라지지 않도록, 우리들이 환경에 대한 인식을 좀 더 높이고 정부나 지자체 그리고 국회에서 법률이나 조례, 도시계획 등을 통해 보다 규제를 강화할 필요가 있다고 강력히 주창합니다. 드넓고 경이로운 갯벌이 훼손되는 것은 그야말로 순식간이지만, 단 한 뼘의 갯벌조차 다시 탄생하려면 수백만 년의 풍상과 수억 번의 파도로도 모자람을 누구나 상기했으면 합니다.

|벌과 나비와 참새와 까치|

제 꿈에 많은 벌들이 자주 보이곤 해서 꿈속에서 쏘이지 않으려고 애썼던 기억이 남아 있습니다. 언제부턴가 제 꿈에 벌들이 보이지 않게 되었습니다. 이런 꿈과는 상관이 없는 얘기겠지만, 지금은 어디를 가든 꽃밭이나 수목 주변에서, 전과 달리 벌이나 나비의 개체 수가 현저히 줄어든 듯합니다. 대략 2000년 전후부터 그리된 것으로 기억합니다. 흔히 볼 수 있었던 꿀벌이나 땡비, 호랑나비 등이 눈에 잘 띄지 않고 그나마 배추흰나비는 비교적 쉽게 접할 수 있습니다. 실제로 벌 등의 개체 수가 줄어들었다는 전제하에 얘기를 계속하겠습니다.

벌, 나비가 줄어들었다면 왜 그렇게 되었을까요. 획기적으로 늘어난 전자기기의 사용에 따른 여러 가지 전자파의 영향 때문일까요. 혹은 곤충의 서식 환경이 예전만 못해서일까요. 혹은 곤충에게 전에 없던 질병이 생겨서, 혹은 작물에 문제가 있는 것일까요. 그 가운데 양봉하는 꿀벌은 사람들이 세밀하게 그들의 건강을 돌보지 않은 때문인지도 모르겠습니다. 어찌되었건 숫자가 줄어든 것은 유감입니다. 일찍이, 유대계 물리학자인 아인슈타인은 지상에서 벌이 사라지면 수년 안에 인류도 사라질 것이라고 말했다던데.

벌 나비에 이어, 다음은 우리나라 텃새 가운데 어디에서나 흔히 볼 수 있는 참새와 까치에 관한 얘기입니다. 근래에 다른 곳의 사정은 잘 알지 못하겠으나 제가 사는 주택 주변에서 살펴보면 이 또한 그 개체 수가 상당히 줄어들어 보입니다. 제가 십 년 이상 같은 공동주택 내에서 살고 있는데 수년 전만 해도 겨울철이면 단지 내에서 까치 우는 소리가 아주 요란했는데 재작년부터 소리가 예전 같지 않습니다. 그 까치들은 어디로 갔을까요. 겨울철 집 주변에서는 특히 참새들이 떼 지어 다니는 모습이나 다투듯 지저귀는 소리를 자주 보고 들었습니다. 이 또한 확 줄어들었습니다. 지지난해에 제가 거주하는 아파트 동의 벽면에 서 있던, 참새의 보금자리인 은행나무를 베어낸 까닭일까요.

저는 개인적으로 이런 현상들이 예사롭다 생각지 않습니다. 우려와 함께 마음도 편치 않습니다. 도시화되고 산과 들 같은 녹지가 줄어들면서 동식물의 서식처가 갈수록 열악해지고 있습니다. 위에서 언급한 동물 가운데 특히 까치의 경우 우리나라에서는 유해 조수라 하여 농촌에서 많이 잡아들이는 것으로 알고 있습니다. 또한 전기시설물에 둥지를 틀어 장애를 일으키는 관계로 한전 등에서 까치둥지를 없애기 위해 분투하고 있다고 들었습니다.

농촌과 한전 그리고 까치가 공존하는 방법은 없을까요. 분명 찾으면 있을 것이라 생각됩니다. 성경 말씀에 '찾으라 그러면 찾을 것이요'라는 구절이 있습니다. 까치라는, 우리 겨레와 오랫동안 가까이서 살아온 동물부터 보듬어 사람과 자연이 공존하는 방법을 찾아내기를 희망합니다. 과거에 백성들이 주려서 살기 힘든 때도 까치집을 제거하거나 까치를 잡아들였다는 얘기를 전해 듣거나 또는 관련 기록을 본 적이 없기에 더욱 그런 마음이 간절합니다.

| 세탁기, 냉장고, 청소기, 티브이야 수고가 많다 |

인간이 과거부터 현재에 이르기까지 많은 새로운 것을 발명했으되 그 발명품 가운데 가전제품처럼 사람 사는 데 많은 도움을 주는 것도 그리 흔치 않다고 여겨집니다. 세탁기가 없는 베란다, 냉장고가 없는 주방, 청소기가 없는 가정, 티브이가 없는 거실을 상상해 봅시다. 우리가 정상적인 삶을 영위할 수 있을지 심히 우려가 되고도 남음이 있습니다. 아마 어떻게든 생활은 하겠지만 상당한 불편이나 어려움, 그리고 심심함을 견뎌내야 할 것입니다. 그럼에도 우리는 종종 그 가전제품들의 수고로움을 잊고 살거나 감사함을 표현하는 데 인색한 것 같습니다. 가끔씩 이들의 존재와 이로움을 기억하고 이렇게 말해주는 걸 어떨까요. '얘들아, 정말 수고가 많다. 그리고 참말로 고맙구나.'라고요.

| 농수로 설치와 개구리의 생존 |

농촌에서 농경지를 경지정리하게 되면 자연 물을 대는 크거나 작은 농수로를 설치하게 됩니다. 이 농수로를 놓을 때 종종 벽면을 바닥과 직각으로 합니다. 그러면 공사하기가 쉽고 물 흐름도 좋아 농업용수를 끌어 쓰는 데 편리합니다. 무논에는 다양한 생물이 삽니다. 벼를 위시하여 개구리나 우렁도 함께 살고 있습니다. 그밖에도 많은 동식물이 같이 삽니다. 그중에 개구리는 헤엄도 잘 치고 팔딱팔딱 뛰기도 잘 하지만 한계가 있습니다. 직각으로 된 농수로는 건너뛰기 힘들뿐더러 한번 빠지면 벗어나기 어렵습니다. 제아무리 여러 번을 뛰고 수십 번을 오르려 해도 벽이 높고 가팔라서 나오는 경우가 매우 드뭅니다. 결국 개구리는 대부분 굶어 죽거나 익사하게 됩니다. 하여 농수로를 친환경 블록으로 만들거나 일정한 경사나 턱을 두어 설치함으로써 개구리나 두꺼비 등 양서류가 이동하는 데 어려움을 덜도록 하였으면 하는 것입니다. 개구리 등의 생존이 달려있는 만큼 비용이 더 들어가도 그리해야 된다고 봅니다.

　고속도로나 자동차 전용도로에는 중간중간에 동물의 생태이동로라는 것이 설치되어 있습니다. 도로를 지나다 보면 도로 양쪽의 둔덕을 연결하여 다리 같은 모양으로 만들어 놓은 것이 그것으로, 누구나 볼 수 있습니다. 그런데 짐승들이 사람들이 만들어 준 이동로를 이용하지 않고 도로를 횡단하다 로드킬이라고 횡사하는 일이 적잖게 발생합니다. 로드킬은 짐승에게도 안 된 일이지만 자동차를 운전하시는 분에게도 위험한 일입니다. 도로를 개설하거나 변경할 때는 동물의 이동로를 먼저 고려할 것을 제안합니다. 이동로를 먼저 설치하고 그 구간에서는 도로를 이동로의 아래나 위로 내는 것이지요. 짐승의 생존과 교통사고의 위험성 방지를 위하여 그리되었으면 합니다. 추가로 더 들어가는 비용은 자연과 인간의 공존을 위한 투자로 보면 좋을 것 같습니다.

　만일에 지금 농수로나 도로를 설계 중이거나 입찰 전이라면 가능한 설계를 바꿔 친생태적 및 친동물적 구조가 되도록 합니다. 이런 설계 기준이 없어도 최대한 노력합니다. 비용이 부족하다면 낙찰 차액을 활용하여 반영해 주길 원하며, 관련 부처에서는 향후 설계 기준에 이와 같은 상생 방안을 부가하길 바랍니다. 사람 살기도 힘들고 돈도 부족한데 무슨 정신 나간 소리냐고 하신다면 어쩔 수 없습니다. 현행과 같이 인간 중심의 농수로나 도로 방식을 지속할 수밖에 없습니다.

| 음주운전, 졸음운전하면 안 돼요 |

직장이나 모임에서 저녁시간에 회식을 하게 되면 으레 한 순배 돌기 마련입니다. 겨우 한두 잔 먹고 나서 택시를 타거나 대리운전을 시키려니 택시비나 대리운전비가 아까운 생각이 들 때가 있습니다. 혹은 다음 날 차 끌고 올 일이 걱정되기도 합니다. 그래서 '별일이나 있겠어.' 하며 운전대를 잡는 경우가 없지 않습니다. 안 됩니다. 혹여 한 잔이라도 마셨으면 차 놓고 가거나 대리운전 부르세요.

또, 한편으로 갈 길이 먼데 졸음이 막 쏟아질 때가 있습니다. 그럴 때 깜박깜박 졸면서 운전하는 경우가 있을 수 있습니다. 안 됩니다. 졸음이 와서 껌 씹고 소리쳐도 졸리면 그냥 쉬었다 가세요. 고속도로라면 쉼터를 이용하면 됩니다.

이런 음주상태나 졸음이 밀려오는 때의 운전은 사고의 위험성이 높고, 또 일단 사고가 나게 되면 나를 포함하여 사람들의 신체나 생명 또는 차량이나 시설물에 피해를 줄 가능성이 매우 큽니다.

졸리거나 음주를 한 상태에서 차를 운전하려는 유혹이 있을 때, 한 가지 사실을 상기하기 바랍니다. 자신이 결코 혼자 몸이 아니라는 현실을 말이지요. 내가 만일 기혼자라면 나는 한 집의 가장이거나 주부입니다. 동시에 나는 누군가의 배우자입니다. 또 결혼 유무를 떠나 나는 부모님의 귀한 자식이기도 합니다. 내가 며느리를 봤다면 나는 누군가의 시어머니나 시아버지입니다. 그뿐이 아닙니다. 나는 내가 다니는 직장의 소중한 직원입니다. 때로는 나는 또 누구를 위한 봉사자이기도 합니다. 내 한 몸이 온전히 내 것이 아닙니다. 그러기에 나를 아주 귀하게 여겨야 합니다. 때문에 이리 보나 저리 보나 이제부터 음주운전, 졸음운전은 안 됩니다. 올 스톱입니다.

| 마음이 실린 말 한마디 '오늘도 수고하셨습니다.' |

따뜻한 눈길로 바라보며 얼굴에 미소를 띠고 퇴근하는 직장 동료에게 마음을 실어 한 마디만 건넵니다. 'OOO 님!, 오늘도 정말 수고 많이 하셨습니다!' 의외로 감동은 아주 가까운 곳에서 만날 수 있습니다.

| 다중이용시설의 시뮬레이션을 통한 안전 점검 |

방방곡곡에 극장이라든가 호텔, 백화점, 비행기, 선박 등 다중이 이용하는 시설이나 구조물들이 참 많이 있습니다. 이런 다중이용시설[1] 은 누구나 가끔씩 혹은 자주 이용하기 마련입니다. 이런 시설을 운용함에 있어서 무엇보다 관리자나 이용자의 생명과 신체의 안전이 가장 중요하며 두말하면 잔소리가 됩니다.

안전을 위해서 먼저 자체적으로나 혹은 전문기관에 의한 정기, 혹은 수시 점검이 필요합니다. 또한 평상시 불의의 재난이나 재해 발생에 대비하여 정기적으로 훈련을 갖는 것은 필수적입니다. 여기에 더하여 컴퓨터 시뮬레이션[2]을 통하여 안전을 점검하고 미비점이 있을 시 시설이나 장비, 훈련 등을 보완하면 더 좋을 것 같습니다. 그럼 시설물의 안전도가 보다 향상될 수 있을 것입니다.

이런 시뮬레이션은 다중이용시설을 소유하거나 관리하는 업체에서 개별적으로 하기엔 아무래도 부담이 될 수 있으므로 국가나 대학 등이 보유한 시설을 활용하도록 정부나 지자체에서 경비 등을 지원하면 좋을 것 같습니다.

---

1 편의상 다중이 이용하는 시설과 구조물을 하나로 묶어 다중이용시설이라고 통틀어 호칭합니다.

2 여기서 시뮬레이션이란 '과학적인 가상실험'을 말합니다.

악플과 선플

인터넷상의 어떤 글이나 기사 등에 대하여 관심 있는 네티즌들은 다양한 의견을 표출하고 퍼 나르기도 합니다. 이런 댓글들은 그 내용과 관련 있는 사람이나 단체 등에 힘을 주기도 하고 때로는 상처를 주기도 합니다. 상처 주는 댓글을 악플이라 하고 건전한 의견을 주거나 힘을 주는 댓글을 선플이라 하여도 크게 무리가 없다고 여깁니다. 실명 공개 여부를 떠나 선플이 달리는 것은 무방하나 문제는 악플입니다.

제 견해로 특히 실명이 아닌 악플에 대해서는 원 글이나 기사를 쓴 사람을 포함하여 일반 네티즌들도 이를 무시하는 게 맞다고 생각합니다. 즉 떳떳하지 않은 못된 댓글에 대해서는 아무도 의견을 말하거나 달지 않음으로써 이를 싹 무시하는 것입니다. 그러면 이런 악플은 자연 힘을 못 쓰게 될 것입니다. 악플에 대하여 비난하지도 동조하지도 않는 것이지요. 익명의 악플에 다시 어떤 의견을 줌으로써 파장이 커지는 사례가 더 이상 생기지 않기를 기대합니다.

홈쇼핑의 갑질

'돈이 되고 힘이 있다 싶으면 갑질한다'라는 얘기를 심심치 않게 들을 수 있습니다. 생각건대 공동체의 상생의식보다 약육강식이라는 정글의 법칙이 아직 사회 곳곳에서 통용되고 있다는 얘기로 해석됩니다. 갑질이 곳곳에서 행해지고 있다면 그 갑질의 정도가 문제일까요. 갑질 그 자체가 문제일까요.

지난해 어느 신문의 기사에서 모 홈쇼핑의 갑질에 관한 글을 본 적이 있습니다. 만일에 이게 사실이라면 삼가시길 진심으로 바랍니다. 갑과 을, 다 같이 먹고 살아야 되지 않겠습니까. 갑이 힘을 좀 쓰더라도 적정하게 써서, 을의 기본적인 이익을 침해하지 말고, 아무리 못해도 을이 최소한 본전은 하도록 해야 맞는 것 같습니다. 이 경우는 갑질의 한 가지 사례에 불과한 것으로 보입니다. 대표적인 갑질로는 원청업체의 납품가 후려치기, 대기업의 기술이나 특허 가로채기, 대리점으로 제품 밀어내기, 막말하기 등이 있습니다. 이제부터는 그와 정반대되는 말이나 모습을 흔하게 듣거나 보고 싶습니다.

| 다문화가정에 대한 배려와 따뜻한 시선 |

우리 주변에 많이 늘어난 다문화가정, 어떤 인연으로 우리나라에 와서 결혼을 하고 가정을 꾸렸는지 사연이나 까닭은 제각기 다르겠지만, 그들을 지금보다 더 배려하고 보다 따뜻한 시선으로 대했으면 합니다. 특히, 다문화가정의 어린 자녀들이 학교 등지에서 소외되지 않고 또래 친구나 아이들과 잘 어울려 지낼 수 있도록 좀 더 세심하게 신경을 쓰길 바랍니다. 이는 우리 자녀들의 인성 발달에도 도움이 될 것입니다. 아울러, 결혼 이민자들이 한국어를 익히고 그 자녀들이 모국어를 배울 수 있도록, 배움의 장이 곳곳에 생기고 재능 기부가 더욱 늘어나길 희망합니다.

무릇 사람이 자신의 참된 가치를 발견하고 인간의 존귀함에 눈뜨게 되면, 자신을 소중하게 여기며 모든 사람을 하늘처럼 대하게 됩니다. 그런 사람이 점점 늘어난다면 각기 가진 피부색이나 문화, 종교 혹은 이념 등을 이유로 사람을 차별하는 일이 지상에서 점차 사라지게 되지 않을까요.

| 도토리 등의 채취 |

우리의 산하는 참 아름답습니다. 예로부터 금수강산이라고 불렸죠. 우리나라 땅에서 나는 산물들은 맛과 효능이 타국에 비하여 월등합니다. 사람들도 잘났습니다. 산이 많은 우리나라에서는 산에서 나는 다양한 먹거리를 취할 수 있었습니다. 삼면이 바다이기에 거기서도 많은 도움을 받았을 것입니다. 과거부터 지금까지 우리나 선조들은 자연에서 나는 부산물을 귀하게 먹거리로 삼았고 지금도 그러합니다.

근래에 산중에서 문제가 생겼습니다. 이제 먹고 살만해졌는데도 불구하고, 오히려 도토리나 산나물 등의 과도한 채취로 산짐승이 먹을 것을 찾아 민가를 찾도록 하는 일이 심심치 않게 벌어지고 있다는 것입니다. 모르긴 해도 과에 있었던 호환(虎患)이라는 것도 대체로 산중에서나 산에 가까운 지역에서 벌어졌을 것입니다. 왜냐면 사나운 짐승조차도 자신의 영역을 침범하거나 위해를 가하지 않는 이상 사람을 해치는 일이 거의 없기 때문입니다.

봄에서 가을까지 많은 사람들이 주중이나 주말을 택하여 산에서 밤, 버섯 등 다양한 임산물을 거의 무차별적으로 채취하여 생태계가 걱정될 지경입니다. 앞으로 입산하는 분들은 상생의 의식으로 임산물 채취를 스스로 조절하시길 바라며, 해당 기관에서는 입산 금지나 채취 제한 등의 조치를 보다 강화했으면 합니다. 사람으로서 짐승 먹을 것까지 취함은 심히 지나친 처사로 여겨집니다.

| 산 자와 죽은 자는 분리되지 않은 존재 |

사람이 태어나면 누구나 죽습니다. 산 자는 언젠가는 죽은 자가 되고, 지금

죽은 자는 과거에는 산 자였습니다. 산 자는 자신을 위하여 살고 남을 위하여 살 수 있으며, 먼저 저승으로 간 자를 위하여 마음을 쓸 수도 있습니다. 반면에 죽은 자는 인연이 있는 산 자가 지상에서 어려운 일을 당하지 않도록 보호하거나 돕기도 합니다. 죽은 자는 하늘에서 산 자의 정성에 힘입어 새롭게 지상에서 태어나기를 기다립니다. 산 자와 산 자가 서로 연결되어 있고 죽은 자와 죽은 자가 같은 세상에서 살듯이, 산 자와 죽은 자도 서로 분리되지 않은 존재라 할 수 있습니다.

| 재난 재해 신고 전화 119 업그레이드 |

어떤 인위적인 재난이나 자연 재해를 당하여 스마트폰 등으로 119에 신고하면 119안전신고센터에서는 신고를 한 핸드폰으로 재난 재해의 유형별 매뉴얼을 자동으로 송신합니다. 상황에 따른 조치사항을 간결하고 명확하게 보내서 알려줍니다. 신고자가 알기 쉽도록 매뉴얼을 그림 화면으로도 구성합니다. 유관기관의 전화번호를 한눈에 볼 수 있도록 띄워 줍니다. 긴급 상황 대처에 필요한 상세한 매뉴얼과 연결될 수 있는 인터넷 주소도 보내줍니다. 119 신고전화 체계를 업그레이드합니다.

| 우리는 왜 가로수를 심고 정원수를 가꾸는지 |

우리는 길가에 가로수를 심고 뜰에는 정원수를 가꾸며 건물 주변 곳곳에는 조경수를 식재합니다. 이렇게 하는 까닭은 아마 푸른 숲이 있던 곳에 길을 내고 누런 들이 있던 자리에 집을 지었기 때문일지 모릅니다. 사라진 숲에 미안

하고 없어진 들이 그리워서 말이죠.

사람들 곁에 늘 함께하고 있는 나무들은 우리에게 어떤 존재일까요. 사람은 나무가 있어 숨을 쉴 수 있습니다. 모진 바람을 막을 수 있으며, 종이나 화장지로 만들어 씁니다. 가구로 지어 사용하거나 기둥이나 들보로 켜서 집을 짓는 자재로 활용합니다. 사람에겐 한없이 고마운 존재이고 생명체입니다. 뿐만 아니라 이 고마운 나무는 어디에 심기고 어떻게 쓰이든 아무런 말이 없죠. 또 많은 생명을 키우고 죽어서는 다시 밑거름이 됩니다.

| 계란 노른자가 잘 터집니다 |

저는 계란 프라이를 자주 해 먹는 편입니다. 기름을 두르고 프라이할 때 보면 어떤 계란은 노른자가 힘없이 터집니다. 전에는 좀처럼 노른자가 터지지는 법이 없었는데 지금은 꽤 늘어났습니다. 간혹 유정란을 사서 먹을 때도 그런 경우가 없지 않습니다. 어떤 요인으로 인하여 일부이긴 하지만 전과 달리 그렇게 계란의 노른자가 터지게 된 걸일까.

A4용지 크기의 좁은 공간에서 종일 지내서 운동이 부족한가, 아니면 신선한 채소나 지렁이를 못 먹어서 영양분이 결핍돼 그런가, 혹은 잠을 제대로 못 자 신진대사에 지장을 받아서인가. 분명한 것은 그녀(?)들도 사람처럼 스트레스를 받는 동물이란 것입니다. 아무리 닭머리를 갖고 살더라도 비좁은 공간에서 수많은 닭들이 밤낮없이 꼬꼬대는 소리를 들어가며, 짝과 사랑 한 번 제대로 못하고 평생 동안 산다면 오히려 정상적으로 건강한 알을 낳은 것이 이상한 일인지도 모릅니다.

그러면, 왜 닭들 대부분이 감당하기 힘들어 보이는 고행을 겪으며 살게 된 것일까. 제가 보기에 이는 싼 가격에 계란을 사려는 저를 포함한 소비자와 이에 부응하면서 이익을 보려는 생산자의 합작품입니다. 그러기에 저를 비롯한 소비자의 이런 의식이 바뀌어야 생산자 또한 현행의 비동물적인 산란계 사육 방식을 바꿀 수 있을 것입니다. 구입량을 줄이더라도 제값을 치르고 달걀을 사려는 의식으로 말이지요. 소비자가 생각을 바꾸면 생산농가에서도 닭들의 동물복지에 좀 더 투자하는 게 가능해질 것입니다. 그렇게 되면 닭들이 지금보다 더 나은 환경에서 스트레스 덜 받아 건강한 알을 낳게 될 것이고, 소비자는 종전과 같이 항상 질 좋은 계란을 사서 먹게 될 것입니다.

어쨌든 프라이할 때 노른자가 쉽게 터지는 계란이 제 맘에 썩 들지 않는다는 점은 확실하게 말씀드릴 수 있습니다.

| 해운강국 건설 |

우리나라 영토는 삼면이 바다입니다. 배도 훌륭하게 잘 만듭니다. 크고 작은 항구도 곳곳에 발달되어 있습니다. 사람들은 매우 성실합니다. 그러니까 인천공항을 아시아의 허브 공항으로 성장시킨 것처럼, 인천항이나 부산항을 아시아 또는 세계의 허브항으로 키울 여건이 충분합니다. 우리나라는 해운강국이 될 수 있습니다. 우리가 가진 자원이나 입지, 여건 등을 두루 활용하여 전략만 잘 짜면 충분히 가능할 것입니다. 정부와 항만사, 해운조합과 국민이 뜻을 모아 우리나라를 해운강국으로 만듭시다. 다 함께 해운강국을 향하여 행진!

| 카지노 |

10여 년 전만 해도 때와 장소에 별로 구애받지 않고 친구나 동료 간에 때론 식구끼리도 고스톱 참 많이 쳤습니다. 지금은 이전에 비해 고스톱 인구가 많이 줄어들었거니와, 또 치는 사람 가운데 상당수는 온라인상으로 상당히 옮겨온 것으로 보입니다. 우리 대중 사이엔 온·오프라인상의 고스톱뿐만 아니라 내기나 복권을 즐겨 하는 풍조가 있습니다. 또한 온·오프라인 상에서 적법한 도박만 있는 것이 아니라 불법이나 사기도박이 적지 않게 벌어지고 있는 게 엄연한 현실입니다.

이런 현실에서 근래 논란이 되고 있는 카지노의 국내인 출입 허용 여부는 어떻게 하는 게 좋을까요. 국내인의 출입을 허용한다면 이는 일견 바람직하지 않아 보입니다. 카지노 인근에 사는 주민이 자주 출입하여 가산을 탕진할 수도 있습니다. 그렇지만, 불법이나 사기에 의한 도박으로 인한 손해보다는 덜 억울할 것입니다. 왜냐하면 부당한 방법이 아니라 정당한 게임에서 졌기 때문에 그렇습니다. 또 한편으로 지자체나 정부에서는 카지노 수입의 일정액을 조세수입으로 확보하여 복지 등에 지출하는 일이 가능해집니다.

카지노의 국내인 출입을 전면적으로 허용함은 사회적으로 부적절합니다만, 제한적으로 출입할 수 있도록 함은 최선은 아니지만 차선은 되지 않을까요. 어차피 사회에서 필요악으로 자리 잡은 사행성 오락이나 도박이라면 이를 제대로 양성화함이 외려 바람직할 수도 있다고 보기 때문입니다. 카지노업 진출의 규제완화도 같은 맥락에서 볼 수 있으리라 여겨집니다.

| 셧다운제는 게임상의 십구금 |

청소년들이 야간에서 새벽까지(24:00~06:00) 온라인 PC게임을 하지 못하도록 하는 이른바 셧다운제가 합헌결정이 나와 논란이 된 바 있습니다. 아무래도 자제력이 부족한 청소년이 밤새워 게임을 하면 육체나 정신적인 건강에 부정적인 영향을 미치기 때문에 강제적으로 이를 제한할 수 있도록 한 것으로 보입니다. (최근 이와 관련하여 변경 방안이 추진된다는 얘기를 들은 적이 있습니다.)

셧다운제와 비교할 수 있는 대표적인 문화 분야의 규제가 있으니 기시행 중인 영화 관람에서의 나이 제한입니다. 영화가 상영되기 전에 관계 기관에서 심사를 통하여 청소년이 보기에 부적합한 내용이 있을 경우 십구금 판정을 내립니다. 자라나는 세대에게 정서적으로 부정적인 영향을 준다고 보아 이를 강제적으로 제한하는 제도입니다.

게임에서의 셧다운제나 영화에서의 십구금 판정이나 방법은 다르지만 청소년을 보호하는 취지는 같다고 생각합니다. 셧다운제는 게임상의 십구금이라고 말씀드리고 싶습니다. 근자 셧다운제를 피해서 국내게임보다 외국게임을 하는 청소년이 는다고 하지요. 이는 새그물이 정교하다고 하나 새가 빠져나가는 것처럼 어찌할 수 없는 일일까요. 가정에서나 학교에서 좀 더 관심을 기울이면 스스로 게임하는 시간을 조절하는 게 가능하지 않을까 싶습니다. 아무튼, 앞으로 재미가 있으면서 학습에도 도움이 되는 건전한 게임이 많이 개발되고 보급되기를 기대합니다.

| 인구 조절과 지구온난화 저지 |

18세기 말에 영국의 경제학자 맬더스는 그의 저서'인구론'에서 식량은 산술

급수적으로 늘어나는 데 비하여 인구는 기하급수적으로 늘어나, 과잉인구에 의한 빈곤과 악덕은 피할 수 없다고 주장하였습니다. 그로부터 2세기가 지난 현재까지 그의 주장은 여전히 유효해 보입니다. 지금도 인구는 증가하고 있고 식량난은 해소될 기미가 없습니다. 다만, 그로서는 인구 조절의 실패가 경제적이고 도덕적인 문제뿐만 아니라 환경적인 재앙을 가져오리라고는 예상하지 못했던 것으로 보입니다.

현재, 전 세계적으로 70억 명 이상의 인구는 과거 어느 때보다 막대한 물품을 소비하고 있으며, 소비되는 물품의 생산·보관·유통에 필요한 소재와 에너지를 얻는데 석탄, 석유, 가스 등과 같은 화석연료를 엄청나게 사용하고 있습니다. 지속적인 화석연료의 사용은 이산화탄소를 비롯한 가스 배출로 이어졌고 이는 지구의 대기 온도를 올리는 요인으로 작용하고 있습니다. 이렇게 뜨거워진 지구로 인하여 세계 각지에서는 폭염, 혹한, 폭우, 가뭄, 홍수와 같은 기상재해와 함께 녹지의 사막화 등 자연환경의 파괴가 일어나고 있습니다. 이는 다시 기아와 분쟁의 요인이 되고 있는 실정입니다.

기후 전문가들은 향후에도 이런 사태가 더욱 악화될 것으로 예상하고 있습니다. 이런 사태를 완화하고 호전시키기 위해서는 우선 급증하는 인구의 증가를 막는 일이 급선무입니다. 특히 인구 증가의 대부분을 차지하고 있는 저개발국가의 상황에 대한 경각심을 갖고 이를 저지하기 위해 각국이 노력할 필요가 있습니다. 이들 국가들의 빈민층의 기아가 커다란 문제로 부각되어 있으나 더 큰 문제가 실은 인구 증가임을 유념하여, 이들을 지원하는 국가나 단체, 기구 등에서는 그들에게 빵을 주는 일뿐만 아니라 저개발국가의 인구 조절 정책에 힘을 실어 주는 것 이 보다 시급하고 합리적인 일이라 할 것입니다. 더불어 스스로 자연환경을 소중히 여기고 지키며 살 수 있도록 이끌어주는 게 필요합니다.

인구의 폭발과 이로 인하여 촉진되는 기후의 온난화는 특정한 민족이나 지역에 한정된 문제가 아닌 인류와 지구 차원의 공동 과제입니다. 그러기에 모든 국가와 국제기구의 공동노력이 없으면 해결될 수 없는 것입니다. 한데, 역설적이게도 모두의 문제이기에 오히려 어느 국가도 앞장서려 하지 않거나 혹은 피해가려 하며 국제기구도 힘써 행하려는 의지가 부족한 듯합니다.

차제에, 지금부터 각 국에서 거의 공통적으로 가져온 이익 추구와 경쟁 일변도의 오래되고 낡은 관점이나 틀을 과감하게 바꾸기를 강력히 주창합니다. 각 나라에서 열중하고 있는 지적 재산권 다툼, 개발 만능주의, 영토 분쟁, 종교 갈등, 무역 전쟁, 무한 경쟁의 틀 등에서 벗어나길 희망합니다. 강대국을 비롯한 제국이 팽창주의에서 벗어나 국내외적으로 공유, 공존, 공동체, 공생의 의식을 새로이 확립하고, 이를 기반으로 국가 간 긴밀히 협의하여 중복 투자로 인한 각 국가의 불필요한 국력의 소진을 막고, 공동 번영을 추구하는 것입니다.

그렇게 되면, 여러 나라의 국력의 상당 부분을 인구 조절과 기후 온난화 저지를 위한 공동 노력을 전략적으로 실천하는 데 쓸 수 있게 됩니다. 그런 국가 간 획기적인 인식의 전환과 합의, 그리고 공동의 실천이 뒷받침될 때 비로소 개인과 국가 그리고 인류와 지구가 살만한 미래를 향유하게 되리라고 봅니다.

우리나라의 경우, 현재 신생아가 줄어드는 것을 한껏 걱정하고 있으나 이는 때가 되면 자연 불어나리라 봅니다. 보다 중요한 과제는 한반도를 비롯한 지구온난화 저지에 힘을 쏟는 일일 것입니다. 현재 우리나라 정부 및 지자체에서 추진하는 저출산율 해소를 위한 대책은 대개가 종합적인 접근법과는 거리가 있어 보입니다. 그보다는 오히려 노령화에 효과적으로 대비하는 것이 보다 바람직할 것입니다.

| 음주와 가무, 놀이와 그림이 없는 세상 |

인간에게 인류에게 술, 노래와 춤, 놀이와 그림 등이 없었다면 지금까지 살수 있었을까. 현재나 미래에 제대로 살 수 있을까. 그런 세상이 가능하긴 할까. 저는 술, 노래 등이 없었다면 인류의 정신 건강이 온전치 않게 되거니와 생존조차 쉽지 않았으리라 봅니다. 지적 수준은 높은데 정서적인 뒷받침이 없다면 온전한 정신세계를 구현할 수 없다고 보기 때문입니다.

그러기에 사람들에게 가무 등이 매우 필요하고 소중하다고 할 수 있습니다. 세상에는 이와 같은 부류를 포함한 소중한 것들도 많거니와 또한 하찮은 것들도 숱합니다. 그렇지만 필요치 않은 것은 없습니다. 사람들은 대단한 것들뿐만 아니라 대단치 않은 것들로 인하여 이 세상에서 사람답게 살고 있다 여겨집니다.

| 웃음과 울음 |

사람이 동물과 같은 점이 많거니와 다른 점도 적지 않습니다. 다른 것 중에 웃음과 울음이 대표적인 것 가운데 하나라고 할 수 있습니다. 동물에 따라 드물게 눈물을 흘리기도 하지만 사람이 우는 것과는 비교할 수 없습니다. 인간은 언제부터 울게 된 것일까. 인간은 왜 울게 되었을까. 웃음에 대해서도 마찬가지 의문을 던질 수 있습니다. 그것들이 인간에겐 어떤 의미가 있는 것일까.

사람의 지식이 다방면에서 폭발적으로 늘고 있다고는 하지만 기실, 이와 같은 흔한 감정 표현들에 대하여도 과학적으로 현재까지 명확히 답을 내지 못하고 있습니다. 인간의 울음과 웃음은 그 종류도 많거니와 그에 관한 이론과 의견이 다양하고 통일되지 않았으며 아직도 연구 대상입니다.

이와 같은 예는 많은 사람이 식용하고 있는 닭과 달걀의 선후 관계에서도 찾아볼 수 있습니다. 유전공학이 눈부시게 발달하고 생물학이 하루가 다르게 발전하고 있지만 닭이 먼저인지 달걀이 먼저인지에 대해서 아직 확실히 모릅니다. 우리는 아직 모르는 게 겁나게 많습니다. 우리는 잘 모릅니다. 모릅니다. 모릅니다. 그래서 까닭 모를 눈물이 또 납니다.

| 큰집 앞산에는 개나리와 진달래가 |

1970년대 말로 기억이 됩니다. 제가 여름방학 기간에 큰집으로 놀러간 적이 있었습니다. 당시 우리 큰집은 서산인지 당진인지 그랬습니다. 큰집 앞에는 널따란 들판이 있었고 들판 너머로는 산이 잘 보였습니다. 그리고 거기 큰집에는 할머니, 큰아버지, 큰어머니, 사촌형, 사촌동생 그리고 사촌누이가 살고 있었습니다. 그때 거기서 저보다 어린 사촌누이한테 들었습니다. 앞산은 봄이 되면 개나리와 진달래가 펴서 산 전체가 온통 노란빛과 분홍빛으로 가득하다고요. 큰집은 오래전 다른 곳으로 이사를 갔고 지금은 큰집엘 가도 그런 얘기를 들을 수도 혹은 그런 모습을 볼 기회조차 없게 되었습니다. 말로만 듣던 그런 아름다운 산이 그리워질 때가 있습니다. 세월이 지난 지금도 사촌누이의 그 말이 문득 문득 생각이 나면요.

| 청주 우암산 늑대들의 울음소리 |

1970년대 중반 청주서 초등학교 다니던 때, 캄캄한 밤길 따라서 우암산 아래에 있던 우리 집으로 가다가 그 산에서 늑대들이 우는 소릴 여러 차례 들었습니다. 여러 마리가 같은 소리로 우~ 우~ 하고 우는. 그 뒤로 몇 해나 지났을까요. 우암산에서 폭약을 터뜨리는 소리가 들리고 불도저가 굴러가는 소리가 한참 동안 났습니다. 길을 닦느라 내는 굉음이었는데 산기슭에 있는 우리 집에서 크게 잘 들렸습니다. 그러고 나서, 나는 더 이상 우암산에서 나던 꼬리 긴 늑대들의 울음소리를 듣지 못했습니다.

| 미적분의 개념과 사람의 구성 |

사람이란 하나하나의 세포가 모여서 이루어진 존재인가, 아니면 전체로서 하나인 존재를 작은 세포들이 구성하고 있는 것인가, 미분이나 적분의 개념을 사람에게도 적용시킬 수 있는 것인가? 질문이 제대로 된 것인지 잘 모르겠습니다. 질문이 맞다면 답을 모르겠습니다. 어쨌든 청주 인근의 산을 오르다가 문득 그런 의문이 들었습니다. 고등학교 다닐 때 제 수학 점수는 그리 신통치 않았습니다. 당시 배운 미분과 적분은 제게 꽤나 어려웠습니다.

제5장

일(一)

청주시에서 사진 제공

| 비와 땀에 대한 심사 |

오랜 가뭄 끝에 후련한 빗줄기라도 쏟아지게 되면 누구나 다 아주 반가워합니다. 단비를 내려주는 하늘에 감사한 마음이 절로 들게 됩니다. 한데, 해갈이 되고 이제 그만 비가 그치면 좋겠는데 계속 오게 되면 그때부터 사람들은 날씨를 탓하거나 욕을 하기도 합니다.

사람이 땀을 흘릴 때도 이와 비슷한 반응을 보입니다. 날씨가 덥거나 체온이 올라가면 땀을 흘립니다. 땀이 나서 열이 식고 시원하기도 합니다. 여기까지는 그런대로 받아들입니다. 근데 땀이 계속 나와서 끈적끈적해지고 사타구니가 젖어오면 이제부터 더위와 함께 땀을 탓합니다. 질 좋은 고어텍스 제품을 입은 경우에는 이런 예가 맞지 않을 수도 있을 것입니다.

너 나 할 것 없이 이렇게 우리는 비에 대한 고마움, 땀에 대한 감사함을 쉽게 잊어먹습니다. 이런 예에서도 알 수 있듯이, 사람에 따라 정도의 차이는 있겠으나 우리네 심사는 대체로 변화가 심한 편입니다.

| 가위바위보 |

가위바위보 삼자 간에는 절대적인 약자도 강자도 없습니다. 바위는 가위를, 가위는 보를, 보는 주먹을 이깁니다. 이를 우리들 인생에 견주어 볼 수 있습니다. 인간들의 삶에 있어서도 절대적인 승리자도 패배자도 없다고 할 수 있겠습니다. 누구나 때에 따라 상황에 따라 강자가 되기도 하고 약자가 되기도 한다는 것이지요. 그러니 살면서 너무 이기려고 애쓰지 않아도 됩니다. 승부에 집착하여 힘들거나 외롭게 가는 인생보다는 승패를 떠나 서로 어울리는 데 에너지를 쓰게 되면 덜 힘들고 더불어 사는 삶을 살 수 있습니다.

|신대륙은 신대륙이 아님에도 신대륙입니다|

　흔히 아메리카를 신대륙이라고들 말합니다. 교과서를 비롯한 많은 책에도 그렇게 쓰여 있습니다. 15세기 말 유럽인이 아메리카 대륙을 발견할 당시, 이미 다수의 인디언이 대륙의 주인으로 살고 있었습니다. 세월을 더 거슬러 올라가 태평양 바다 건너 그 반대편을 보면 그와 유사한 사례가 있습니다. 고대 동아시아 문명의 주역은 오래전부터 중국의 한족으로 알려져 있습니다. 우리의 역사책에도 그렇게 나와 있습니다. 하지만 발굴되는 유물로 보나 전래한 문화로 보나, 고대 동아시아 문명의 주역은 한인이 아니라 한민족의 뿌리인 동이족이었습니다.

　역사는 승자의 것이고 강자의 것이라, 승자나 강자가 말하는 역사는 맞고 안 맞고를 깊이 따지지 않습니다. 그들이 기술하고 주장하는 역사가 그대로 역사가 됩니다. 신대륙은 신대륙이 아님에도 신대륙입니다. 고대 동아시아의 주역은 동이족임에도 동이족이 아닙니다.

|별에서 온 그대|

　그대는 별에서 왔습니다. 나도 별에서 왔습니다. 우리는 모두 뭇별에서 왔습니다. 수많은 별들의 명멸과 무수한 조합 속에서 지구라는 행성에 사람으로 태어났습니다. 우리의 몸이 그렇거니와 우리의 영혼도 그러하리라 믿습니다. 나를 포함하여 모든 사람이 별에서 왔다면 사람은 원래 숱한 별과 다르지 않으며 별개도 아닌 존재가 됩니다. 지구라는 행성도 별에서 온 것이 확실합니다. 그렇다면 지상의 모든 것의 고향은 별이 됩니다. 결국 사람과 동식물 그리고 사물의 본질은 하나이고 단지 형태만 다르다고 말할 수 있을 것입니다.

사람의 실체가 별에서 왔을진대 왜 하필 이 지구에 왔을까요. 숱하게 많고 많은 행성 중에 말이지요. 그리고 그중에서도 아시아, 그 가운데도 코리아에서 한민족으로 태어났을까요. 삼신할머니께서 점지해주셔서 그리된 것일까요. 기왕에 이 행성에 두 발 디뎠다면, 지구상에서 우린 어떻게 살아야 하고 갈 때는 어디로 가야 하는 것일까요. 흔히 사람들이 말하기를 영혼은 하늘에서 왔으니 천상으로 돌아가고, 몸은 땅에서 왔으니 흙으로 돌아간다고 합니다. 근원적으로 별에서 왔지만 달리 말하면 하늘과 땅에서 왔다고도 할 수 있는 게지요.

실상 지상의 모든 생명체와 무생물체는 별을 창조한 신의 작품이며, 동시에 신의 속성을 그대로 부여 받았기에 신의 자녀이고 신의 일부이며 신의 각기 다른 모습이랄 수 있습니다. 그 가운데 특별히 사람의 형상으로 별에서 온 우리, 별처럼 빛나고 별같이 아름답게 살다가 별 마냥 스러짐은 어떨는지요.

| 지렁이와 개미, 그리고 금파리와 송장벌레 |

야외에서 논이나 밭을 갈다 보면 지렁이가 땅속에서 나옵니다. 주변의 정원이나 꽃밭 등지를 파다가도 지렁이를 볼 수 있습니다. 개미는 그보다 더 흔하게 볼 수 있지요. 생태계를 건전하게 유지하는 데 지렁이나 개미의 역할이 크다고 합니다. 지렁이나 개미는 사람의 취향에 따라 다르겠지만 일반적으로 사람들에게 혐오나 기피대상은 아닌 듯합니다.

금파리는 사람이나 짐승의 배설물이나 썩은 고기나 과일 등을 먹습니다. 병균도 옮깁니다. 송장벌레는 죽은 동물의 시체를 먹습니다. 이들은 사체 등을 처리하므로 환경적 측면에서 유익한 역할도 합니다. 이 벌레들은 앞서 말한 개미 등과 달리 대부분의 사람들이 싫어하거나 기피하는 대상입니다. 그런데 곤충학자의 말에 의하면 세상에는 익충도 해충도 없답니다. 단지, 사람의 필요에 의해서 그렇게 구분했을 뿐이라고 말하고 있습니다.[1]

| 러시아의 스파이 조르게 |

독일 출신의 러시아 스파이로 세계 2차 대전 당시 도쿄에서 활약하다 일경에 체포되어 사형당한 첩보원이 있습니다. 그는 이십세기의 유명한 첩보원으로 알려져 있는데, 이름은 조르게라고 하며 2차 대전 당시 일본군의 아시아에서의 동태를 러시아에 알려 스탈린으로 하여금 독일의 침공에 대비케 함으로써 2차 대전의 향방이 바뀌게 되었다고 합니다.[2]

이와 같이 군사적인 정보는 군대의 배치와 전략에 영향을 미칩니다. 마찬가지로 개인이 가진 정보는 개인의 삶에 강력한 힘으로 작용하고 영향을 줍니다. 뇌 속에 담긴 정보의 질과 양을 어떻게 관리하고 활용하느냐에 따라 개인의 인격이 결정되고 일생이 좌우됩니다.

| 인디언에게는 애초부터 소유 개념이 없었다지요 |

유럽인들이 아메리카대륙에 진출했을 무렵, 그곳에서 살던 인디언들에게는 토지, 강 등 땅을 비롯한 자연에 대한 소유 개념이 없었답니다. 자연이란 인간의 어머니로 인간은 단지 자연이 주는 혜택을 보는 것뿐이라는 것이지요. 인디언들이 어찌 보면 원시인과 다름없는 의식을 가졌다고 볼 수 있고 또 달리 보면 이들의 자연에 대한 혜안과 겸손함을 읽을 수 있습니다.

---

1 여기서 언급한 지렁이는 벌레라 해도 무리가 없으나 곤충에는 속하지 않음을 밝혀 둡니다.
2 스파이 조르게에 관한 내용은 일간지 J일보에서 본 내용임을 밝혀 드립니다.

이와 달리 동서양상의 상당수의 부족들은 신석기 시대 이후 소유 개념이 생기고 생산이 크게 늘었으며, 이로 인하여 탐욕이 생기고 다툼이 생기기 시작하여 현재에 이르고 있습니다. 만약에 지금부터 인류의 대다수가 자산이나 금전에 대한 집요한 소유 개념을 내려놓는다면 세계는 어떻게 변할까요. 이대로 유지될까요. 머지않아 망할까요. 아니면 지상천국이 구현될까요. 인류가 과거의 인디언처럼 물질에 대한 소유욕을 버리고 다 같이 관리한다는 의식만 갖는다면 보다 살기 좋은 세상이 될 거라고 믿습니다.

| 엄마처럼 아빠처럼 살 것인지 말 것인지 |

엄만 딸에게 말합니다. '너는 나보다 더 행복하길 바란다.'라고.
아빠 아들에게 말합니다. '너는 나보다 더 훌륭한 사람이 되어라.'라고.
나의 삶이 내 뜻과 똑같지 않습니다. 자녀의 삶 역시 부모의 뜻과 같지 않습니다.
딸은 원하든 원치 않든 대개가 엄마의 삶을 따라갑니다.
아들은 원하던 원치 않던 거개가 아빠의 삶을 쫓아갑니다.
왜 그럴까요. 그건 부모들이 자녀들에게 미치는 영향이 거의 절대적이기 때문입니다. 대부분의 자녀들은 부모님의 당부나 희망사항을 따르기보다는 부모님의 사는 모습을 그대로 보고 배웁니다. 그래서 그렇습니다.
과거부터 부모님들은 자식들이 자신의 직업보다는 낮다고 생각되는 직업을 갖길 원해 왔습니다. 또한 기왕이면 자녀보다 더 나은 사람이 자녀의 배우자가 되기를 희망해 왔습니다. 그런데, 나중에 보면 적지 않은 경우에 영락없이 자신들의 삶을 따라가는 자녀들의 모습을 발견하게 됩니다.

| 전기자동차들이 달려옵니다 |

세계를 주름잡던 스피커폰의 아성을 홀연히 등장한 스마트폰이 부지불식간에 무너뜨렸듯이, 장래에 기름이나 가스를 연료로 때는 자동차를 전기자동차가 아주 멀리 밀어낼 것으로 예상됩니다. 아직 화석연료가 땅속이나 바다에 많이 남아있긴 하지만, 세상의 더 많은 운전자가 환경이나 비용을 생각하게 되면서 전기자동차가 대세가 될 것입니다. 아마 그리 오래 걸리지 않을 것으로 봅니다. 이런 저의 의견에 동의한다면 관련 업계에서는 이에 재빨리 대비할 필요가 있겠지요. 미리미리 대비하지 않으면 스피커폰을 고집하다 스마트폰에 맥없이 무너진 외국의 어느 유명 기업의 전철을 밟을 수 있습니다.

지금은 시야에 잘 들어오지 않지만 전기자동차들이 저기 저만치서 소리 없이 아주 빠르게 달려오고 있음을 감지해야 할 때입니다. 대지를 달리는 친환경 전기자동차 외에 수소자동차가 널리 보급되면, 이어서 지상에서 뜨는 자동차가 나오고 그 후에는 아마 개인별로 하나씩 옷처럼 입거나 착용하는 자동차가 나올지도 모릅니다.

| 공깃밥 하나의 가격 |

제 기억이 맞다면 공깃밥 한 그릇의 가격이 1,000원인 것이 십수 년은 족히 되었습니다. 그동안 온갖 물가가 오르고 인건비, 임대료 등도 다 올랐는데 공깃밥 하나 값은 요지부동입니다. 어떻게 그것이 가능한지 저로서는 의문입니다. 공깃밥 한 공기 1,000원은 좀 싸지 않은가요. 개중에 이보다 더 받는 식당이 없지 않습니다만, 이 1,000원이라는 통상적인 가격은 소비자가 앞으로 배려할 사항이라고 봅니다. 요식업소에서는 국산과 수입산을 구분하여 가격을 적정하게 매기고 생산년도에 따라 가격을 달리 하는 것이 타당하지 않을까 생각합니다. 혹시나 아직도 식당을 이용하거나 배달을 시키면서 공짜로 덧밥을 요구하시는 분은 아니 계시겠지요.

| 돈이면 귀신도 부린다 |

우리 속담에 '돈만 있으면 귀신도 부린다'라는 말이 있습니다. 이 말을 뒤집어 보면 돈이 없으면 사람도 부릴 수 없다는 얘기가 됩니다. 돈이란 것이 사람이 만든 것이긴 한데, 사람이 만든 것 가운데 아마도 가장 강력한 에너지를 가지고 있기에 이런 속담이 생긴 것으로 보입니다. 돈이 이처럼 강력해진 이유는 사람들의 열화와 같은 성원에 힘입어서 입니다. 돈이 단순히 사람들이 이용하는 화폐가 아니라 물신의 단계로 이르렀다고 보는 것이 맞을 것입니다. 여기서 스스로에게 자문해 봅니다. 내가 마음속으로 믿거나 모시고 있는 신이 있다면, 과연 나의 진정한 신은 돈이란 물신인지, 아니면 만물을 주관하는 천신인지. 21세기라는 문명기에 놀랍게도 돈이란 물신은 땅을 주관하는 지신보다도 우월하고 사람들보다도 강력하며, 하늘에 계신 천신을 능가하기 일쑤입니다.

| 밥이 보약입니다 |

몸이 아프거나 입맛이 없어 밥을 잘 먹지 못할 때 흔히 밥이 보약이란 말을 듣게 됩니다. 또 사람은 밥심으로 산다는 말도 자주 합니다. 이런 말들은 몸이 허약해지거나 또는 평상시에 가장 기본이 되는 건강식은 무엇보다 매일 먹고 있는 밥이란 뜻으로 해석됩니다. 우선 밥을 잘 먹은 다음에, 몸에 좋다는 것들을 먹어야 한다는 것이지요. 이 말은, 우리가 무엇을 하든 또 무엇을 추구하든지 간에, 먼저 기본에 충실하고 그다음 단계로 나아가는 것이 정도라는 사실과 맥을 같이 합니다.

| 고속버스, 선박, 비행기의 운행 정보 공개 |

다중이 이용하는 고속버스 등 대표적인 교통수단의 운행과 관련한 정보를 이용자에게 현장에서 실시간으로 공개하는 것을 기본원칙으로 정합니다.

먼저, 교통수단별로 공개할 정보의 종류나 내용을 명확히 할 필요가 있습니다. 제조연대, 제작사, 제조국, 수입 시기, 총 중량, 적재 한도, 실제 적재량, 나이·경력·자격증 등 승무원 인적사항, 승무원의 권한, 정원 및 탑승 인원, 연료의 종류와 투입량, 구명정 등의 위치 및 수량, 소화기 위치, 풍속·파고·기류·조류의 현황, 비상주파수, 유관기관 및 전화번호, 비상시 매뉴얼 중에서 공개할 사항을 각 교통수단에 맞게 정하는 것입니다.

다음으로, 운행 정보의 공개 방법은 승객들이 쉽게 인지할 수 있도록 버스 등 교통수단 내부의 TV 화면이나 음성 또는 소속사의 홈피나 앱 등 가능한 다양화합니다. 공개한 자료는 3개월 정도 관련 부서와 차량 등이 속한 회사의 서버에 자동적으로 보관하도록 합니다.

이렇게 정보 공개를 하기 위해서는, 여러 가지 사전 준비가 필요합니다. 먼저 관련 부처에서는 운행정보 공개에 필요한 세부적인 방법 및 기술적인 사항에 대하여 논의하고, 법령을 마련하며, 필요한 예산을 세워야 할 것입니다. 관계되는 회사와 유관 단체에서는 정보공개와 정보관리에 필요한 기술이나 시설에 자금을 들여야 합니다.

비행기 등의 운행정보 공개는 이를 일시에 전면 시행하기보다 부분적으로 시범 운영하고 문제점을 보완하면서 점진적으로 확대해 나가는 것이 바람직해 보입니다. 시범운영인 경우라도 규정된 사항을 제때 제대로 공개하지 않거나 혹은 허위로 하거나 또는 아예 비공개할 경우, 이를 관련부처 홈페이지 등에서 정기적으로 게재하여 일반인에게 알리거나 금전적이거나 행정적인 불이익을 줄 수 있을 것입니다. 운행정보 공개 제도를 도입하게 된다면, 보다 안전한 이동의 대가로 승객이 현재보다 더 많은 비용을 지불해야 함은 당연한 수순이라 할 것입니다.

| 빌딩과 아파트에 디자인을 |

이제 우리나라의 도시나 농어촌에 세워지는 수많은 빌딩이나 아파트에 아름다운 옷을 입힐 때가 되었다고 여깁니다. 콘크리트로 지은 유사한 형태의 아파트나 별 특징 없는 빌딩이 아니라, 이제 그 건축물들에 나름대로 개성을 부여하고 디자인을 입혀야 할 시기가 도래했다고 보는 것입니다.

또한, 건축물이 예술품처럼 오래되면 더욱 빛이 날 수 있도록 견고하고 품위 있게 짓기를 바랍니다. 지금처럼 짧으면 20~30년 혹은 길으면 50~60년 사용할 수 있는 건축물을 짓는 행태는 이제 그만두었으면 합니다.

여기에 더하여, 선조들이 물려준 오랜 축조의 지혜와 전래의 미적 감각을 살려서 건축물을 설계하고 꾸민다면 이용하는 사람들의 마음조차 포근하게 만들 것입니다. 전통적인 우리나라 한옥의 과학성과 친환경성, 사람에 대한 배려와 자연스러운 아름다움은 세계 각국의 건축가들이 기회가 있을 때마다 칭송하고 있습니다. 심지어 어느 외국인은 우리의 전통 가옥이 지역개발에 밀려 사라짐에 분통을 터트리기도 합니다. 우리 것은 아주 소중합니다. 이제 건물 한 동, 집 한 채를 지어도 개성과 문화 그리고 장인의 혼이 담겨지기를 희망합니다.

특히 산이나 숲, 농지 등을 온통 파헤치며 건물을 올리고 시가지를 조성하는 개발행태는 앞으로 그만했으면 합니다. 돈 많이 들고 시간이 걸리더라도 이제부터는 재개발, 재건축 등으로 자연 훼손을 최소화하는 방향으로 전환하였으면 좋겠습니다.

| 아이야! 뛰지 마라, 떠들지 마라, 울지 마라 |

우리 어른들은 대한의 자녀들에게 좀 더 활동할 수 있는 기회를 줄 필요가 있다고 봅니다. 찻길이 위험하니 뛰지 마라, 다중이 모인 곳에서는 피해를 주니 떠들지 마라, 어른들이 계신 곳이니 울지 마라. 겨우 말귀 알아듣기 시작한 아이들의 활동이 제대로 속박 당하고 있습니다. 물론 안전을 위하여, 타인에 대한 예의상, 웃어른에 대한 도리로 아이들조차 지켜야 하고 삼가야 할 일이 있습니다.

반면에, 아이들이 맘껏 뛰놀고 떠들고 울 수 있는 시공간은 충분히 주어져야 마땅하겠지요. 지난 70년대만 해도 동네마다 널찍한 공터가 있어서 아이들이 어울려 놀고 싸우며 더럽히고 넘어지는 일이 다반사였습니다. 또 인근에 들판이 있고 집에는 마당과 마루가 있어서 크게 구애받지 않고 놀 만한 장소가 꽤 많았습니다. 반면에 지금 커가는 아이들에게는 자유로운 활동이 보장된 공간과 시간이 매우 제한되어 있습니다. 공동주택은 또 얼마나 조심스럽습니까.

그럼에도 아이들에게 전래의 양육 방식대로 수시로 제약을 가한다면 우리 애들이 얼마나 힘들겠습니까. 아이들에게는 마음껏 뛰고 놀며 소리칠 자유와 권리가 있습니다. 우리 어른들에게는 그렇게 할 수 있도록 시간과 장소를 제공할 의무가 있습니다. 이런 시공간들이 갖춰진 뒤에도 아무 곳에서나 예의 없이 구는 아이들이 있다면 어른들에게 혼나는 것이 아주 마땅합니다. 아이들을 버릇없이 키우자거나 아이들의 안전을 도외시하자는 얘기는 분명 아닙니다.

어쩐지 여백을 간직한 동양화가 시대의 변천으로 설 곳이 줄어든 현상과 같이, 서구적인 생활양식의 도입으로 인하여 우리네 어린이들이 자유롭게 활동할 수 있는 시공간이 좁아진 것 같아 참으로 안타깝습니다.

│ 일용할 양식 │

신실한 종교인이라면 보통 식사 전에 감사의 기도문을 올립니다. 오늘도 일용할 양식을 주심에 각자 부처님, 여호와님, 하느님, 알라신 등에게 감사를 드립니다. 사실 식사에 앞서 감사해할 대상이 멀리 그리고 높은 곳에 계시는 님 외에도 여러 분이 계십니다. 우리의 밥상에 양식이 올라오기까지 수고하신 분들이 무척이나 많습니다.

성실하게 일하여 돈 벌어다준 배우자나 부모님, 음식을 준비하고 차려준 아내나 남편, 식탁에 올라온 식재료를 다듬거나 파신 분들, 먹거리를 농어촌에서 애써 생산하신 분들이 있습니다. 요즘에는 외국에서 들어온 수입식품도 많으니 또 타국에서 수고하신 분들이 상당합니다.

'오늘도 일용할 양식을 주심에 우리 000님께 감사드립니다. 또한 이 양식이 식탁 위에 올라오기까지 수고하신 모든 분들께 감사드립니다. 땅을 주관하는 신께도 감사드립니다. 감사합니다. 이 귀한 양식을 먹고 내 가족을 비롯하여 이웃, 모든 사람들을 위하여 살겠습니다. 거듭 감사드립니다.'

식탁에서 기도를 한다면 이처럼 높은 곳에 계신 분과 함께 땅을 주관하는 지신(地神), 그 밖에 수고하신 많은 분들에게도 감사를 표해야 하지 않을까 합니다.

| 사람이 다니는 인도가 숨 쉬기를 원한다면 |

도시 한가운데도 적잖이 논밭이 널려 있던 지난 시절에는 차도와 인도의 구분이 따로 없었습니다. 구분이 되어 있어도 비포장이 태반이었습니다. 지금은 도회지뿐만 아니라 시골 어디를 가든 포장이 안 된 곳을 찾기 힘듭니다. 차도건 인도건 간에 포장을 잘해 놔서 눈비가 와도 질퍽거리거나 흙이 떠내려가지도 않고 차가 지나가도 물이 튀지 않습니다. 항상 그런 건 아니지만요. 근데 제가 보기엔 잘 포장된 인도에서 부족한 점이 한두 가지가 눈에 띕니다. 무엇이냐, 부드러움이 없고 물이 스며들지 않습니다.

가까운 장래에 사람이 다니는 인도에서 잔디가 자라고 숨 쉬길 원한다면 저의 지나친 욕심일까요. 도회지 우회도로의 인도만이라도 잔디를 심으면 관리하기 힘들고 비용도 더 들 것이며 벌레가 생겨 귀찮을 수 있겠지만, 그럼에도 적절히 심어서 빗물도 잘 스며들고 맨발로도 다닐 수 있도록 관리하면 어떨까요. 인도에 다양한 잔디를 심게 되면 이를 관리하는 인력이 더 필요할 테니 일자리도 늘어날 것입니다. 친환경적이라 정서에도 좋을 것입니다. 저 날아다니는 새들도 먹을 것이 아주 조금은 더 늘어날 것입니다. 거미줄같이 연결된 대한민국 우회도로의 인도가 숨 쉬는 날이 오기를 고대해 봅니다.

| 홍시와 곶감, 동태와 황태 |

감은 감인데 하나는 말랑말랑, 하나는 쫀득쫀득합니다. 똑 같은 명태인데 하나는 얼린 것이고 하나는 말린 것입니다. 이름도 달리 부쳤습니다. 홍시와 곶감으로, 동태와 황태로 불립니다. 사람의 삶도 이와 유사한 측면이 있습니다. 공통적인 속성을 가지고 있지만 어떻게 사느냐에 따라 다양한 모습을 갖게 됩니다. 각자 인간의 본성을 간직한 가운데 나름대로 개성을 살리고 자신을 가꾸며 살아갑니다.

| 마나님은 하느님보다 가까운 곳에 계십니다 |

사람이 사심 없이 선한 행동을 하면 그에 따른 복을 받고, 욕심을 부려 악한 행위를 하면 그에 상응하는 화를 입는다고 하지요. 복과 화는 하늘, 하느님의 소관인데 전반적으로 응답이 상당히 늦은 편입니다. 반면에 서방님의 행동에 대한 마나님의 상과 벌은 대체로 즉각적이고 강력합니다. 무엇보다 마나님은 하느님보다 당신과 가까운 곳에 계십니다. 그러기에 멀리 그리고 높이 계신 님도 두려워해야 하거니와, 함께 사는 가까운 님을 더욱 공경하고 귀하게 모시지 않으면 결코 아니 됩니다. 결혼하신 남성분들은 이 점을 꿈엔들 잊지 말고 언제나 현명하게 처신해야 할 필요가 있습니다.

게다가, 하느님은 잘못을 빌면 곧잘 용서도 해주시지만, 마나님은 쉽사리 용서해주는 분이 아님을 함께 기억하십시오. 이는 어떤 경전에도 나오지 않는 진리라 할 것입니다.

| 교통안전에 관한 3가지 수칙 |

"손 들고 길을 건넌다고 항상 안전하지 않단다.

첫 번째, 길을 건너기 전에 일단 멈춰라.

두 번째, 차량을 운전하는 사람과 눈을 맞춰라.

세 번째, 길을 건너면서 좌우 차량의 움직임을 지켜봐라."

아이들이 횡단보도를 건널 때, 별다른 주의 없이 손만 들고 가는 경우가 왕왕 있기에 아이들에게 이런 교통안전 수칙을 주지시켜야 될 것으로 압니다.

| 레고 방식으로 건물을 지으면 |

건축에 쓰이는 건자재를 표준화하여 레고 방식으로 단기간에 다양한 건물들을 지을 수는 없을까요. 그게 가능하다면 건축 소재로 콘크리트와 함께 가볍고 강도가 뛰어난 탄소 섬유를 활용하는 방안도 좋을 듯싶습니다. 먼저 공공용 건축물부터 이 방식을 도입해 보는 것입니다. 이런 레고식 건축 방법이 활성화되어 건축 자재가 대량으로 생산된다면 건축 비용이 절감되고, 또 건축물의 쓰임새를 바꿀 때도 큰 비용 안 들이고 가능하리라 봅니다.

| '음식이 싸고 맛있다, 혹은 싸고 많이 준다'라는 말 |

음식점 하나를 경영하자면 시설비나 운영비 등이 수월치 않게 들어갈 것입니다. 매달 가게세가 꽤 나가고, 인건비 들어가고 매일 들어가는 식자재 구입 비용 또한 만만치가 않습니다. 식당마다 여건이 제각각 다르긴 합니다. 임대인 경우가 있는가 하면 가게를 소유한 경우도 있습니다. 직원을 쓰기도 하고 가족경영을 하기도 합니다. 식재료를 구입하는 방식도 똑같지 않습니다. 시장이나 마트에서 매일 일정량을 구입하거나 대량 구입하는 경우가 있는가 하면 산지에서 직구입하거나 혹은 직접 기르거나 채취하는 경우도 있습니다. 단가를 낮추기 위하여 수입산 식자재를 조금 더 사용하는 업소도 있습니다.

자가 건물이 아닌 일반적이고 보편적인 유형의 식당이라면 음식이 싸고 맛있거나 혹은 싼 가격으로 많이 주는 것은 쉽지 않은 일이라 봅니다. 이런 경우 대체적으로 제값 주고 먹어야 맛과 품질을 보증 받을 수 있다고 봅니다. 음식점에서 식재료 구입에 돈을 들일 만큼 들이고 주방장이나 직원에게도 알맞은 급료를 주며 집세도 정해진 대로 내야 하기에 그렇다고 봅니다.

이는 비단 음식뿐만 아니라 다양한 유통업체에서 파는 각종 상품도 마찬가지라고 여겨집니다. 동일한 제품이 다소 가격이 싸거나 비쌀 수 있으나 많이 싼 것은 쉽지 않은 일입니다.

특히, 부쩍 늘어난 대형마트에서 벌이는 저가 공세는 별로 탐탁지 않게 보입니다. 같은 제품을 공정하게 싸게 판다면 별문제가 되지 않겠으나, 혹여 물건을 대는 납품업체 등에게 부담을 전가한다면 얘기는 달라집니다. 대형마트에서 일반슈퍼보다 싼 가격으로 매출을 올리기 위하여, 갑의 지위로 을의 위치에 있는 납품업자를 옥죄는 일이 있다면 이는 지극히 삼가야 할 일입니다. 다량 구입을 구실로 하여 힘없는 공급업자의 주머니를 터는 일은 매우 합당하지 않다고 봅니다. 이제는 유통업, 나아가 기업을 경영함에 있어 사사로운 이익보다는 공동체의 이익을 생각할 때입니다.

기실, 물건을 구매하는 소비자의 태도나 의식이 무엇보다 중요합니다. 소비자의 입장에서 같은 제품을 값싸게 사면 당장은 이득을 본 것으로 생각할 수 있습니다. 그렇지만 큰 시야에서 장기적으로 보면 판매업자나 납품업자의 이익이 줄어들게 되고, 그래서는 안 되겠지만 물건을 생산하는 업체에서는 단가를 낮추려다 상품 제조 과정에서 안전이나 환경을 소홀히 할 수 있습니다. 이런 상황은 결국 자신을 포함한 경제공동체의 손해이기 십상임을 소비자가 유념할 필요가 있다 봅니다.

| 농축산물이나 가공식품의 해외 수출 |

우리 농산물이나 이의 가공식품이 품질이 우수하다 해도 해외 수출은 의외로 쉽지 않다고 합니다. 시장이 큰 중국이나 일본 또는 미국 등지에서는 까다로운 심사 기준이나 통관 절차로 장벽을 치고 있어서 우리의 우수한 농축산물이나 가공식품의 해외수출을 가로막는 성향이 강한 것으로 알려지고 있습니다. 반면에, 그들 나라에서는 우리 농축산물 시장이나 가공식품 시장을 뚫기 위하여 나름대로 엄청 노력하고 있습니다.

까다로운 외국시장의 장벽을 뚫고 맛이나 품질뿐만 아니라 건강에도 좋은 우리의 우수한 식품 등을 외국에 보다 많이 내다 팔기 위하여 어떻게 하면 좋을까요. 뻔한 얘기 같습니다만, 각 지역별로 지역민이 중심이 되고 관학연이 혼연일체로 함께하되, 필요할 경우에는 기업과 연계하여 경쟁력 있는 농산물을 함께 찾아 과학적으로 재배하거나 기르고 이를 연구, 개발, 가공하며 상품화한다면 충분히 가능하리라 봅니다. 멋진 디자인과 브랜드도 필수적입니다.

특별히 정부에서는 외국의 각종 진입 장벽을 낮추기 위해서 협상 능력을 높이고 교섭하는 외교적인 노력을 지속해야 될 것이라 봅니다. 우리의 수출 전선에서 세계적으로 각광받고 있는 다양한 김치나 두부, 삼계탕, 불고기 등과 같은 가공식품이 빠지면 안 되겠지요. 수출이 늘게 되면 농축산 업종 관련 종사자의 소득이 늘어나고 일자리도 많이 생기게 될 것은 불문가지입니다.

| 미혼모의 아이 키우기 그리고 입양 |

지난 70년대에 우리나라에서는 가족계획을 통하여 저출산을 권장한 바 있고, 이와 반대로 90년대부터는 다자녀 출산을 장려하고 있습니다. 과거 저출산 정책은 상당한 성공을 거둔 바 있으나 이에 비하여 현행 다자녀 갖기 정책은 제대로 먹히지 않고 있는 실정입니다.

한편 제가 과문한 탓인지 과거에 비하여 우리나라에서 혼전이나 혹은 혼인 중에 원하지 않는 임신을 하는 사례가 줄었다는 말을 아직 듣지 못했습니다. 또한 현재 피임 수술은 개인의 자율에 맡겨져 있고 성은 개방 추세에 있기에 짐작건대 이런 원치 않는 임신 추이가 앞으로 변화될 가능성은 크지 않을 것으로 봅니다.

원치 않은 임신을 한 경우, 사람마다 혹은 가정에 따라 이를 받아들이는 방식이 다릅니다. 누구는 아이를 낳아서 키우고, 누구는 시설에 맡기거나 혹은 국내외에 입양을 보내기도 합니다. 아주 드물게는 아이를 버리기도 하고 아예 낳지 않는 경우도 있습니다.

국내에서 아이를 낳아 키우는 미혼모의 수효를 보면 한해 5, 6천 명으로 추정된다고 합니다. 아직까지 우리나라에서 미혼모가 아이를 키우는 게 경제적으로나 사회적으로 매우 힘든 게 우리네 실정입니다. 국가의 지원이 아직 미흡하고 또한 미혼모가 학생 신분인 경우에는 학교에서도 쉽사리 용납되지 않습니다. 뿐만 아니라 가정이나 사회에서 이들은 보는 시선은 여전히 따갑습니다.

미혼모가 안심하고 아이를 낳고 기를 수 있도록 국가적으로 배려하고, 부득이 시설에 맡겨진 아이들은 여건이 허락하는 범위 내에서 따뜻한 심성을 가진 사람이 입양하여 키운다면 얼마나 좋겠습니까. 국가지원이 충분해지고 입양가정이 늘어나게 되면 우리 아이들이 보육시설에서 자라거나 낯설고 물

설은 이국땅으로 보내는 일이 보다 줄어들 것입니다. 이는 저출산이 해소되는 데도 나름 긍정적으로 작용하리라 봅니다.

무엇보다 미혼모와 자녀를 대하는 사람들의 인식과 태도를 전환할 필요가 있습니다. 세상 모든 임산부의 태아나 갓 태어난 아기는 신께서 주신 고귀한 선물임을 새롭게 인식하고, 어떤 사유로 그리되었던 간에 생명을 잉태하고 낳아 기르는 미혼모를 따뜻하게 감싸 준다면 세상은 보다 환해질 것입니다.

한 해에 우리나라에서 버려지는 아이는 8,000여 명으로 추정된답니다. 그 가운데 아동복지시설에 맡겨지는 아이들이 한해 2,600여 명 된다고 하구요. 해외입양은 2,400여 명이고 국내입양은 1,600여 명입니다. 나머지는 모르겠습니다. 사람의 영혼을 구원하고 이웃 사랑을 실천하기 위해 해외로 파견되는 선교사가 한 해 1,000여 명이 넘는 현실에 비교하였을 때 너무나 안타까운 일이 아닐 수 없습니다.(통계는 네이버 인용)

|수돗물에 대한 고마움|

우리나라는 예로부터 금수강산으로 불려 왔습니다. 전국 어느 곳에서나 지하수나 샘물을 오랫동안 그대로 식수로 사용했으며 하늘에서 떨어지는 빗물이나 눈이 녹은 물을 먹을 수 있었습니다. 20세기 중후반까지 그랬습니다. 근데 인근 국가에서 핵실험을 한 뒤부터 하늘에서 떨어지는 물을 그대로 마실 수가 없게 되었습니다. 물론, 지금은 핵실험을 하지 않아도 눈물이나 빗물을 그냥 마시지 못합니다. 현재 우리가 먹을 수 있는 물은 대부분이 자연적으로 정화된 생수이거나 인위적으로 처리과정을 거친 수돗물입니다.

생수는 제쳐두고 수돗물에 대하여만 말씀드립니다. 우리나라는 전국적으로 상수도가 잘 갖추어져 있어서 일부 산간벽지나 농어촌 등을 제외하고는 대부분의 지역에서 수도꼭지만 틀면 식수가 나오는 큰 혜택을 누리며 살고 있습니다. 가격도 아직 비교적 싼 편입니다. 그런데 많은 사람이 매일 먹는 물인 만큼 수돗물의 생산과정이 그리 간단치가 않습니다. 수돗물은 각 지방 자치단체에서 생산하고 있는데 그 과정을 순서대로 보면 대략 이렇습니다.

1. 취수[1] : 물은 수원으로부터 얻어집니다. 취수하는 과정에서 나무 조각, 쓰레기 등이 걸러진 다음 정수장으로 보내집니다. 만약 수원이 지하수일 경우에는 지표면을 통해 흡수되는 과정에서 걸러지게 됩니다. 이런 지하수의 경우에는 정수 과정이 필요 없는 경우도 있습니다.

2. 약품 처리 : 정수장에서는 취수한 물에 황산알루미늄, 염소 같은 약품이 투입됩니다. 그런 다음 물과 화학약품들이 잘 섞이게 합니다. 약품들은 균을 죽이고 맛을 좋게 하며, 냄새를 없앱니다.

3. 응고와 응집 : 황산알루미늄과 같은 약품이 물속의 불순물 알갱이에 달라붙습니다. 이를 응고라 합니다. 응고된 알갱이들은 또 서로 달라붙어 커다란 알갱이를 형성하게 되는데 이를 응집이라 합니다.

4. 침전 : 응집된 알갱이와 물은 침전지로 흘러 들어 갑니다. 이곳에서 응집된 알갱이들이 가라앉아 물과 분리됩니다.

5. 여과 : 침전지로부터 물은 여과장치로 흘러갑니다. 여과장치는 모래와 자갈층으로 만들어져 있습니다. 여과장치는 물속에 남아있는 알갱이들을 없애는 구실을 합니다.

---

1 강이나 저수지에서 필요한 물을 끌어옴

6. 소독 : 약간의 염소나 다른 약품들이 첨가됩니다. 이것은 남아있는 세균을 죽이고, 사람들에게 공급되기까지 운반되는 동안 안전을 위해서입니다. 어떤 수도 시스템에서는, 특히 지하수를 수원으로 하는 경우에는 단지 이와 같은 처리만 하는 경우도 있습니다.

7. 저장 : 정수 처리된 물은 탱크나 정수지라 불리는 저수지에 저장됩니다. 이 시간 동안 염소가 물 전체로 퍼져 섞이게 되어 완전 소독이 되게 됩니다. 그런 다음 파이프를 통해 외부로 보내지게 됩니다.[1]

이렇게 각 지방자치단체에서 수돗물이 생산되면 가정이나 기업 등에 보내기 전에 수질검사를 합니다. 수질검사를 하는 기준은 크게 4가지로 미생물, 유기물질, 무기물질, 심미적 영향물질로 나누어 볼 수 있습니다. 이를 항목별로 세분하면, 미생물은 대장균 등 4개 항목, 유기물질은 페놀 등 25개 항목, 무기물질은 납 등 11개 항목, 심미적 영향물질은 냄새 등 17개 항목으로 총 57개 항목입니다. 지자체에 따라서 더 많은 것을 검사하는 곳도 있다고 합니다.

이렇듯 복잡하고 다양한 과정을 거쳐 생산된 고품질의 수돗물을, 우리는 그리 비싸지 않은 수도요금을 내고 가정이나 사무실 등에서 매일 공급받아 음용하거나 사용하고 있습니다. 그러니 수돗물을 생산하는 데 수고한 관계자나 수돗물의 존재에 대하여 대단히 고마워해야 할 일이 아닐 수 없습니다.[2]

---

1 수돗물 생산과정은 네이버 지식in에서 퍼옴.

2 수돗물 외에도 우리 주변에는, 전혀 알지 못하는 사람들의 수고와 노력에 힘입어 우리가 혜택을 보는 재화가 참으로 많습니다.

제6장

인(人)

| 외국어 공부와 한자 익히기의 비결 |

해마다 연초에 결심을 하곤 합니다. 올해는 틈틈이 시간을 내서 부족한 외국어를 공부하고 한자도 익혀보리라. 매년 시도는 하고 있습니다만, 제가 봐도 열심히 하는 축이 결코 못 됩니다. 공부와 관련하여 후배로부터 몇 년 전에 들은 얘긴데, 지금도 공감하고 있는 말이 하나 있습니다. 후배는 이렇게 말했습니다. 한 문장으로 말했죠. '공부는 엉덩이로 하는 것이다'라고요. 사람마다 공부하는 분야가 다르고, 공부하는 방법이 제각각이겠지만 그럼에도 이 말은 정말 와 닿았습니다. 책상 앞에서 의자에 엉덩이 붙이고 집중해서 꾸준히 공부한다면 누구나 원하는 결과를 얻으리라 봅니다. 제가 하려는 외국어나 한자 공부도 후배 말대로 하면 족하겠지요.

| 유사 이래로 가장 가까우면서 가장 먼 이웃 |

아파트라는 편리한 발명품, 우리나라 인구의 50% 이상이 콘크리트로 된 이 공동주택에서 살고 있습니다. 이곳에서의 삶은 무척이나 경제적이며 독립적입니다. 반면에, 이런 주택에서 사는 사람들이 늘어나면서 거리상으로 보면 가장 가까운 이웃으로, 심리적으로 보면 가장 먼 이웃이 되어가고 있는 것 또한 사실입니다.

아파트 거주민의 대부분은 유사 이래 최초로 앞이나 옆, 위나 아래의 이웃집에서 누가 살고 어찌 살고 있는지 짐작이나 할뿐, 제대로 실상을 알지 못하고 있습니다. 놀랍게도 불과 몇 미터나 몇십 미터를 사이에 두고 살면서 말이지요. 주택 구조상 뒷집들은 접하기 어려우니 그렇다 치더라도요.

과연 이웃끼리 이렇게 살아도 괜찮은 것인가. 스스로에게 가끔씩 물어봅니다. 이웃 간에 서로 알지 못한 채 살면서, 오다가다 복도나 엘리베이터 등에서 스치거나 만나게 될 경우 서로 외면하거나 형식적인 인사만 나누며 지내고 있습니다. 이따금 해결해야 할 어떤 문제가 생긴 때에 비로소 얘기를 나누거나 방문하게 되는 이런 이해하기 힘든 관계가 지속되고 있습니다. 개인주의가 팽배한 데다 주택구조조차 폐쇄적으로 바뀜으로 말미암아 어쩔 수 없는 일인지도 모르겠습니다. 그나마 공동주택에 사는 이웃집 아줌마들 간에는 이와는 좀 달리 서로 친근한 면이 있는 것 같아 다소나마 위안이 됩니다.

| 로또 복권과 마릴린 먼로 |

내 소관에 속하는 대상이 내 의식의 범주를 넘어서게 되면, 그 대상이 사람이거나 물건이거나 그 밖에 무엇이 되었건 스스로 통제할 수 없는 게 이 세상 법칙 가운데 하나입니다. 내가 부리거나 지휘하는 게 아니라 오히려 그 대상의 위력이나 에너지에 휘둘리게 되어 있습니다.

세기의 미인이며 미국의 여배우인 마릴린 먼로와 사랑을 나눈 사람들이 여럿 있었다고 합니다. 그들 대부분이 아름답고 매력적인 그녀를 오래 감당할 수 없었다고 하지요. 그녀를 사랑하였으나 수년 후에 헤어지고, 그리고 다들 그 후유증에서 헤어나지 못했다는 것입니다. 그 사내들이 그녀의 치명적인 아름다움과 매력을 감당할 만한 의식이 못 되었기에 그리되었다고 봅니다. 만약에 그녀와 사랑에 빠졌을 때 계약 연애나 계약 결혼을 하여 마음의 준비를 하고 있었다면, 그녀와 헤어진 후 큰 충격이나 후유증은 다소나마 덜 수 있었을지도 모르겠습니다. 혹은 조선조의 선비였던 서화담처럼 높은 의식을 가지고 있었다면 능히 감당할 수 있었을 것입니다.

로또 복권에 일등으로 당첨된 분들이 시간이 어느 정도 흐른 후 의외로 당첨되기 전보다 경제 사정이 더 안 좋아졌다는 얘기들을 간간이 들었을 것입니다. 큰돈이 생기면 일도 안 하고 편하게 잘 살 수 있을 것 같지만, 이는 그 돈을 잘 관리할 만한 의식 수준을 가지고 있을 때 이야기입니다. 이런 횡재를 한 경우에 자신이 갖고 있던 의식이 못 미치는 일이 간혹 있나 봅니다. 갑자기 큰돈이 생긴 경우에 숨어 살거나 혼자 어찌 해보려 하기보다는 전문적인 지식과 능력을 갖춘 공인된 재산관리인을 두어 도움을 받는다면, 뜻밖의 거액에 인생이 휘둘리는 것을 막을 수 있을 것입니다. 이는 내가 내 자식을 훈육하나 전문적인 가르침을 주자면 선생님이 있어야 하고, 내 몸은 내가 관리하나 주치의가 있으면 큰 도움을 받는 것과도 비슷한 측면이 있습니다.

혹여 조상의 음덕으로 고액의 복권에 당첨되었거나 여복이 남달라 세기의 미녀와 연애를 하게 되더라도 그리 좋아만 할 것이 아니라, 자신과 주변을 둘러보는 넓은 마음과 평정심을 잃지 않으려 노력하는 자세가 필요하다 하겠습니다.

| 태어나서 죄송해요 |

부부끼리는 자주 싸우고 형제끼리도 잊을 만하면 다투고 부모 자식 간에도 싫은 소리가 심심치 않게 나는 것이 보통 가정의 모습이라고 생각합니다. 가족 간에 이렇게 아옹다옹하더라도 십중팔구는 나름대로 잘들 살고 있습니다. 가족 간에 어떤 갈등이나 의견 충돌이 생긴 경우, 다소 시간이 걸리기도 하지만 끈끈한 정이나 대화 등으로 해소되기 마련입니다. 또, 가정 형편이 좀 낫거나 못하고를 떠나, 자녀들이 어린 경우에 부모의 그늘에만 있으면 미움보다는 관심과 사랑을 받으며 크는 게 일반적입니다.

이와 달리, 가정이 아닌 전국에 산재한 시설에서도 어린이를 비롯한 미성년

자들이 살고 있습니다. 철모르는 나이에 보육시설에 맡겨져 사는 어린 천사들이 그들입니다. 우리나라에는 약 15,000여 명 된다고 합니다. 대한민국이나 혹은 타국의 어떤 가정의 축복도 받지 못하고 살아가는 아름다운 영혼들입니다. 시설에 몸담고 있는 이런 영혼들의 삶을 대변하는 한 아이의 편지글 하나를 옮겨 봅니다. 전남 어느 어린이마을에서 보육교사가 자신이 보살피고 있는 아이에게서 2년 전에 받은 편지의 일부입니다. 작년 4월에 모 일간지[1]에 실린 것을 옮겼습니다.

'짜증 부리는 거 다 받아주시고

그동안 키워주셔서 감사하고

태어나서 죄송해요. 앞으로 말 잘 들을게요.'

사람은 누구나 사랑받기 위해서 태어나고, 서로를 사랑하면서 살아가길 원하며, 사랑하는 사람 곁에서 죽기를 바랍니다. 어느 누구를 막론하고 말입니다. 과거나 현재나 그 어떤 미래에도, 그리고 어디에서 어떻게 하여 이 세상에 나오든 간에 말이지요. 여기서 결단코 예외란 있을 수 없습니다. 그럼에도, 천상에서 세상으로 온 아이들의 입에서 이런 말이 나온다면.

'태어나서 죄송합니다.'

이런 천사들의 보다 행복한 삶을 위하여, 사랑이 충만한 전문 인력과 관련 정부 예산이 좀 더 확충되기를 희망합니다. 천사들이 겪는 커다란 애로사항의 하나가, 인생의 진로를 결정하는 시기에 도움을 줄 수 있는 조언자나 상담자가 없어 정말 막막하다는 점이랍니다. 자신의 이익을 구하지 않고 어린 영혼의 나침반이 되어줄 재능 기부자와 연결된다면, 이 또한 이들의 인생항로에 큰 도움이 되지 않을까 싶습니다.

---

1 이 신문은 제가 집에서 구독하는 있는 J일보이며, 이 내용은 인터넷에서도 찾아볼 수 있습니다.

| 홍익, 박애, 자비 |

선교(仙敎)[1]의 종지이며 우리나라의 건국이념은 홍익입니다.

기독교(基督敎)의 최고 교리는 박애입니다.

불교(佛敎)의 팔만대장경은 한 단어로 자비입니다.

표현은 다르게 나타날지언정 본질로 보면 홍익과 박애와 자비는 같은 말이고 또한 같은 뜻입니다. 유교의 인의(仁義)도 이와 마찬가지입니다.

이를 사람에 비유하자면 사람들의 겉모습은 황인종, 백인종, 흑인종 등으로 서로 다르나, 그 실체는 인종과 상관없이 모든 사람이 누구나 영원히 빛나는 신성(神性)[2]을 지닌 위대한 존재인 것과 같습니다.

그런데 이와 같은 진실을 수용하지 않고, 내가 믿거나 지지하고 있는 종교 또는 사상이 타인이 신봉하는 종교나 사상보다 위대하다고 생각하거나 내가 속한 인종이 타 인종보다 우월하다고 생각하는 사람들이 적지 않습니다. 그런 의식이나 종교관 등은 편견에서 비롯된 것이라 할 수 있습니다. 편견에 기초한 가치체계로 인하여 세상에는 차별과 다툼 등이 그치지 않고 있습니다.

이제부터는 나와 남을 분리하는 데서 빚어지는 탐진치(貪瞋癡)[3]를 뛰어넘어 상대방을 나처럼 존중하길 바라며, 혹여 이교도와 마주치는 일이 있다면 서로 이렇게 반갑게 인사하길 원합니다.

선교 신도를 만나면 '홍익하시어 천화(天化)하십시오'.

불교 신도를 만나면 '자비를 베푸시어 성불(成佛)하십시오'.

기독교 신도를 만나면 '박애하시어 구원(救援)받으소서'라고요.

---

1 선교는 천지인(天地人) 사상을 기반으로 하는 선도(仙道)를 지향하는 종교입니다.

2 신성이란 신의 성품을 말하며 달리 본성 또는 본래의 성품이라고도 합니다. 때로는 인간성이나 양심으로 불리기도 합니다.

3 탐진치란 불교에서 말하는 세 가지 번뇌로 욕심과 노여움과 어리석음을 말합니다. 삼독(三毒)이라고도 합니다.

| 옹기는 살아 숨 쉬는 생명 |

충청북도 청주시 문의면에는 전통적인 가옥과 전래 문화를 알리고 체험할 수 있는 문의문화재단지가 소재하고 있습니다. 대청호반이 내려다보이는 이 단지 내에는 미술관을 비롯하여 여러 건물이 세워져 있는데, 그 건물 가운데 한곳에는 옹기를 만들고 체험하며 팔기도 하는 공간이 마련되어 있습니다. 그리고 그 공간의 한쪽 벽면에는 이와 같은 글귀가 쓰여 있습니다. '옹기는 살아 숨 쉬는 생명입니다'.

무릇 모든 생명은 숨 쉬는 것이기에, 옹기가 숨 쉰다면 생명이라고 불려도 무방하다 여겨집니다. 미루어 짐작건대 우리 조상님들은 사람이 빚어내는 사물에조차 생명을 불어넣는 뛰어난 지혜를 진즉부터 지니고 계신 듯합니다. 또한 이를 면면이 이어서 고스란히 우리 대까지 물려주신 것으로 보입니다. 무심한 사물인 옹기에 생명을 불어넣을 줄 아는 우리 한민족은 위대할 수밖에 없나 봅니다.

| 빛과 태양 |

빛(가시광선, 백색광)은 파동[1]이며 동시에 입자라고 합니다. 비물질적인 물질이라고 하고요. 빛은 전자파[2]의 일종인데 이동속도는 진공 속에서 초당 299,792,458m/s로 매개체 없이 이동하는 것으로 밝혀졌습니다. 또 삼각프리

---

1 물리적인 개념으로, 파동이란 공간이나 물질의 한 부분에서 생긴 주기적인 진동이 시간의 흐름에 따라 주위로 멀리 퍼져나가는 현상을 의미합니다.

2 전자파의 원래 명칭은 전기자기파(電氣磁氣波)로서 이것을 줄여서 전자파라고 부릅니다. 전기 및 자기의 흐름에서 발생하는 일종의 전자기 에너지입니다. 전기장과 자기장이 반복하면서 파도처럼 퍼져나가기 때문에 전자파로 부릅니다. 전자파는 주파수(초당 파동수) 크기에 따라 주파수가 낮은 순서대로 전파(장파, 중파, 단파, 초단파, 극초단파, 마이크로파) · 적외선 · 가시광선(빛) · 자외선 · X선 · 감마선 등으로 구분됩니다. 전파는 주파수가 3000GHz (초당 3조번 진동)이하의 전자파를 말합니다.

즘을 통해 빛은 파장이 다른 7가지 색깔의 스펙트럼[1]으로 분리됩니다. 이 빛은 광자[2]로 구성되어 있는데 광자는 질량이 없고 에너지의 일종입니다.

빛의 성질과 이용에 대한 연구는 고대로부터 현대까지 각국에서 계속되고 있다고 합니다. 우주에서 오는 다양한 빛은 지구를 밝히고 우리를 감싸고 있으며, 그 빛의 대부분은 태양으로부터 오고 있습니다. 이 태양광으로 인하여 지구상에 동식물이 에너지를 얻어 살 수 있으니 태양이 없는 세상은 상상할 수 없겠지요.[3]

| 종친회의 소중한 가치 |

다른 나라 사정은 잘 모르겠습니다. 종친회와 같은 자생단체가 있는지, 그리고 있다면 얼마나 일반적인지. 종친회에 나가는 한 사람으로 이 단체에 대한 제 생각을 적어봅니다. 종친회의 존재 이유는 자신의 정체성을 잃지 않고 조상의 음덕에 감사하며 선조의 귀한 가르침을 이어나가는 것이라 생각합니다.

이런 종친회 모임이 세월 따라, 보유한 재산의 가치에 민감해지기도 하며 한편으로 그 구성원이 점차 노령화되는 경향을 보이고 있습니다. 각 성씨를 기반으로 하는 종친회에 젊은이들의 참여가 늘어나고 여러 회원들이 더욱 화합하며 서로 이끌면서 이어지기를 바랍니다. 또한 나를 존재케 한 핏줄의 소중함과 자손의 도리를 잊지 않는 장으로 남아 있기를 간구합니다.

---

1 빛을 파장에 따라 분해하여 배열한 것. 우리 눈에 보이는 빛의 스펙트럼은 파장이 400nm에서 800nm 사이인 가시광선 영역입니다.

2 광속으로 이동하는 빛의 입자를 광자라 합니다.

3 태양광에는 백색광만 있는 것이 아니라 자외선, x선, y선 등 다양한 빛이 있습니다. 고대에는 광선의 경로가 관측자로부터 피관측자로 진행되는 것인지, 아니면 피관측자로부터 관측자에게로 진행되는 것인지 의문이었고, 중세에 이르러 관측자로부터 피관측자로 진행되는 것으로 결정적인 연구 결과가 나왔다고 합니다. 뭔 소린지. (빛에 관한 본문 내용과 주석은 모두 네이버 사전 인용)

| 모유 수유 |

우리 아이들은 90년대 후반에서 2000년대 초반에 제왕절개로 세상에 나왔고, 둘 다 수개월 정도씩 모유를 수유하였습니다. 당시로서는 짧은 기간이나마 수유한 게 운이 좋다고 해야 할까요. 전반적으로 수유율이 많이 떨어진 때였으니까요. 잠시 세월을 돌이켜 보면 70년대 말까지 어린아이를 가진 엄마의 상당수가 자식이 원할 때면 시간은 물론 장소에 크게 구애받지 않고 젖가슴을 내어 자식에게 젖을 물렸던 것 같습니다. 주위에서도 이를 별로 의식하지 않았던 것으로 기억합니다. 분유를 먹이는 경우는 그때나 지금이나 편안한 장소라면 별다른 구애 없이 수유를 합니다만.

80년대 들어서서 수유실이나 공개되지 않은 장소 외는 모유 수유하는 모습을 거의 볼 수 없게 되었습니다. 맞벌이가 보편화되고 아이의 건강과 발육보다는 몸매를 강조하는 풍조가 생겨서인가요. 어머니가 아이가 배고파 보채면 때와 장소에 구애됨이 없이 젖을 먹이던 수천 년 된 아름다운 모습은 이제 봄눈 녹듯이 사라졌습니다.[1]

| 어린 시절 장수잠자리와 빵의 교환 |

초등학교 들어가기 전후로 기억됩니다. 우리 집 앞으로 난 찻길을 따라 소하천이 흐르고 있었습니다. 소하천에는 곤충들이 먹을 만한 것이 많아서인지 여느 잠자리와 함께 장수잠자리들이 꽤 날아다녔습니다. 당시 나는 그 장수잠자리가 몹시 갖고 싶었습니다. 그놈은 흔한 밀잠자리 등과 크기가 비교가 되지 않았고 전체적으로 녹색을 띠고 있었는데 어찌나 잘생겼던지 내 맘에

---

1 1982년 모유 수유율이 69%였고, 그러던 것이 2000년 10.2%로 꾸준히 떨어진 후 2006년 24.2%로 차츰 증가하였습니다. 2013년도 현재 31%라고 합니다. 이는 WHO 자료에 나타난 유럽과 호주 등 선진국의 90%에 육박하는—좀 미심쩍기는 하나—비율에 비하면 현저히 떨어집니다.(네이버 통계 참조)

쏙 드는 것이었습니다. 근데 나는 그것을 잡을 줄 몰랐습니다. 몇 번 시도는 해본 것 같습니다. 궁하면 통한다고, 어린 나이에 저는 동네에서 아마 서너 살쯤 위인 형뻘 되는 소년과 어떻게 하다가 구두 계약 하나를 맺게 되었습니다. 계약의 내용인 즉 그 형이 장수잠자리 한 마리를 잡아주면 나는 제법 큰 봉지 제빵 하나를 주기로 한 것입니다. 제가 어릴 적에 아버지는 제빵 공장을 운영하셨기에 가능한 협상이고 계약이었습니다.

나는 미리 빵 한 개를 준비한 다음 그 형이 자마리가 잡힐 때까지 개천가로 난 길을 따라다니다가 형이 한 놈을 잡으면 가지고 온 빵을 주고 자마리와 바꿨습니다. 나는 그놈의 다리를 실로 묶어 어두워질 때까지 날리며 가지고 놀았습니다. 그리고는 해질 무렵에야 집으로 들어와서 그 잘생긴 놈이 날아가지 못하도록 다리를 실로 묶고 그 실은 어디에 나름 잘 고정시켜 놓았습니다. 근데 자고 나서 아침에 일어나면 여지없이 그 놈은 묶었던 실과 다리 하나만을 남기고 사라졌습니다. 아! 그때의 아쉬움과 실망감이란. 그래서 나는 또다시 집에 쌓여 있는 빵 가운데 큰 놈 하나를 슬쩍 들고 나가서 생포한 장수잠자리와 교환을 거듭했던 것입니다. 개천가 앞에서 살다가 다른 곳으로 이사 간 후 그 일은 내 기억의 한 켠으로 밀려나고 거의 생각이 나지 않았지만, 그 뒤로 그렇게 잘생긴 장수잠자리는 통 볼 수가 없었습니다. 지금 생각하면 그의 내 행위는 거래의 하나이면서 다른 한편으론 곤충학대라고 할 수 있을 것입니다.

| 주말농장 |

재재작년부터 재작년까지 이태 동안 10평 안팎의 주말농장을 집사람과 같이 가꾸었습니다. 농업기술센터에서 주는 씨앗이나 모종을 심고, 그 가운데 없는 것이나 부족한 것은 전통시장에서 구입했습니다. 심고 가꾼 여러 작물 가운데 압권은 단연 상추와 고추였습니다. 아주 잘 자라서 우리 가족뿐만 아니라 어머니, 동생, 처형제 등과도 곧잘 나눠 먹었습니다. 재작년엔 처음으로 고구마를 심었는데 생각처럼 작황이 좋지 않았습니다. 물을 미리 주고 모를 약간 기울여 심었어야 하는데, 기울게는 심었으나 심고 나서 물을 주는 바람에 마침 가뭄을 타 수확이 적게 나온 듯싶습니다. 이태 동안 심은 가지는 그끄러께에는 잘 되었는데 그러께에는 병이 들어 잘 달리지 않았습니다. 김장에 쓸 요량으로 그러께, 그러니까 재작년의 늦여름쯤에 배추 모를 잔뜩 사다 뿌리를 잘 묻었는데 무엇이 잘못됐는지 김장철에 반타작도 못했습니다.

지난해에는 아내가 힘들다고 하여 주말농장을 쉬기로 했는데, 이태 동안 일용할 채소 등지를 같이 나누어 먹던 분들이 무척이나 아쉬워하는 것입니다. 신선한 채소며 유기농 고추를 어떻게 먹으라고 그리했느냐 하면서요. 주말 농장할 때 그것도 농사라고 수작업이 주가 돼서 그런지 힘이 꽤 들기도 하였는데 지금 생각해보니 나름대로 의미 있는 일이었습니다. 작물이 자라는 모습을 지켜보는 재미도 쏠쏠했었습니다. 여건이 된다면 주말농장 안 해 본 분들은 한번 씩 해보길 권해드립니다. 채소 외에 과수농사 짓는 주말농장도 있다고 하니, 인근에서 가족이 함께 참여하면 주말 나들이로도 괜찮으실 것입니다.

| 자영업의 부침과 도시계획의 연관성 |

우리나라 도회지 어디를 가도 도로변에는 상가가 줄지어 서 있는 걸 쉽게 볼 수 있습니다. 또 어느 정도 규모가 있는 아파트 단지에는 대부분 크고 작은 자체 상가가 들어서 있습니다. 그리고 전자의 도로에 접한 어떤 상가든 혹은 후자와 같이 아파트 단지에 들어선 상가이던 자영업을 많이들 하고 계십니다. 국내의 직업군 가운데 자영업을 하시는 분들이 다른 나라에 비하여 많다는 것은 공식적인 통계에도 나옵니다.

공공시설물이나 여타 시설물도 길가에 자리하고 있으나 무엇보다 상가가 줄지어 서있고 자영업체가 특히 많은 것으로 미루어 볼 때 정부, 민간 건설사, LH를 막론하고 도시계획을 하거나 택지를 개발함에 있어서 수요와 공급의 법칙[1]에 맞지 않게 상업용지나 근린생활용지를 좀 과하게 조성한 것은 아닐까 하는 생각이 없지 않습니다. 앞으로 경기를 살리고 자영업의 비중을 적정한 수준으로 낮추고자 한다면 도시계획이나 택지개발을 여하히 하느냐도 상당히 중요한 요인으로 작용할 것이라고 생각합니다.

광역이나 기초 자치단체에서 정기적으로 도시계획을 수립하고 있으나 각 시군에는 도시계획 전문가가 절대적으로 부족한 것이 현 실정입니다. 이를 매년 확충해 나가는 것도 기초 지자체가 택지의 수요와 공급을 고려하여 치밀한 도시계획을 수립하는 데 도움이 되리라 봅니다.

| 대머리와 흰머리 |

나이에 비하여 젊고 건강해 보이고 싶은 마음은 누구에게나 있을 것입니다. 남성에게는 건강미가, 여성에게는 젊음이 보다 중요한 관심사로 보입니다. 지난 90년대부터 인터넷이 널리 보편화되면서 이런 관심사와 관련하여 크게 부각된 말들이 있으니 복근이나 꿀벅지, 아기피부, 동안 등이 그것입니다.

그리고 이제 젊어 보이려는 현상은 거의 신드롬에 가까워 보입니다. 하여

---

1 여기서 말하는 수요와 공급의 법칙은 영국의 경제학자 애덤 스미스의 말에서 따온 것이나, 그의 이론인 '수요와 공급에 따라 가격이 결정된다'라는 의미와는 다르게 썼습니다. 현재 시행되고 있는 각 지역의 도시계획상, 상가 등 자영업을 할 수 있는 토지의 공급과 실제 필요한 수요와의 관계를 일컫는 말로 인용했습니다.

나이의 많고 적음을 떠나 대머리나 흰머리는 공공의 적이 되었습니다. 어떻게 하든 가려야 하고, 무엇이든 씌워야 하며, 어떤 빛깔로든 물들이지 않으면 안 됩니다.

본인이 머리털에 들이는 노력은 당연하거니와 혹시 본인이 있는 그대로의 스타일을 유지하려고 해도 주변의 상황을 의식해서 혹은 지인들이 난리를 쳐서 배겨낼 도리가 없습니다.

이런 와중에, 현대인이 겪는 스트레스 때문일까요. 대머리와 흰머리가 오히려 전에 비하여 많이 늘었고 그 진입 연령층도 적잖이 낮아졌습니다. 갈수록 더 많은 사람들이 머리를 디자인하기 위해 더욱 다양한 노력을 기울이게 된 것도 무리가 아닌 듯싶습니다. 저의 개인적인 의견을 말씀드리면, 차라리 머리에 대하여 있는 그대로 보여주고, 있는 그대로를 존중해주는 어떤 인식의 전환도 필요하지 않나 하는 것입니다.

| 유전자 조작과 복제 및 신제품의 범람 |

유전공학이 발달하면서 개체 증식이나 식량 증산에 유리하거나 질병에 강한 동식물을 만들기 위하여 다양한 방식으로 유전자를 조작하고, 또한 인간에게 필요한 장기를 얻기 위하여 체세포나 줄기세포를 이용하여 장기나 신체를 복제하는 일이 여러 나라에서 시도되고 있습니다.

일찍이 신이 창조하고 지구에서 진화한 동식물이 가지고 있는 유전자는 오랜 기간 상호 견제와 균형을 통하여 현재에 이르렀다 할 수 있습니다. 20세기에 시작된 유전자 조작이 현재까지 생태계에 어떤 구체적인 피해를 주거나 후유증을 남기지 않는 것으로 알려져 있지만 이는 섣부른 판단으로 보이며 보다 깊은 연구와 성찰로 검증됨이 요구됩니다. 그 가운데서도, 확실한 검증이 이루어질 때까지 어느 나라나 기업이나 개인을 막론하고, 동물과 식물 간의 유전자의 교환은 극히 삼가야 할 것입니다. 동물 간이라도 이를 가급적 피하고 될 수 있는 대로 동종의 동물 간에 한함이 좋다는 생각입니다. 인간의 지식과 과학이 날로 새로워지고 있다 하나 '태양 아래 새로운 것이 없다'라는 성경의 전도서에 나오는 말씀을 기억하여 겸양했으면 합니다.

더욱이, 여러 연구와 실험 형태의 하나로 동물을 통째로 복제함은 확실히 신의 영역을 침범하고 있음이니 이를 염려하지 않을 수 없습니다. 동물이 자연적으로 잉태되면 하늘로부터 영[정보체]이 깃들게 되는데, 동물을 인위적으로 복제하게 되면 이런 영적인 질서에 혼란을 초래하게 됩니다.[1] 영은 하나인데 몸이 여럿이 되는 현상이 생기거나 불완전한 영이 깃들 수도 있게 되는 것이지요. 사람에 의한 동물 복제란 눈에 보이는 동물의 육신에 한정됩니다. 영은 사람의 소관이 아니라 신의 소관으로 인간이 노력한다고 해서 복제할 수 있는 것이 아닙니다. 설사 어떤 동물의 개체를 완벽하게 똑같이 복제하였다 하더라도 복제된 동물은 영적으로는 완전한 존재가 아닙니다. 세계 최초의 복제 동물인 영국의 '둘리'라는 양이 그 수명이 반으로 줄어든 것은 아마도 이런 영적인 이유와 관련이 있지 않나 하고 저는 짐작하고 있습니다.

다른 한편으로, 부가가치나 이익 창출을 위하여 기업이나 연구소, 대학 등에서 매일같이 새로운 기술과 제품이 쏟아져 나오고 있습니다. 근대 이후에 땅속의 원유나 광물 자원을 광범위하게 이용하면서 과거에는 없었던 수많은 제품 등이 지상에 출현하였는데, 그 과정에서 좋은 점이나 장점에만 주안점을 두었고 단점이나 후유증 등에 대해서는 깊이 고민하지 않았습니다. 지금도 별반 다

---

1 눈부신 과학과 문명의 시대에 뭔 말도 되지 않은 소리를 하느냐고 하는 분들도 있을 것입니다. 하지만 뭍 생명체가 갖고 있는 생명(혼)과 정신(영)은 동식물이나 사람의 짝짓기나 수정에 의하여, 또는 개체에 대한 어떤 학습에 의하여 생기는 것이 아닙니다. 이는 하늘에서 주관하는 것입니다. 육신은 땅에서 오고 갈 때도 땅으로 가며, 영혼은 하늘에서 오고 갈 때도 하늘로 가는 것입니다. 살아있는 모든 동식물은 영과 혼과 육으로 되어 있습니다.

르지 않다 봅니다. 제품 생산 과정에서 혹은 다 쓰고 버리거나 처리하면서 에너지나 물의 과다한 사용, 폐수나 폐기물의 발생, 생태계의 혼란 등 많은 문제점을 도출시키고 있습니다. 아무래도 미래보다는 눈앞의 이익을 취하게 되는 게 인지상정이기에 그런 것 같습니다. 매일같이 쏟아져 나오는 신제품이나 신기술의 경우에 인체뿐만 아니라 자연환경이나 생태계에 미치는 영향까지 고려하여, 연구 개발하거나 판매를 허용함이 마땅하다고 여깁니다.

이제, 국가나 개인이나 기업 등에서 새로운 제품·기술의 개발 또는 유전자 조작, 동물의 복제 등을 행함에 있어 겸허한 자세와 마음으로 임할 때가 된 것입니다. 이의 범람이 심히 우려됩니다. 한 가지 사족을 붙인다면, 수입이나 국산을 막론하고 유전자 조작 농산물이나 식품에는 생산업체에서 GMO라는 글씨를 누구나 볼 수 있도록 선명하고 크게 표시하게 함이 옳다고 봅니다. 선량한 소비자가 그런 제품들에 대하여 알 권리와 선택할 자유를 누릴 수 있도록 말이지요.

│ 무인항공기 대중화에 대한 대비 │

가장 먼저 무인항공기를 개발한 나라는 미국입니다. 이제는 무인기의 수준이 문제이지, 어느 나라에서건 개발과 생산이 용이해졌습니다. 또한 무인기의 활용은 택배에서부터 취미, 연구, 정찰, 테러에 이르기까지 다양해지고 있습니다. 무인기의 활용 범위가 시공간적으로 확대됨에 따라 이에 따른 문제점도 커질 가능성이 아주 높아졌습니다. 여러 형태의 예기치 않은 사고나 사생활 침해, 기밀 유출 등이 우려됩니다. 따라서, 무인항공기의 대중화 이전에 법적·제도적인 대비책이 보다 치밀하게 마련될 필요가 있다고 하겠습니다.

| 정치와 경제, 정치와 종교의 유착 |

지난해에 한 의원님에게 들은 얘긴데, 선거 전에 방문한 어느 예배당에서 자기를 소개하고 싶다면 그 종교를 믿어야 가능하다고 했답니다. 정치와 종교의 유착을 시사하는 말로 들렸습니다. 정치와 종교가 분리된 것은 매우 오래전의 일임에도 작금에 거꾸로 가는 느낌을 받고 있습니다.

정치는 오로지 정치여야 하고 종교는 오직 종교여야 합니다. 정치가 특정 종교에 매몰되면 정치가 일그러집니다. 반대로 종교가 정치에 매몰되면 종교가 병이 듭니다. 과거 우리나라가 민주화되기 전에 정치와 경제의 유착으로 인한 특혜나 폐해에 대해서 귀와 눈에 못이 박히게 듣고 본 바가 있습니다. 많은 노력으로 어렵사리 정치와 경제의 유착이 해소된 것으로 알고 있습니다. 하여 작금의 정치와 종교 간의 유착 징후가 매우 염려되는 것입니다.

정치는 각 분야를 총괄하는 역할을 하지만 어느 분야에 치우치거나 유착하게 되면 크고 작은 문제가 생기게 됨을 동서고금의 역사에서 수없이 볼 수 있습니다. 정치와 종교, 정치와 경제의 유착이 소수의 이익과 다수의 불이익을 초래하는 불공정이나 연루자들의 부패로 이어지는 것은 불문가지입니다. 하여 더 이상 정치와 특정 분야와의 유착으로 인한 과거의 잘못과 폐해가 이 땅에서 재발하는 일이 없기를 간절히 바랍니다.

| 온난화와 환경파괴는 실과 바늘의 사이 |

환경의 파괴는 지구의 온난화를 가져오고, 지구의 온난화는 다시 환경의 악화를 부릅니다. 이 두 불청객은 해결해야 할 당면한 지상의 과제이면서 하나가 다른 하나를 끌어당겨오는 매우 바람직하지 않은 특성을 보여주고 있습니다. 온난화는 물 부족이나 사막화 등을 촉진하여 자연을 훼손시키고, 이는 다시 이산화탄소 흡수율을 낮추어 온난화를 가속시키게 됩니다.

그리고 환경의 파괴와 지구의 온난화는 실과 바늘의 사이처럼 서로 밀접한 관련이 있다는 특징 이외에, 특정한 지역이나 국가에 한정된 사안이 아니라 후자의 용어인 '지구의 온난화'에서도 나오듯이 지구적인 과제라는 또 하나의 독특한 특성을 가지고 있습니다.

하여 두 가지 과제를 제대로 해결하기 위해서는 양자의 우선순위를 따지는 것이나 일부 한정된 국가들의 참여 방안은 의미가 없고, 양자의 타결책을 동시에 모색해야 하는 한편으로 가능한 대부분의 나라가 같은 의지를 가지고 함께 동참해야 한다는 것입니다.

인류에게 닥친 두 가지 현안, 온난화나 환경파괴의 과제를 헤쳐 나가기 위해서는 세계 각 나라의 지속적인 협의와 실천이 필요하며, 또한 각 국가뿐만 아니라 개인, 민간단체, 기업, 국제조직 등에 이르기까지 할 수 있는 행동을 실천으로 옮기지 않으면 안 됩니다. 각자도생으로는 지구환경을 지킬 수 없습니다. 듣자니 어떤 나라에서는 될 수 있는 대로 자국에 공장을 짓지 않고 공산품을 수입해서 쓴다고 합니다. 이런 방책은 일정 기간 자국의 환경을 보전하는 데 도움이 되겠으나 짧은 생각입니다. 개별 국가에 한정된 환경 보호 정책은 그리 오래갈 수 없음은 자명한 일이라 하겠습니다.

당장, 우리에겐 서해 갯벌의 매립, 북한 산림의 훼손, 남한 녹지의 감소 등에 대하여 각 개인과 단체는 물론 국가적인 관심과 논의 그리고 보전이나 복구책에 대한 동참이 절실히 요구되고 있습니다.

| 나를 진실로 믿는 것이 신을 온전히 믿는 것 |

신에 대한 생각과 믿음은 사람마다 천차만별입니다. 신의 존재 자체를 인정하지 않는 분들이 있습니다. 어떤 특정한 신을 맹목적으로 믿는 분들이 있습니다. 신은 오직 하나라고 믿는가 하면, 신은 무수히 많다고 믿기도 합니다. 인간과 신을 별개의 존재로 생각하는가 하면, 신과 인간이 하나 될 수 있다고 확신하기도 합니다.

논리적으로 절대자인 신은 한 분입니다. 절대자가 둘 이상이 되면 모순이 생깁니다. 신은 흔히 생각하거나 믿는 것처럼 화복(禍福)을 주는 존재라기보다 무한한 법칙과 질서로 존재합니다. 이 신은 또한 대덕(大德), 대혜(大慧), 대력(大力)합니다. 절대적인 신은 하나이지만, 그 밖에 수많은 신들이 있습니다. 인간도 신이 될 수 있습니다. 때론, 사람이 어떤 신을 만들기도 합니다. 선한 신도 만들고 악한 신도 만듭니다.

인간이 만든 신을 비롯한 무수한 신들은 우주의 근원이며, 법칙과 질서로 존재하며, 창조주이며, 조화주인 만유의 절대적인 신이 허락한 신입니다. 세상에 존재하는 허다한 신들은 절대자인 근원의 신의 승낙 없이 존재할 수 없습니다. 사람이 어떤 신을 만들 수 있는 것 또한 근원의 신이 이를 용인했기 때문입니다.

사람의 머릿속에는 얼이 내려와 있는데, 얼이 작으면 어린이요, 얼이 크면 어른이요, 얼이 신이 되면 어르신입니다. 또 사람이 죽으면 대개가 귀신이 됩니다. 그 혼령의 수준은 살아서 공부한 만큼 꼭 그 수준입니다. 여기서의 공부란 선도적 표현으로 수행공부, 생활공부, 원리공부를 말합니다. 세 가지 공부를 제대로 하면 살아서 진짜 어르신이 되고 죽어서는 귀신이 되는 게 아니라 천화하게 됩니다.[1]

---

1 천화란 하늘과 같이 된다는 뜻으로 선도 용어입니다.

절대자인 신을 온전히 믿으려면 우선 나를 진실 되게 믿으십시오. 나를 진실로 믿는 것이 신을 온전히 믿는 것입니다. 모든 사람에게는 창조주의 성품인 신성이 깃들여 있습니다. 나를 믿는다는 것은 나의 신성을 믿는 것이요, 나의 신성을 믿는 것이 근원의 신을 믿는 것입니다. 나를 진실로 믿지 않고서는 신을 온전히 믿을 수 없습니다.

믿음뿐만 아니라 사랑도 그러합니다. 나를 지극히 사랑하지 않고서는 신을 온전히 사랑할 수 없습니다. 자신을 사랑하고 그다음으로 가족과 이웃을 사랑한 뒤에 비로소 신을 사랑할 수 있습니다. 혹자가 자신보다 신을 사랑한다고 하면 그것은 불가능합니다. 그와 같은 사랑은 거짓이고 허망할 뿐입니다. 스스로를 사랑할 줄 모르는 자, 그 무엇도 제대로 사랑할 수 없기 때문입니다. 가슴에 양손을 얹고 자신의 이름을 부르며 마음을 실어 진실 되게 말해 보시기 바랍니다. 홍가륵아 사랑한다, 사랑한다 홍노을아. 내 혼이 즉각 반응합니다. 내 혼이 진실로 기뻐합니다.

구원도 같은 맥락입니다. 인간에게 깃든 신의 성품인 신성을 발현하고 완성하는 것이 진정한 구원입니다. 하여 누구나 스스로 자신을 구원하는 것입니다. 인간의 영혼이 구원에 이르는데, 어떤 위대한 성현이나 훌륭한 스승이나 혹은 영적으로 높은 경지에 있는 사람이 있어 상당한 도움을 주거나 앞에서 이끌어 줄 수는 있습니다. 그럼에도 불구하고 개인의 구원은 온전히 자신의 몫입니다. 그것이 신이 인간에게 허락한 유일한 구원입니다. 신은 인간을 창조하고, 사람은 구원을 창조합니다. 불가의 해탈과 선도의 천화는 기독교의 구원과 같은 뜻, 다른 표현입니다.

끝으로, 신칭(神稱)에 관해서 말씀드립니다. 사람에게 각자 이름이 있듯이 모든 신에게도 고유한 이름이 있습니다. 이 신칭은 종교마다 다릅니다. 대표적인 것을 몇 가지 들면, 기독교에서는 '여호와'입니다. 이슬람교에서는 '알라'입니다. 우리나라에서는 '하느님'입니다. 우리 민족은 무슨 큰일이 났을 때 흔히 이렇게 말합니다. '하느님 맙소사'. 그리고 우리나라의 국가인 애국가에도 나오죠. '하느님이 보우하사 우리나라 만세' 하느님이란 신칭은 우리나라 사람이라면 예로부터 종교 유무나 믿는 종교와 무관하게 써왔습니다. 그 세 분의 신이 같은 존재인지 아닌지 저는 아직 잘 모르겠습니다.

| 별이 바람에 스치운다 |

우리나라가 일제로 인하여 어려움에 빠지고 차디찬 질곡 속에서 헤매던 어두운 시절에 많은 걸출한 문재들이 나와서 세상에 빛이 되고 등불이 되었습니다. 그 가운데 한 사람으로 꽃다운 젊은 나이에 옥사에서 세상을 등진 민족 시인, 윤동주가 있었습니다. 그는 주옥같은 시를 많이 지었는데, 그의 시집인 '하늘과 바람과 별과 시'의 서시에서 이렇게 노래했습니다.'별이 바람에 스치운다'라고. 여기서, 바람이 주어가 아니고 별이 주어입니다. 그는 이 시에서 별과 바람의 관계를 노래하면서, 일반적인 표현 방식으로'바람이 별을 스친다'라고 바람을 주어로 하지 않고 별을 주어로 하는 독특한 방식을 사용하였습니다. 제가 문학도는 아니지만, 제 감상으로는 별은 우리나라의 독립이나 주권을 말하고, 바람은 일제를 말하며, 스치운다는 속박을 의미하는 것이 아닌가 생각합니다. 독립에 대한 간절함을 은유적으로 표현한 것으로 해석하고 싶습니다.

| 전 국민이 서로 반갑게 인사하기 |

일반적으로 친구나 친지간에, 동료나 사제 간 혹은 동호인 등과 스스럼없이 인사를 합니다. 반면에 전과 달리 이웃이나 연장자라 하여 인사하는 경우는 크게 줄었습니다. 이와 같은 변화상은 인간관계 측면에서 매우 바람직하지 않다 여깁니다. 아는 사람뿐만 아니라 이웃, 손윗사람이나 웃어른에게 인사하는 예절의 회복이 필요합니다. 집안이나 현장에서, 사무실이나 엘리베이터 안에서, 복도나 골목길 등 어디에서나 사람과 사람이 만나면 입꼬리를 살짝 올리고 서로 인사하는 것입니다. '전 국민이 서로 반갑게 인사하기 운동'을 제안하고 싶습니다. 밝고 아름다운 그래서 따뜻한 사회는 돈 한 푼 안 들고 누구나 가능한 밝은 표정과 반가운 인사에서 비롯될 수 있을 것입니다.

'아유, 안녕하셔유.', '안녕하십니까.', '안녕.', '잘 지내시죠.', '오랜만이네요.', '억수로 반갑습니다.', '학교 다녀오겠습니다.', '회사에 다녀오리다.', '오늘도 좋은 아침입니다.', '계속 수고하세요.', '다 덕분입니다.', '뭐 좋은 일 있으세요?', '감사합니다.' 등등.

말로 하기가 쑥스러우면 밝은 표정으로 눈인사라도 서로 나누면 좋을 것 같습니다.

| 해외입양을 줄이기 위해서는 |

우리나라에서 해외로 입양되는 아이들 가운데 90% 정도가 미혼모의 자녀라고 합니다. 아직까지 미혼녀가 출산하거나 아이를 기르는 일에 대하여, 사회적 시선이 곱지 않은 것이 부인할 수 없는 사실입니다. 게다가 학교나 정부, 자치단체나 NGO[비정부기구, 민간단체]의 지원도 충분하지 못한 실정입니다. 하여 미혼모는 아이를 키우기가 힘들고 국내 입양도 부족한지라 시설적잖이 시설에 맡기거나 혹은 해외로 나가게 됩니다.

무릇 모든 생명은 신이 허락하고 하늘이 주신 고귀한 존재입니다. 하물며 사람이라면 일러 무엇 하겠습니까. 어디서 어떻게 태어났던 우리나라를 포함하여 지구상의 모든 아기는 천사이면서 천재입니다. 신의 섭리에 의하여 인간의 몸을 통하여 빚어진 걸작인데 그런 귀한 존재인 것은 지극히 당연한 일이 아니겠습니까. 이런 아기들에 대한 사람의 도리는 무엇일까요. 무엇보다 사랑과 정성이라고 생각합니다. 아기에게 사랑과 정성을 가장 많이 줄 수 있는 존재는 바로 아이의 엄마입니다. 혼인하지 않았을 뿐, 아이에게는 오직 하나밖에 없는 엄마이기에 미혼모는 아기에게 가장 필요하고 가까이 있어야 마땅한 사람입니다.

해외로 입양되는 아기들을, 천사들을 언제까지나 두고 보아야 할까요. 또 그들을 낳은 미혼모는 사회규범이나 나라에서 정한 법을 어겼으니 힘들게 살거나 수모를 겪으며 하루하루 지내도 괜찮은 걸까요. 물론 행복하게 사는 미혼모도 곳곳에 있을 것입니다. 사람이란 본디 살다 보면 자식을 잃기도 하고 배우자와 헤어지기도 합니다. 사고를 당하거나 질병을 앓기도 합니다. 누군가에게 도움을 주기도 하고 도움을 받기도 합니다. 그렇게 저렇게 사는 것이 우리네 삶이고 인생입니다.

미혼모와 그 아기들을 위하여 할 수 있는 일을 찾는 것이 우리의 도리이고 우리의 행복이라 여깁니다. 우선, 돈 안 드는 우리네의 싸늘한 시선부터 따뜻하게 바꾸는 노력이 필요해 보입니다. 그다음에는, 국내 경기가 예전만 못하고 가계나 기업의 주머니 사정이 녹록지 않겠으나 조금씩만 덜어서 더 기부하거나 지원하면 좋을 것입니다. 끝으로, 보건복지부를 포함한 관련 부처에서는 필요한 지원을 늘립니다. 모두의 작은 관심과 지원이 무지개처럼 아름다운 빛이 되어 그들을 감싸고 돌 때, 우리와 한 하늘 아래 더불어 사는 모든 미혼모와 그 자녀가 행복해지고 해외입양은 기어이 이 땅에서 종지부를 찍게 될 것입니다.

몽골의 사막화와 황사 바람

지구의 온난화로 북극의 찬 공기가 남쪽으로 밀려오는 소위'북극 진동'을 일으키는데 이, 우리나라에서 그리 멀지 않은 몽골에 폭설과 혹한을 가져오고 있으며, 몽골 초지의 사막화 현상으로 이어지고 있습니다. 다른 한편으로 몽골의 초원은 몽골인의 개발에 의하여 훼손되고 있기도 합니다.

이런 일들로 몽골지역에 사막이 확대됨에 따라, 초원에서 기르던 가축이 떼죽음을 당하기도 하고 그곳의 주민은 환경난민이 되어 도시로 밀려들기도 합니다. 사막의 확대로 인한 피해는 몽골에 한정되지 않습니다. 사막의 확대로 인하여 사막에서 시작되는 황사바람이 더욱 심해져 인근의 중국과 우리나라에 영향을 끼침으로써 피해를 늘리고 있는 실정입니다. 게다가 등잔 밑이 어두운 법이니 북한의 산림 황폐화가 강 건너의 불인지 돌아볼 필요가 있습니다.

다행스럽게 몽골의 일부 지역에서 경기도 고양시와 NGO인 푸른 아시아가 사막화를 막기 위한 조림사업을 벌이고 있습니다. 한편, 황폐화된 북한 산림의 녹화를 위해서는 나무를 심는 것보다 먼저 북한의 연료난과 식량난이 해결되어야 한다고 합니다.

고어와 4대 CEO인 케리에 관한 기사

우리나라뿐만 아니라 세계적으로 선풍적인 인기를 얻고 있는 소재 중의 하나가 고어텍스입니다. 이 소재는 방수성, 통기성과 투습성이 뛰어나 아웃도어나 등산복 등으로 널리 쓰이죠. 고어텍스는 미국 기업인 '고어'의 2대 CEO인 밥 고어가 발명하였습니다. 이 기업의 4대 CEO는 '케리'라는 여성인데 그에 관하여 지난해에 일간지[1]에 난 기사를 보았습니다. 내용이 제게 아주 인상

---

1 이 일간지는 제가 집에서 보고 있는 J일보입니다.

적이었던지라 소개해 드리려 합니다.

신문기사의 전반부 내용은 이렇습니다. '이 회사는 수천 종의 제품을 만들고 있으며 2,000여 개가 넘는 특허를 보유하고 있습니다. 미국 200대 비상장 회사 중 하나이며, 회사 지분은 창업자 가족과 직원들이 나눠 갖고 있다고 합니다. 그리고 지난 10년간 매년 평균 8% 이상씩 매출이 늘어난 것으로 알려졌습니다. 매출의 10% 이상을 연구개발(R&D)에 투자합니다.' 여기까지는 보통 매스컴 상에서 접하는, 잘나가는 회사를 소개하는 내용과 거의 같거나 유사하다고 생각합니다. 이어서 기사의 후반부 내용을 소개합니다.

'켈리 CEO는 "직원들은 '한배를 탄 운명(all in the same boat)'이란 게 고어의 굳건한 믿음"이라고 설명했습니다. 이어서 그녀는 말했습니다. "그래서 실적이 좋은 부문에만 성과급을 지급하지 않고 모든 부문에 똑같이 줍니다. 지금 실적이 나쁜 부문이 미래엔 회사를 먹여 살릴 수도 있기 때문입니다."포춘지 선정 '2014년 미국 일하기 좋은 100대 회사'에서 22위를 차지했습니다. 17년 연속 100대 회사 순위에 포함된 것입니다.' 켈리가 말한 고어의 굳건한 믿음이 제게 깊은 인상을 주었고 이는 우리나라 기업이 지향해야 할 중요한 지표의 한 가지를 시사해 주었다고 생각합니다.

|우산 장수 아들과 짚신 장수 아들을 둔 어머니|

어머니가 두 아들을 두었는데 하나는 짚신 장수이고 다른 하나는 우산 장수입니다. 이 어머니는 늘 걱정입니다. 비가 오면 짚신 장수 아들이 걱정되고 볕이 나면 우산 장수 아들이 걱정됩니다. 예나 지금이나 어머니의 심정이란 모두 그와 같을 것입니다. 만약에 두 아들이 우산과 짚신을 다 같이 팔면 어떨까요. 그러면 어머니의 걱정은 한층 덜게 되지 않을까요.

이 이야기가 시사하는 바를 경제적인 측면, 그중에서도 원화 가치의 등락과 관련지어 생각해 보았습니다. 대체적으로 원화의 환율이 떨어지면, 달리 말하여 원화의 가치가 올라가면 물가에는 도움이 되지만 수출을 걱정하는 목소리가 높고, 반대로 원화의 환율이 올라가면, 달리 말하여 원화의 가치가 떨어지면 수출에는 유리하지만 물가에는 부정적이어서 이를 걱정합니다.

이와 관련하여 어제도 오늘도 언제까지나 똑같은 걱정을 되풀이할 수는 없습니다. 되풀이되는 문제에 대해서 관계자들이 머리를 맞대고 장기적인 대책을 모색할 필요가 있습니다. 국가나 대기업에서는 국제적인 금융전문가를 널리 채용하거나 활용하고 또한 외환은행이나 기업은행 등에서는 중소업체를 적극적으로 지원하는 등, 수출입 계약이나 금융 부문에서 환차손을 입지 않도록 하거나 최소화하는 노력을 꾸준히 해 나갑니다. 그리한다면, 원화의 환율이 떨어질 때나 또한 환율이 오를 때도 국가 차원이나 수출입하는 기업에서 물가나 수출입에 관한 걱정을 덜 수 있을 것입니다. 날씨와 관계없이 짚신과 우산을 다 갖추어 놓고 파는 것과 같다고나 할까요.

| 건축공사장의 안내문 |

관공서에서 하는 건축공사장에는 안내문이 빠짐없이 게시되어 있습니다. 이와는 좀 달리 개인이 하는 건축공사장을 보면 비교적 큰 규모의 건축물의 신증축 공사의 경우에는 건축공사에 대한 안내문이 잘 부착되어 있으나, 작은 규모의 공사나 리모델링 공사의 경우 이를 안내하는 표지판을 찾아보기 힘듭니다. 길 가다 공사장이 있으면 늘 눈길을 끌게 마련인데 누가 하는 어떤 공사인지를 알 수 없으면 몹시 궁금하게 됩니다. 가능하다면 공사를 발주하신 분은 주변에 사는 분들과 그곳을통행하는 분들을 배려하

는 차원에서 건축공사 안내문을 잘 보이는 곳에 척 걸어 주셨으면 하는 바
람입니다.

제7장

중(中)

청주시에서 사진 제공

| 대형 은행의 화장실 개방 |

어떤 시설이건 대가 없이 일반 대중에게 무료로 개방하려고 하면 우선 걱정부터 앞섭니다. 이는 불특정 다수인이 시설을 이용하게 될 때 깨끗이 사용하지 않는다거나 고장을 내기도 하고, 혹은 물품을 아끼지 않는 등의 문제점을 적잖이 보아왔기 때문일 것입니다. 그럼에도 그런 개방된 시설이 필요한 것 또한 사실입니다. 다수의 고객이 이용하는 대형 은행에서 미처 화장실을 개방하지 못했다면, 근무 시간에 한하여 일반 대중에게 개방함은 어떨까요. 화장실 내에 해당 은행의 여러 금융상품에 대한 안내물을 게시하거나 비치할 수 있으니만큼, 어느 정도의 자체 홍보도 가능할 것입니다. 물론 인건비나 관리 유지비가 조금 더 들어가는 것은 감수해야 합니다.

| 친환경적이고 친동식물적인 건축물 짓기 |

지금까지 콘크리트를 주재료로 하여 현대적인 설계에 의하여 지어졌던 각종 건축물이 이제부터는 보다 친동물, 친식물적이며 친환경적으로 세워지기를 원합니다. 그러자면 지금보다 더 많은 사항을 고려하고 보다 더 세밀하게 설계해야 할 것으로 보입니다.

우선, 건축물 내 자연 통풍이 가능하고 계절에 따라 햇빛이 잘 들도록 하며 추위나 더위를 덜 타도록 함은 친환경적이라고 할 수 있습니다.[1] 또한 주변에 심겨진 식물의 수면(睡眠)을 고려하여 건축 시설물의 보안등을 각도를 주어 배치하고, 유리창이나 유리벽 등에 조류나 곤충이 부딪히거나 갇히지 않도록 색을 넣거나 표면 처리를 하는 것 등은 친동식물적이라고 하겠습니다.

사람은 자연과 더불어 살고 온갖 생명들과 같이 살 수밖에 없는 존재이기

---

1 황토, 목재, 돌 등을 소재로 사용하면 더욱 좋으리라 봅니다.

에 우리네 일상적인 삶이나 일의 터전이 보다 친생명적이기를 희망합니다. 이렇게 건축물을 짓자면 아무래도 건축 비용은 더 들어 가겠지만 반면에 관리 비용이 덜 들게 될 것이며, 향후 이러한 건축물이 일반화되고 표준화된다면 이에 따라 점차 건축 비용 절감도 가능해지리라 봅니다.

| 세종정부청사로 출퇴근하는 공무원의 불편 |

나중에 우리나라가 통일이 되면 세종정부청사가 아무래도 한반도의 하단부에 위치하게 되므로 전국적인 접근성에 있어서 불편할지 모릅니다. 하지만 적어도 현재는 장점과 단점이 공존하고 있습니다. 국토의 중앙에 위치하고 있어 전 국민이나 공직자가 접근하기에 좋습니다. 서울 등 수도권에 거주하며 출퇴근하는 공무원에겐 지금 당장 애로가 있습니다.

점차 거주지를 경제수도를 겸한 수도 서울에서 행정수도 격인 세종시로 변경함이 마땅해 보입니다. 동서고금을 막론하고 일국의 수도 이전 시에 어느 정도의 불편이 뒤따르는 것은 부득이한 일이었습니다. 일부 사람들이 수도권에서 세종시로 출퇴근하는 데 드는 경비를 세금 낭비라고 지적함은 다소 본질에서 벗어난 것으로 생각됩니다. 국가의 균형 발전을 위하여 사실상 행정수도를 이전한 만큼 이에 필요한 비용의 지불은 불가피한 것이라 할 것입니다.

| 어느덧 안경 쓴 지가 사십 년 |

지금부터 기십 년 전으로 70년대 초반의 일입니다. 제가 초등학교 다닐 때 학교에서 학생들을 대상으로 하는 시력검사를 받았는데 시력이 좋지 않은 것으로 나왔습니다. 시력검사를 직접 하셨던 담임선생님이 안경을 맞춰 써야 된다고 제게 말씀하셨습니다. 그다음 날인지 그 주인지 기억이 분명치 않으나 전 처음으로 어머니와 함께 시내에 소재한 안과에 가서 진료를 받게 되었고, 그 결과를 가지고 안경점에 가서 근시 안경을 맞추어 썼습니다. 그 시절에는 안경점이 그리 많지 않았고, 안경 쓴 친구들도 한 반에 한두 명 정도였습니다.

안경을 생전 처음 쓰고 주변의 사물을 보려니 맨눈으로 볼 때보다 작게 보였고 또 좀 어지러웠습니다. 그 뒤 계속해서 안경을 쓰게 되었는데 부주의로 인해서 안경알을 무척 많이 깨먹고 안경다리도 엄청 분질렀습니다. 고등학교 다닐 때까지 집이나 교실에서 책상 밑으로 떨어뜨리거나 깔고 앉거나 혹은 발로 밟는 것은 예사였습니다. 그 밖에도 손을 움직이다가 실수로 안경을 건드리는 바람에 벗겨져서 망가뜨린 경우도 심심치 않게 있었던 일로 기억합니다. 알만 깨진 경우는 알을 맞춰 끼우고, 안경테나 다리가 부러진 경우에는 새로 안경테만 맞추면 되었는데, 두 가지가 다 망가진 경우도 적지 않아 안경을 새로 하는 경우도 많았습니다. 테 값을 아끼려고 부러진 테를 접착제로 붙여도 봤으나 그리 오래가지 못했습니다.

성인이 되어서는 좀처럼 안경을 망가뜨리는 일은 없으나 오랫동안 안경을 걸치고 살다 보니 잊을 만하면 콧등이 아프거나, 가끔씩 귀가 아프기도 합니다. 나이 50줄인 현재까지 열심히 안경을 쓰고 다니고 있는데 렌즈는 한 번도 끼지 않았습니다. 분명히 안경을 쓰는 것이 안 쓰는 것보다 불편함에도 불구하고, 안경이 있어서 사물을 볼 수 있고 사람을 알아볼 수 있으며 운전할 수 있고 일할 수 있음에 감사하지 않을 수 없습니다. 전 지금도 검정뿔테의 안경을 쓴 채 컴퓨터 자판을 두드리고 있습니다.

| 토종벌꿀의 가격 |

　세상의 모든 물건은 그 가치에 상응하는 가격이 매겨져 있습니다. 누구나 자신이 지불한 가격에 걸맞는 물건을 살 수 있는 게 일반적이라 할 것입니다. 어떤 계기가 있어 전래의 토종벌꿀의 가격이 얼마나 적당한지 한번 생각해 보았습니다. 여기서 저는 단순하게 이 꿀의 가격과 양봉벌꿀의 가격을 비교하여 산정해 보려고 합니다. 같은 양의 꿀이라 하더라도 생산업체나 생산농가에 따라 또는 포장단위에 따라 다를 수 있으므로 정당한 가격이 딱히 얼마인지 정하는 것이 불필요하거나 불가능할지도 모릅니다. 그렇게 본다면 비교 자체가 어렵다고 할 수 있습니다. 다만, 직접 가격을 산정하기보다 토종꿀과 양봉꿀을 생산하는 과정을 비교하여 어느 정도가 적당한지를 대충 가늠해 보았습니다.

　만일에, 토종꿀이 삼 년에 한 번씩 채밀을 한다면 같은 양일 경우에 적어도 양봉에 비하여 가격이 세 배는 되어야 합니다. 벌의 숫자가 같은데 그 뜨는 양이 양봉에 비하여 절반에 그친다면 다시 두 배가 되겠지요. 만일 벌을 관리하는 데 인력이 양봉에 비하여 1.5배가 소요된다면 또 그만큼 가격이 세질 것입니다. 이렇게 단순히 비교하면 9배가 됩니다. 현재 토종꿀의 시세가 어느 선인지 전 잘 모릅니다. 실제로는 채밀 횟수나 채밀량이나 소요 인력 등에 따라 배율이나 가격도 사뭇 달라지게 되겠지요. 어쨌든 토종벌꿀을 먹자면 양봉벌꿀에 비하여 상당히 비싼 가격을 지불해야 함은 분명해졌습니다.

| 우리의 삶터에서 들마루, 안마당, 동네놀이터가 |

　우리가 오랫동안 살아온 전래의 초가집이나 전통 한옥에는 으레 크고 작은 안마당이 있었고 널찍한 마루가 있었습니다. 집 밖으로 나가게 되면 동네마다 공터로 된 놀이터가 있었습니다. 집 안팎으로 여유 공간이 많이 있었습니다. 아이들이 맘껏 뛰어놀고 강아지가 헤집고 다니기에 좋았습니다. 담벼락에 개구멍이 있는 집은 대문이 잠겨도 출입이 아주 불가능하지 않았습니다. 당시에는 층간 소음이란 개념 자체가 없었고 이웃 간 불통 따위 또한 거의 없었지요.

언젠가 개발과 성장이 우리의 모토가 되고 이익과 소득이 목표가 된 뒤부터 초가를 없애고 한옥은 불편한 건물이라 하여 밀려나고 아파트, 빌라 등이 편리한 주거공간으로 자리매김하였습니다. 그러면서 우리의 삶의 공간은 점차 팍팍해져 갔습니다. 이제 우리네 삶의 터전에서 널찍한 동네놀이터를 찾아보기 힘들고, 집집마다 있었던 들마루나 안마당도 많이 사라졌습니다. 생활의 편리함이 한껏 높아진 만큼이나 공간적인 여유는 한층 떨어졌습니다.

| 자신의 몸매와 얼굴은 과거로부터 축적된 삶의 투영 |

조상 대대로의 삶이 축적되어 형성된 유전자와 본인이 태어나서 지금까지 살아온 삶의 행적으로 인하여, 현재 자신의 몸매와 얼굴의 생김새가 결정되었습니다. 달리 말하여 과거의 축적된 삶으로 인하여 현재의 모습이 결정된 것입니다. 또한, 미래의 자화상은 지난 과거와 현재의 궤적으로 드러나게 될 것입니다. 그러니까 지금의 내 모습이 아름답다고 여긴다면 이를 계속 지키기 위하여 노력할 것이요, 마음에 들지 않는다고 생각한다면 삶을 바꾸기 위하여 나름 애쓰면 되겠지요. 손쉽게 수술하는 방법도 성행하고 있습니다. 이 방법의 경우에는 비용과 부작용에 대하여 정확한 정보를 얻은 후 실행함이 좋으리라 봅니다.

| 핸드폰이 아무리 좋아도 |

전해오는 속언 중에 '아무리 급해도 바늘허리 매어 못 쓴다'라는 말이 있습니다. 어떤 일을 행함에 있어 상황이 급박해도 차근차근 하지 않으면 제대로 할 수 없다는 뜻입니다. 더군다나 어떤 일을 행함에 있어 본래의 용도에 맞는 물건이 아니라면 급하고 급하지 않은 것을 떠나 당연히 그 일에 소용되지 않습니다.

한가지 예를 들면, 최첨단 기능에다 금박으로 장식한 값비싼 핸드폰이라도, 아주 구형이거나 혹은 몹시 낡은 버스나 승용차의 기능을 대신할 수는 없는 법입니다. 목적지를 가기 위해 핸드폰을 이동 수단으로 삼는 것은 불가합니다. 너무 당연하여 하품이 나올 지경이라구요.

또 다른 예를 들자면, 물이 불을 대신할 수 없고, 불이 물을 대신할 수 없습니다. 사공이 농부처럼 일할 수 없고, 농부가 사공 노릇하기 힘듭니다. 사람이건 물건이건 제자리에서 주어진 역할을 할 때 빛이 나는 것이고 존재의 의미가 있음을 문득 깨닫습니다. 사물의 본질은 모두 같으나 그 용도에 따라 활용되는 데가 제각기 있는 법이고, 사람의 본성은 모두 한 가지이나 그 재능에 따라 쓰임이 저마다 다르다고 할 수 있습니다.

늦은 시간에 한 손에 반짝이는 핸드폰을 쥐고 눈길은 버스가 오는 쪽에 두고 한참을 기다리다가, 결국 버스가 끊겨져 오지 않게 되자 이런 생각을 하기에 이르렀습니다.

| 5월 21일 부부의 날, '부부생활 십계명' |

인터넷에 올라온 '부부생활 십계명'이 화제라고 해서 옮겨보았습니다. 이

십계명의 내용은 이렇습니다.

'두 사람이 동시에 화내지 마세요',

'집에 불이 났을 때 이외에는 고함을 지르지 마세요',

'눈이 있어도 흠을 보지 말며, 입이 있어도 실수를 말하지 마세요',

'아내나 남편을 다른 사람과 비교하지 마세요',

'아픈 곳을 긁지 마세요',

'분을 품고 침상에 들지 마세요',

'처음 사랑을 잊지 마세요',

'결코 단념하지 마세요',

'숨기지 마세요',

'서로의 잘못을 감싸주고 사랑으로 부족함을 채워주도록 노력하세요'(네이버 글 인용)

10가지 계명이 하나같이 간결한데 이를 실천하기 위해서는 자신의 뇌 속의 정보와 뇌회로를 바꾸기 위한 상당한 노력이 필요해 보입니다.

| 잠자리에 누우면 어김없이 '뼈~ㄴ', '뼈 ~ㄴ'하는 |

중고등학교 다니던 시절로 기억됩니다. 당시에 저는 찻길에서 멀지 않은 골목길에 위치한 한옥에서 살았는데, 겨울철 늦은 밤에 어김없이 들려오는 소리가 있었습니다. 제가 잠자리에 누울 때쯤 번데기 장수가 리어커를 끌면서 외치는 소리가 들려오곤 했습니다. '뼈~ㄴ', '뼈~ㄴ', '뼈~ㄴ' 하고요. 어제도 오늘도, 작년에도 금년에도요. 그때 '누군지 참 변함없이 장사하시는구나' 하고 막연히 생각하였습니다. 추운 겨울날 너무 늦은 시각 때문인지 그 장수에게 번데기를 사먹어 본 적은 없었습니다. 그때를 돌이켜보니 문득 그분은 여름철에 무슨 장사를 하셨을까 하는 생각도 듭니다.

근래에, 화학섬유와 중국산 실크에 밀렸던 우리나라의 잠업이 그야말로 기사회생, 부활하고 있다고 합니다. 종전처럼 실크나 그 부산물인 번데기를 얻기 위해서가 아니라 누에, 뽕잎, 오디 및 뽕나무를 기능성 식품이나 의약품, 화장품 등으로 활용하게 되면서 말입니다. 참으로 놀랍고도 다행한 일로 여겨집니다. 지금도 유원지나 관광지에 가게 되면 가끔씩 종이컵에 담긴 번데기를 사먹곤 합니다. 물어보지 않았어도 그 번데기가 우리나라 것이 아니라는 걸 짐작할 수 있습니다.

| 수영을 익히기 위해서는 |

수영하는 법을 배우거나 수영을 잘하기 위해서는, 수영에 관한 많은 상식보다 물에 몸을 던지고 팔다리를 저어 앞으로 나아가는 체험이 보다 중요합니다. 아무리 많은 지식과 이론으로 무장해도 실제 물속에 들어가 연습하고 경험하지 않으면 말짱 도루묵입니다. 수영은 몸으로 익힙니다. 선도(仙道)[1] 용어로 말하자면 이렇게 체험으로 무언가를 익히는 방법을 체율체득이라 합니다.

수영보다는 덜하지만 학생들의 공부도 마찬가지입니다. 많은 시간 동안 학습을 하되, 실험실습이나 체험을 하지 않으면 반쪽짜리 교육이 됩니다. 또, 학생의 인성을 기르고자 한다면 이론으로만 배워서는 소기의 성과를 거둘 수 없습니다. 예절을 몸소 익히고 체육활동을 여럿이 같이 활발하게 하도록 하여, 뇌의 시냅스가 유기적으로 연결되고 뇌의 회로가 제대로 형성될 때 인성이 자라납니다.

개인적으로, 모든 초·중등학교에서 학생들에게 수영 등 체험학습이 필요한

---

1 선도란 우리나라 고유의 현묘한 도. 풍류도로서 인간의 본래의 모습을 찾기 위한 수행법을 행합니다.

과목을 실제 경험을 통해서 가르치고 또한 교육과정에서 나오는 실험실습이나 견문활동이 제대로 시행되는 날이 오기를 고대합니다.

| 진실한 행복 |

흔히, 자신이 원하는 재물이나 명예, 건강, 승진 등과 같은 것을 갖게 되거나 이루었을 때 우리는 행복하다고 합니다. 그리고 이런 행복을 얻고자 많은 사람들이 무진장 애를 씁니다. 이와 같이 어떤 상황이나 조건에 의하여 좌우되는 행복은 분명히 행복이긴 하나 진정한 행복이라 할 수는 없습니다. 이런 행복은 상황이나 조건이 바뀜에 따라 변하기 때문입니다. 진실한 행복은 따로 있습니다.

사람에게는 누구든지 변하지 않은 영혼이 내재되어 있는데, 진실한 행복은 이 영, 혼과 관련이 있습니다. 사람으로 태어나 머릿속의 영(靈)이 진실로 원하는 것을 현실에서 이루어 나갈 때, 가슴속에 자리한 혼(魂)이 기뻐하게 됩니다. 이 혼의 기쁨이 곧 진정한 행복입니다.

그렇다면 자신의 영이 진정으로 무엇을 원하는지를 알아야겠지요. 앞에서 언급한 바와 같이 재물이나 건강 등은 변하기 쉬운 것으로 영이 진정으로 원하는 것이 아닙니다. 사람은 육체가 있어 세속적인 삶을 살고 있는 있지만, 그 내부에는 하늘[영]이 깃들어 있는 고귀한 존재임을 상기하여 주시기 바랍니다. 나의 영이 진실로 원하는 것은 나의 영과 혼이 몸을 빌어 이 땅에 온 목적을 이 땅에서 실현하는 것입니다

그렇다면 사람으로 내가 지상에 태어난 목적은 무엇인가. 이를 한마디로 말씀드리면, 시대와 인종과 종교 등에 무관하게 누구나 할 것 없이, 나의 영

혼이 지상에 온 까닭은 영혼에 깃든 신성[1]을 발현하며 이 세상을 이롭게 하기 위해서 온 것입니다.[2] 이 같은 주장의 근거는 무엇인가. 우리 겨레의 빛나는 역사책과 경전에서 그 근거를 찾을 수 있습니다.[3]

신성의 발현과 홍익의 실천으로 혼이 성장할 때 변치 않는 진정한 행복이란 것이 사람에게 오는 것입니다. 신의 성품인 신성을 밝히는 일과 세상을 유익하게 함은 서로 밀접한 관련이 있습니다. 내 신성을 밝혀야 세상을 보다 유익하게 할 수 있고, 세상을 유익하게 하면 내 신성이 보다 밝아지기 때문입니다.[4]

우리가 진정한 행복을 느끼는 실례를 한 가지 들어보겠습니다. 사람들은 누구든지 스스로 원하여 자기 돈과 시간을 써가며 힘들어서 어떤 봉사활동을 하면 즐겁습니다. 왠지 기쁩니다. 행복합니다. 바로 이와 같은 기쁨과 행복이 세상을 유익하게 하는 데서 오는 혼의 기쁨이고 진실한 행복입니다.

| 인류는 누구나 신이 주신 지구가 있기에 |

지구가 있기에 우리 인류가 존재할 수 있습니다. 지구가 없다면 그 누구도 존재할 수 없습니다. 또한 지구가 있어서 우리는 살아 있고 무언가를 할 수 있습니다. 이 지구는 신이 인류에게 주신 것입니다.

신이 주신 지구가 있기에 누구나 숨 쉬고 잠잘 수 있습니다. 먹고 마실 수

---

1 신성이란 신의 성품을 말합니다. 다른 말로 본성이라고도 합니다. 우리나라 선도의 삼대경전 중의 하나인 삼일신고에는 신의 성품으로 대덕(큰사랑), 대혜(큰지혜), 대력(큰능력)을 말하고 있습니다.

2 내가 지상에 온 까닭, 사는 목적을 알게 됨을 깨달음이라고 합니다.

3 신라시대 박제상이 지어서 전해오는 부도지(符都誌)에 나오는 복본(復本)의 맹세가 그 첫 번째 근거이며, 두 번째는 인류의 영적 진화를 위하여 하늘이 내려준 천서(天書)인 천부경(天符經)에 기록된 인중천지일(人中天地一)이며, 세 번째는 고려말 행촌 이암 선생이 쓴 단군세기(檀君世紀)에 나오며 고조선의 건국이념이기도 한 홍익인간 재세이화(弘益人間 在世理化)입니다.

4 사람에게 내재된 신의 성품, 신성을 밝히기 위해서는 원리공부, 생활공부, 수행공부라는 삼대공부가 필요합니다.

있습니다. 부지런하거나 게으를 수 있습니다. 고독하거나 함께할 수 있습니다. 울거나 웃을 수 있습니다. 믿음을 갖거나 불신할 수 있습니다. 사랑하거나 배신할 수 있습니다. 춤추거나 노래하며, 원망하거나 기뻐하며, 슬프거나 화내며, 탐내거나 싫증내며, 축복하거나 저주하며, 비행을 저지르거나 수행할 수 있습니다.

지구가 인류를 품고 있어서 누구나 공부하고 연구할 수 있습니다. 읽고 쓸 수 있습니다. 말하고 들을 수 있습니다. 걷고 달릴 수 있습니다. 짓거나 부술 수 있습니다. 속고 속이며, 태어나고 늙으며, 병들고 죽으며, 때리고 맞으며, 기도하고 부르짖으며, 마시고 피우며, 관계하고 낳으며, 기르고 보내며, 생각하고 만들며, 쓰고 버릴 수 있습니다.

이 지구는 어쩌면 우주에서 가장 아름다운 행성일지도 모릅니다. 신은 오묘한 섭리로 지구를 창조했습니다. 그리고 신은 사랑으로 인간을 창조하여 지구에서 살도록 했습니다. 지구야말로 신이 인류에게 준 비할 데 없이 고귀한 선물이며 또한 인류가 살 만한 가장 큰 방주라 할 것입니다.

누구든지 창조주인 신을 사랑한다 함은 인류에 대한 사랑과 지구에 대한 경외를 포함합니다. 그러기에 누가 신을 사랑한다고 하면서, 신이 사랑하는 인류를 사랑하지 않거나 신이 주신 지구를 귀히 여기지 않는다면 신을 온전히 사랑한다고 할 수 없습니다.

신에 대한 사랑과 믿음은 지식이나 종교, 인종이나 나라에 구애받지 않는 인류에 대한 보편적인 사랑과 믿음 그리고 이의 실천, 온 우주에서 단 하나뿐인 지구에 대한 감사와 존중 그리고 이를 보전하려는 행동이 뒷받침될 때 비로소 완성된다고 할 것입니다.

선도에서 말하기를, 내가 지구에 태어난 것은 내가 그것을 원했기 때문이라고 합니다. 또한 내가 지구에 온 것은 21세기 지구가 나를 간절히 원했기 때문이라고 합니다. 즉, 내가 원하고 지구가 원해서 내가 이 세상에 왔다는 말이지요. 지구가 있어서 나를 포함한 인류가 살 수 있고, 나를 포함한 인류가 있어 지구를 살릴 수 있습니다. 우리 인류는 전체가 지구인으로 하나의 공동 운명체이고, 또한 지구인은 하나뿐인 지구와 공동운명체이기도 합니다.

| 삶의 편리함과 삶의 풍요로움 |

해방 후 혼란한 시대를 마감하고 60년대 초반부터 80년대 말까지 가파른 경제적 성장을 거듭해왔습니다. 그 뒤로 성장의 속도는 다소 떨어지고 90년 대 말에는 IMF도 겪었지만 잘 극복하여 지금까지 그런대로 살고 있습니다.

일제로부터 광복한 후 현재까지 우리의 삶을 되돌아볼 때, 삶의 편리함은 그야말로 경천동지할 정도로 진전되었습니다. 그와 비례하여 삶의 풍요로움 이 나아졌다면 더할 나위가 없겠지요. 한데 물질적인 측면이라 할 수 있는 삶 의 편리함이 정신적인 측면이라 볼 수 있는 삶의 풍요로움을 보장하지는 않 는가 봅니다.

우리의 삶에서 정신적인 풍요로움이란 반세기 전과 견주어 보면 결코 나아 지지도 제자리걸음도 하지 않았습니다. 오히려 아주 심하게 아래로 추락하였 습니다. 물질적으로 대량생산과 대량소비가 가능해지고, 과학기술이 발달하 고 산업이 융성해졌습니다. 그에 비하여 정신적으로는 불신이 팽배하고 소외 감이 짓누르며 공동체 의식은 찾아보기 힘들게 되었습니다. 계층 간 격차는 커지고 끼리끼리 풍조는 노골화되어서 더욱 쓸쓸합니다.

그렇다면 과연 무엇이 잘못된 것일까요. 어디서부터 문제가 시작된 걸일까 요. 누구의 책임일까요. 지도자, 도시화, 인구증가, 헌법, 국민, 나, 너, 혹은 우리의 사상이나 가치관?

전에 혹여 이런 노래를 듣거나 가사를 본 적이 있나요. '윗집 아랫집 사이에 울타리는 있지만 좋은 일 슬픈 일 모두 내 일처럼 여기고 서로서로 도와가며 한집처럼 지내자. 우리는 한겨레다. 단군의 자손이다.' 이 짧은 노래의 가사는 우리의 정체성을 대변하고 있습니다. 우리의 정체성이란 너와 나를 달리 구분하지 않고 모두를 이롭게 하려 함입니다. 우리가 이런 고귀한 정체성을 잃어버리고 사는 것이 우리 삶이 정신적인 풍요로움에서 멀어진 가장 큰 이유라고 저는 믿어 의심치 않습니다. 이 노래를 즐겨 듣고 함께 부르고 싶습니다.

아궁이에 불 지펴 저녁 짓는 냄새

제가 어릴 적에 그리고 학창시절에 외갓집이나 큰집에서 아궁이에 불 지펴 저녁 짓는 냄새를 꽤 자주 맡아 보았을 겁니다. 짚을 태우고 나무를 때면 저녁연기가 피어오르면서 나는 그 특유한 냄새를요. 그 내음이 제 뇌리 속에 어느덧 깊이 자리 잡고 있었던 것일까요. 아니면 저의 후각이 변할 것일까요. 알 수는 없습니다. 그렇지만, 나이를 먹어 50줄 안팎이 될 즈음 그 내음이 강렬하게 제 감각으로 들어오기 시작했습니다. 해질 무렵 야외로 차를 타고 가다 보면 가끔씩 저녁연기가 보이고 내음은 코로 흘러 들어옵니다. 그 냄새가 왜 그토록 좋은지요. 때로는 그 저녁 짓는 냄새가 가슴을 적시고 사무칠 지경입니다. 님께서는 어떠하신지요.

이 세상에 거짓말이 없다면

이 세상에 거짓말이 존재하지 않는다면 많은 것이 또한 존재하지 못했을 것입니다. 우선, 가수 김추자 님의 노래 가운데 제가 좋아하는 '거짓말이야'라는 곡이 이 땅에 탄생하지 못했을 것입니다. 그리고 가끔씩 찾는 노래방에서 가수 조항우 님의 대표곡의 하나인 '거짓말'을 부르지 못했을 것입니다. 또한 세상에서 가장 흔한 말 가운데 하나인 사랑이란 말도 좀처럼 하기 힘들었으리라. 정치도 엄청 어려웠을 것이리라. 언론도 무척 견디기 힘든 나날을 보냈으리라. 부부 사이가 지금보다 쉽지 않았으리라. 그리고 참말이란 말도 생겨나지 않았을 것입니다. 처녀가 시집 안 간다는 말, 장수가 밑지고 판다는 말 따위를 많이 듣지 못했을 것입니다.

| 휘파람을 부세요 |

어렸을 적에 휘파람 부는 것을 흉내 내다 휘파람을 불게 되긴 했는데 아직도 그 진수를 익히지 못했습니다. 휘파람 가운데 소리가 아주 크고 고음이며 유쾌하기까지 한 그 휘파람 소리 내는 방법을 여태껏 알지 못합니다. 손을 대서 어떻게 하던데, 꼭 배우고 싶습니다. 그리고 요란한 휘파람 소리를 가끔씩 듣고 싶습니다. 그 휘파람 부실 줄 안다면, 나른한 오후에 탁 트인 공간에서 호기롭게 휘파람을 날려 주시기 바랍니다. 아마 그 소리에 주변의 공기가 잠시 잠깐 동안이나마 상쾌해질 것입니다.

| 초등학교 영어교육과 컴퓨터교육 |

우리 아이들은 초등학교에서 영어를 정규과목으로 배웠습니다. 큰 녀석이 영어를 배우기 시작한 것은 아마 4학년이었던 때 같습니다. 언젠가 아이들 방에서 초등학교 영어 교과서책을 본 적이 있는데 대체로 그 수준이 제가 중학교 1학년 다닐 때 수준 정도로 보였습니다.

초등학교에 다니는 아이를 둔 학부모님들은 자녀들의 초등학교 담임선생님이 만능이길 바랍니다. 일반 교과목에서 예체능까지, 거기에다 영어도 잘 가르치길 원합니다. 근데 제가 보기에 초등학교에서 영어를 배우는 건 좀 아니다 싶습니다. 학원이나 티브이, 인터넷 등을 통하여 배우는 것이 맞다고 봅니다. 가르치는 초등학교 선생님이 힘들기도 하고요. 영어교육 전문가가 아닌 담임선생님의 초등학교 영어수업이 학생들의 영어습득에는 별 도움이 되지 않는다고 생각합니다.

차라리 현재의 각 초등학교의 교사 정원을 늘리고 컴퓨터 전문교사를 추가로 채용하여 영어 배우던 시간에 학생들이 컴퓨터와 친해지고 프로그래밍까지 할 수 있도록 가르치는 게 보다 바람직하다고 생각합니다. 더불어 전문교사로 하여금 스마트폰을 유익하게 쓰는 방법을 익히도록 하고 각종 게임하는 시간을 조절할 수 있도록 지도함이 훨씬 아이들에게 유익하리라고 봅니다.

21세기에 아이티 분야는 개인이나 기업 나아가 국가의 생존과 발전을 위하여 필수적인 만큼, 어려서부터 컴퓨터 등 아이티 교육을 강화시켰으면 하는 것입니다. 개인적으로 우선 초등학교 때부터 컴퓨터교육이 영어교육을 대신하여 자리 잡게 되기를 바랍니다. 현행과 같이 초등학교 영어교육을 지속해야 한다면, 학교별 교사 정원을 늘려 영어 전문교사로 하여금 영어 수업을 하도록 함이 바람직하다고 생각합니다.

| 까치와 한전시설이 공존공생하기 |

한전은 까치와의 전쟁으로 매년 100억 원의 돈을 쓴다고 합니다. 까치로 인한 정전은 까치가 산란기(12~5월)를 맞아 전신주 위에 둥지를 마련하기 위해 물어온 나뭇가지, 철사토막 등이 고압전선과 접촉하며 발생하는 것이라고 하고요. 날씨가 좋은 날에는 상관없지만 비나 눈이 오는 날에는 까치집이 절연체에서 도체로 변해 정전을 유발시킨다고 그럽니다.

까치집으로 한전시설에 피해가 발생하니 이를 제거하기 위한 노력은 당연합니다. 그럼에도 불구하고 아쉬움은 남습니다. 이를테면, 전신주에 까치가 살 수 있도록 시설물을 추가로 부설하거나, 아니면 까치집이 들어설 만한 전신주의 일정 부분에 코팅 처리 등을 통해 전신주를 기술적으로 개선하여 까치집으로 인한 피해가 발생하지 않도록 함이 어떨까요. 까치집으로 피해가 생기니 까치집을 부순다는 생각과 거기 살고 있는 까치새끼들을 집중적으로 없애는 방법은 매우 직선적이며 또한 친동물적이 아닌 것 같습니다. 이 땅에서 까치가 제비처럼 희귀한 조류가 되기 전에 사람이나 한전과의 공존을 위한 색다른 노력이 필요해 보입니다.

우리나라에 옥수수 박사로 세계적으로 이름 높은 육종학자분이 있습니다. 그분은 김순권 박사님으로 생산량이 많고 질병에 우수한 옥수수 품종을 많이 개발한 분으로 널리 알려져 있습니다. 우리나라를 비롯하여 미국, 아프리카에서 연구활동을 하였고 북한도 방문하여 북한의 식량문제를 해결하기 위해 애를 쓴 바 있습니다. 특히 그는 1979년부터 17년간 아프리카에서 옥수수 품종 연구를 했는데 거기서 서구학자들이 '악마의 풀'이라 부르며 제거하지 못했던 옥수수의 기생 잡초 '스트라이가'를 해결하는 기상천외한 방안을 찾아냈습니다. 그 비결은 공생이었습니다. 이 기생 잡초의 5%와 함께 더불어 살아가는 옥수수 종자를 만들어 낸 것입니다. 이는 지난 30년간 서구 학자들이 생각지도 못한 방안이었습니다.

생각건대, 해충이나 잡초, 질병 등을 아예 지상에서 뿌리째 뽑으려는 인간의 시도는 신의 섭리에도 맞지 않는 것입니다. 그들 또한 신의 창조물이며 신이 허락한 생물이기에 그러합니다. 그들도 후손을 남기고 살아남기 위해 무진 노력하며 변신을 꾀하기도 합니다. 그렇다면 사람에게 유용한 작물을 더 건강하게 키우고, 인간이 스스로를 더욱 강건하게 하면서, 해충이나 잡초 등과 공존과 공생을 지향함이 오히려 당연하고 마땅하다고 할 것입니다.

 까치와 과수농가의 전쟁도 심한 것으로 알고 있습니다. 이 문제는 또 어찌 해결해야 할까요. 조류학자와 과수농가 그리고 소비자가 머리를 맞대고 궁리하다 보면 어떤 해결책이 나오지 않을까요.

| 팝송 '호텔 캘리포니아' |

 나이 50을 넘고 나서야 30여 년 전 처음으로 들었던 미국 팝그룹 이글스의 1976년의 히트곡 팝송 '호텔 캘리포니아'가 귀에 들어왔습니다. 불과 얼마 전의 일입니다. 출근길 차 안의 라디오 FM방송에서 전주곡이 흘러나오는데 무슨 곡인지 몰랐습니다. 선율이 참으로 아름답다 여기면서 듣고 있자니 MC가 소개해주는데 바로 그 곡이었습니다. 30여 년 전에 어떤 여대생과 몇 차례 데이트를 한 적이 있었는데 그때 그녀는 이 노래를 좋아한다고 했습니다.

 그 곡을 당시나 그 뒤에 들었을 때 괜찮다는 생각을 한 번도 한 적이 없었습니다. 그런데 나이 50을 훌쩍 넘긴 지금 최근에야 그 곡이 아주 훌륭하다는 느낌이 든 것입니다. 내가 그녀보다 음악적인 감각이 30년 이상 떨어진 것일까요. 아니면 그녀의 음악적인 감성이 나보다 30년 이상 앞선 것일까요. 혹은 같은 노래라도 나이가 먹어감에 따라 듣는 느낌이 달라지는 건지 잘 모르겠습니다.

| 미시적인 신상필벌보다 |

어떤 집단이나 사회에서 누군가 공을 세우거나 잘못을 저지르면 그에 합당하게 상을 주거나 벌을 주는 것은 아주 오래된 관례라고 할 것입니다. 공을 세운 사람에게 상을 줌으로 해서 보람을 갖게 하고 그 조직의 다른 구성원으로 하여금 분발을 촉구합니다. 반면에 잘못을 저지른 사람에게 벌을 줌으로써 대가를 치르게 하고 소속 구성원으로 하여금 경계를 삼습니다. 제가 보기에 이런 오래된 관행은 어느 조직의 발전을 위한 미시적인 접근법의 하나라고 봅니다.

혼자의 힘만으로 공을 세울 수 있는 경우는 제가 알기론 거의 없습니다. 자신의 노력이 물론 남달랐겠지만 주변의 지원과 가족 등의 도움으로 그리되는 것이 일반적입니다. 잘못을 저지르는 경우에도 마찬가지입니다. 본인의 과오가 가장 크겠지만 시스템의 미비나 주변의 무관심, 가족의 묵인 등이 함께하고 있는 경우가 많습니다.

따라서 어떤 집단이든 사회든, 그 조직의 발전을 위해서는 앞에서 언급한 미시적인 접근법보다 전체를 아우를 수 있는 거시적인 접근법이 필요하지 않나 싶습니다. 조직 발전을 위한 거시적인 접근법으로는 무엇보다 구성원의 공동체의식 함양이중요하다고 생각합니다. 조직의 구성원이 모두 하나라는 의식 말이지요. 어느 특정인에게 공을 몰아주거나 처벌을 가하는 전래의 답습에서 벗어나 같은 목적으로 일하고 있는 조직의 구성원 간에 공동체의식을 키움으로써, 서로 돕고 서로 살피게 한다면 조직이 전체적으로 상생하고 발전하리라고 보는 것입니다. 그리된다면 조직 내에서 소외되는 사람 또한 최소화되리라 여기는 것입니다.

| 핵융합과 빛에너지 |

'핵융합'이란 높은 온도, 높은 압력 하에서 두 개의 가벼운 원소가 충돌하여 하나의 무거운 핵으로 변할 때 질량 결손에 의해서 많은 양의 에너지가 방출되는 현상을 말합니다. 핵융합은 태양뿐 아니라 모든 별에서 나오는 에너지의 근원으로, 우주 에너지 생성의 근본원리라 할 수 있다 합니다. 지구를 비추고 있는 태양의 빛에너지는 플라즈마 상태[1]의 수소끼리 결합하여 헬륨으로 변하는 핵융합 반응의 결과입니다. 핵융합 반응을 연쇄적으로 일으켜 폭발에 이르게 하면 수소폭탄이고, 이를 제어해 에너지화하는 것이 핵융합 발전입니다. 이에 비해 무거운 원자핵이 분열해서 가벼운 원자핵이 될 때 에너지를 내는 것은 '핵분열'을 이용한 원자력 발전입니다.[2]

| 아이들의 장난과 어른들의 꾸지람은 평행선 |

강보에 싸였던 어린아이들이 자라서 걷고 뛰게 되면 개인차가 있으나 대체로 초등학교 졸업할 때까지 장난치기를 좋아합니다. 장난치는 아이들에 대한 어른들의 꾸지람은 보통 말귀를 채 알아듣지 못할 때부터 시작하여 초등학교 마칠 때까지 멈추기 힘듭니다. 아이들은 호기심과 자유로움, 왕성한 활동을 추구하므로 장소를 가리지 않고 틈만 나면 장난을 치려 듭니다. 아이들의 뇌는 이런 장난으로 인해 발달하기도 합니다.

---

1 물질 중에서 가장 낮은 에너지 상태를 가지고 있는 고체에 열을 가하여 온도가 올라가면 액체가 되고 다시 열에너지가 가해지면 기체로 전이를 일으킵니다. 계속해서 기체가 더 큰 에너지를 받으면 상태전이와는 다른 이온화된 입자들이 만들어 지게 되며 이때 양이온과 음이온의 총 전하수는 거의 같아집니다. 이러한 상태가 전기적으로 중성을 띄는 플라즈마 상태입니다.

2　여기서 다룬 핵융합 등의 내용은 포털 인터넷사이트인 네이버의 지식백과 내의 '시사상식사전'(박문각)에 실린 내용을 인용하였습니다.

어른들은 예절, 책임, 질서 등을 중시하므로 어른들의 기준으로 볼 때 말썽의 소지가 있는 아이들의 장난을 그대로 받아주기 어렵습니다. 하여 무슨 장난을 치는 걸 보게 되면 일반적으로 야단치거나 꾸짖기 쉽습니다. 이렇듯 이 둘의 관계는 양보할 수 없고 계속되어 만날 수 없는 평행선일까요. 우리 아이들의 장난이 그 정도가 지나치지 않는다면 못 본 척, 모르는 척 넘어가는 방법도 있으리라 봅니다. 아이들이 스스로 깨우치도록 하거나 아이들의 두뇌 발달을 위해서 말이지요.

| 인류라는 공동체의식 |

어디서 무엇을 하며 어떻게 살든지, 어떤 사상이나 종교를 가졌든지, 또한 남녀노소를 불문하고 혹은 어느 나라에 적을 두고 있든지 관계없습니다. 사람이라면 누구나 인류라는 하나의 종족에 속해 있으며, 전체가 하나의 공동체입니다. 또한, 지구라는 행성에서 같은 운명을 가지고 살고 있기에 공동운명체라 할 수 있습니다.

하지만 현재까지 인류가 하나라는 공동체 의식을 가진 사람의 숫자가 그리 많아 보이지 않습니다. 그런 사람들이 인류 가운데 1억 명만 있어도 지구는 평화로워진다고 합니다. 이런 의식을 가진 사람들이 그다지 많지 않았기에 지금까지 인류는 한편으로 서로 생각을 나누고 소통하며, 의지하고 도우며 살고 있음에도, 다른 한편으로 식수나 자원, 영토나 이익 등을 더 차지하기 위해 끊임없이 편 가르고 다투며 끝없이 미워하거나 경쟁해 왔습니다. 그래서 여태 지구는 늘 시끄럽고 인류의 삶은 언제나 조마조마하며 지상의 평화는 일시적이며 요원합니다.

인류는 공동운명체이기에 그 삶이 공존과 상생을 지향함이 지극히 마땅하다 할 것이나, 인류의 대다수가 몸과 물질에 미혹되어 자신의 정체성과 지향점을 잃은 듯 보입니다. 공동체 의식이 결여된 인류가 가진 끝없는 경쟁의식이나 분리의식 그리고 그에 따른 행위는 일시적으로 전체에게 혹은 일부에게 지속적으로 유익할 수 있으나, 항구적으로 인류 전체에게 바람직한 결과를 가져올 수 없습니다.

이는 작게는 어느 사회나 조직에 있어서도 마찬가지입니다. 개인이나 집단이 사적으로나 또는 공적으로 공동체의식 없이 각자도생하려는 행위는 부메랑이 되어 종국에는 어떤 형태로든 자신과 전체를 향하게 됩니다. 더 늦기 전에 많은 사람들이 인류는 지구에 사는 지구인으로 같은 운명을 가지고 있고, 하나뿐인 지구와도 공동 운명체임을 알아가기를 희망합니다.

| 세계가 참여하는 지구환경영향평가 |

지구의 환경에서 지금 가장 문제가 되고 있는 지구온난화는 그 피해가 인류 전체에게 영향을 미치고 있습니다. 인류는 지구를 기반으로 살아가는 하나의 공동운명체이기 때문입니다. 인류가 공동운명체임을 보편적으로 인식하게 된다면 지구의 온난화를 완화하고 나아가 저지하고 개선하기 위하여 지구적인 제도를 도입하는 것이 불가피하다 할 것입니다.

이런 인식과 제도의 필요성이 널리 공유되었다는 전제하에, 세계의 각국과 인류가 이 제도를 실행할 일을 제시해 보고자 합니다. 우선 지구온난화를 해결하기 위해서는 기존의 국제간 합의 외에 보다 새롭고 적극적인 방안이 필요합니다, 이제부터는 적어도 자연산이 아니면서, 다수가 쓰거나 다량으로 쓰이는 각국의 제품에 대해서, 생산과 소비 및 폐기 과정에서 온난화 등 지구환경에 미치는 영향에 대한 평가(가칭 '지구환경영향평가')를 도입하는 것입니다.

이 일을 감당하기 위하여 유엔 산하의 기구를 활용하거나 혹은 새로운 국제기구를 만들고, 필요한 자금은 각국이 기금 출연으로 마련합니다. 기금 출연은 각국의 경제력에 비례하여 부담하도록 하여 확보합니다.

다양한 상품의 대량 생산, 소비 및 폐기가 세계적으로 일반화된 시대를 맞이하여, 이로 인한 지구온난화 진행의 저지를 위한 안전장치를 마련하지 않는다는 것은 인류가 시한폭탄을 안고 사는 것이나 다름없습니다. 어떤 나라, 어느 누구도 이 위험성에서 자유롭지 못합니다. 그러기에 뜻있는 개인, 단체를 비롯하여 일정 규모 이상의 기업들과 대다수의 나라들에서는, 필히 대량 생산 제품의 지구환경영향평가 도입에 동참함이 당연하고 또 마땅하다 할 것입니다.

어느 기업에서 신약을 새로 개발하게 되면 대중에게 판매될 때까지 수년에서 수십 년 동안 사람의 인체에 해나 부작용 등이 없는지 충분한 검증 기간을 갖게 됩니다. 신제품도 이와 다르지 않다고 생각합니다. 신제품이 해당국의 기준뿐만 아니라 지구환경에 어떤 영향을 얼마나 줄지 다각도로 검증하여 이의 생산이나 판매 여부가 결정되어야 합니다.

지구환경영향평가 도입에 앞서 제일 먼저 선행되어야 될 일은, 앞에서 언급한 공동체의식의 공유입니다. 또한 이를 위해서는 의식의 전환을 이끌 선도적 주체의 출현이 필연적입니다. 누가 혹은 어느 단체나 국가가 앞장서서 사람들의 잠들어 있는 신의 성품을 일깨워 인류가 공동운명체이고 지구인이라는 의식을 갖도록 할 수 있을까요. 그 주체는 우리나라이고 우리 겨레라고 믿습니다. 우리겨레가 주체가 되고 우리나라가 정신 지도국이 되어 세계인과 세계 각국을 대상으로 해야 할 일이라고 믿습니다. 그 이유는 세상을 널리 이롭게 하려는 홍익철학을 줄곧 지켜온 우리나라가 적임이라 생각되기 때문입니다. 한민족에게는 천손문화라는 높고 아름다운 문화가 있기에 불가피한 일이라 할 것입니다.

제8장

천(天)

|크고 빠른 것은 좋은 것|

근대 이후 이윤 추구를 목적으로 하는 자본이 지배하는 경제체제인 자본주의가 발달하여 왔고, 현재 다른 경제체제를 압도하며 대세를 이루고 있습니다. 이에 따라 보다 많은 이윤을 얻기 위한 업체 간 경쟁은 날이 가고 해가 갈수록 치열해지고 있으며, 제품이나 서비스 혹은 이를 생산하는 기업들은 더 크거나 빠른 것을 추구하는 경향을 나타내고 있습니다.

몇 가지 사례를 통하여 살펴보겠습니다.

우선, 속도와 크기를 추구하는 성향의 대표적인 것의 하나로 많은 사람들이 이용하는 비행기가 있습니다. 비행기의 경우 제조업체나 항공사에서 점보의 크기나 음속보다 빠른 것을 개발하거나 도입하려는 시도가 엿보입니다. 이런 비행기를 팔고 운행함으로써 이익을 극대화하려고 합니다.

다음으로, 컴퓨터의 초고속화 사례입니다. 아이티 분야에서 앞선 나라나 기업들은 현재의 수준에 만족하지 않고 더욱 회로를 집적하거나 또는 더 큰 용량의 초고속 컴퓨터를 개발하는 데 힘쓰고 있습니다. 그 밖의 나라 등에서도 기존에 보유한 것보다 거대한 용량의 초고속 컴퓨터를 확보하려고 각기 무진 노력하고 있습니다. 이를 통하여 대외 경쟁력을 높이거나 빅데이터 분석 등을 용이하게 하려 합니다.

끝으로, 기업의 규모화 경향입니다. 각국의 중소기업들은 규모의 경제를 실현하기 위하여 혹은 살아남기 위해 가급적 크기를 키우려는 경향이 있으며, 국내외의 대기업들은 글로벌 기업이 되기 위하여 합종연횡을 마다하지 않습니다. 남부럽지 않은 대기업조차 덩치를 더 키우는 것은 이를 통하여 더욱 강력한 국제적 경쟁력을 갖기 위한 것으로 보입니다.

이런 예에서 볼 수 있듯이, 자본주의 경제체제하에서 제품을 개발하는 방향성이나 기업이 지향하는 관점이, 현대사회의 맹렬한 경쟁으로 인하여, 크기나 속도를 중시한다는 것입니다. 이런 조건을 갖추었을 때 살아남기에 유리하고 보다 많은 이윤을 남기는 측면이 있으나 이런 조류는 결코 바람직해 보이지 않습니다. 이런 경향은 개인의 인권을 보살피고 자연의 환경을 배려하는 데 있어서 무디기 십상이기 때문입니다. 우리는 과거의 역사 속에서 교훈을 얻을 필요가 있습니다. 오래전에 지상에서 지나치게 덩치를 키우다 적응력을 상실하여 멸종한 공룡의 삶을 이와 같은 경향에 경종을 울리는 타산지석으로 삼을 수 있을 것입니다.

그보다는 공동체의식을 바탕으로 상생과 안전, 맞춤과 환경을 중시하는 작고 그리 빠르지 않으며 유연한, 제품이나 서비스, 기업 등이 세상의 주류가 되어야 한다고 생각합니다.

|밥|

왜 밥을 먹으면 배가 부르게 될까. 그리고 밥을 먹지 않으면 왜 배가 고플까. 어느 날인가 이에 대해 의문을 갖게 되었고 생각에 생각을 거듭하게 되었습니다. 그러다가 한 가지 답을 얻었습니다. 위장이 비어서 혹은 위장이 차서 본능적으로 그런 느낌을 갖게 된다는 것이 그 답이었습니다. 근데 그 답에 만족할 수 없어서 또 다른 해답이 없는가 하고 더 생각을 해보았습니다.

그래서 다른 답 한 가지를 더 얻게 되었습니다. 사람이 살아서는 끊임없이 에너지를 필요로 하니, 굶으면 체내 에너지가 소진되고 뇌가 이를 감지하여 배가 고픔을 느끼게 되는구나. 반면에 밥을 먹게 되면 음식물이 차는 것을 위에서 감지하여 이 정보를 뇌에 전달하고 뇌가 판단하여 배부른 느낌이 나는구나. 이렇게 일단 결론을 지었습니다.

밥을 비롯하여 음식물을 섭취함은 사람이 생존하기 위하여 필수적인 조건입니다. 하여 배가 고프고 부른 느낌 또한 사람이 살아가는 데 없어서는 안 될 귀중한 신체적 기능이라고 할 것입니다. 어쨌든 배고프고 배부른 이유에 대한 생각이 여기까지 이르는 데 한 오 년 정도 걸린 듯싶습니다.

| 남자는 항상 눈곱, 코털, 고춧가루에 유의해야 |

요즘 남자들은 과거의 남성들에 비하여 거울을 자주 봅니다. 거울도 흔해져서 화장실 등에 비치되어 있고 모든 차 안에 설치되어 있습니다. 하여 눈곱 등이 끼어 있음을 알지 못하고 외부에서 활동하는 일이 거의 없다고 여겨지지만 그래도 항상 유의하지 않으면 안 됩니다.

어디에 있든지 눈곱이 끼어있다거나, 이성을 마주하고 있는데 코털이 밖으로 삐져나왔다거나 혹은 누군가를 만나는 자리인데 이빨 사이에 고춧가루가 끼어있다면 이건 사후 수습이 아주 곤란한 일입니다. 하니, 남성들도 핸드폰을 이용하거나 책상 등에 작은 거울 하나쯤 비치해 놓고 자주 들여다보면서 표정관리도 하고 수시로 자신의 용모를 챙기는 센스가 필요해 보입니다.

| 개구리와 맹꽁이 |

80년대 초반까지 제가 사는 청주에는 단층집이 많았고 그런 집들로 구성된 주택가가 주류였습니다. 주거지에서 조금 벗어나게 되면 논이 널려 있었고 여름철이면 그 논에서 나는 요란한 개구리와 맹꽁이 울음소리를 쉽게 들을 수 있었습니다. 그 뒤 시의 인구가 부쩍 늘고 도시화가 심화되면서, 근래에는 시내에서 논을 볼 수 없고 밭도 거의 사라진 터라 도회지를 벗어나 야외로 나

가지 않으면 개구리나 맹꽁이 울음소리 듣기가 쉽지 않습니다. 개굴개굴, 맹꽁맹꽁. 개굴개굴, 맹꽁맹꽁.

90년대 초인가 외래종인 황소개구리를 처음 우리나라에 식용으로 들여왔던 것으로 기억됩니다. 토종 개구리와 달리 엄청난 크기와 빠른 번식 그리고 생소하고 큰 울음소리는 사람들을 놀라게 하기도 하고 자연생태계 파괴의 우려를 낳기도 하였습니다. 지금은 어느 정도 없어진 것으로 보입니다. 어쨌든 우리가 사는 주변의 자연환경은 알게 모르게 갈수록 빠르게 변화하고 있습니다.

| 아침 출근길 차 앞창에 갈겨진 새똥 |

어느 날 아침 출근하기 위해 차에 타 시동을 걸려니 지난밤에 그랬는지 차 앞 유리창에 새가 똥을 갈겨놓았습니다. 그 똥을 보면서 전에는 내 차가 더럽혀졌다는 생각만 들었는데 어쩐 지 그날은 세상에 아직 희망이 있다는 느낌을 받았습니다. '새가 인간과 더불어 도심에서도 살고 있고 살 수 있다면, 아직 사람 사는 세상에 희망은 있구나'라는.

아마 비둘기 똥은 아니었을 것입니다. 제가 사는 주택가에서 비둘기는 잘 보이지 않기에 다른 새의 똥인 것으로 보입니다. 저는 새라면 다 좋아하는 편이지만 그중에서 개체 수가 많이 늘어난 비둘기만큼은 별로 좋아하지 않습니다. 내 차에 갈긴 새똥을 닦아내지 않고 그대로 두었는데 얼마 지난 뒤 볼 수가 없었습니다. 주택가 골목길에 차를 세워놓았는데 다음 날인지 내린 비에 씻겨 내려간 듯합니다.

저는 세차를 자주 하지 않아 제 차가 깨끗한 편이 못됩니다. 이로 인하여 차에 대한 미안함도 갖고 있습니다. 비용이 드는 자동 세차나 손세차를 못하면 물걸레질이라도 해서 차를 깨끗하게 관리해야겠다는 생각은 가끔씩 하고 있습니다만.

| 아이들이 어린이집, 놀이방, 유치원 등에서 |

요즘 부모들은 아이들이 어릴 때 자녀를 어린이집이나 유치원 등에 보내는 게 보다 일반적입니다. 보내는 이유는 아이를 돌볼 형편이 못되거나, 놀 친구가 없어서, 혹은 한 가지라도 더 가르치기를 원해서 등 여러 가지로 보입니다. 부모들은 아이들이 이런 시설에 가서 한글, 그림, 만들기, 악기, 산수, 영어, 한자, 인성 등을 배우거나 혹은 길러주길 바랍니다. 그리고 기왕이면 그런 것들을 좀 더 잘했으면 하는 마음도 없지 않을 것입니다.

어린 나이에 이것저것 다 잘하기 원하는 것과 달리 아이들은 어른들이 만족할 정도로 여러 가지를 잘 해내지 못하는 것이 보편적이며, 설사 그리한다 해도 별로 바람직하지 않다 봅니다. 어린이집이나 유치원 등에서 아이들이 진짜로 배워야 할 것은 나중에 학교에서 배우게 될 것을 미리 배우는 것이 결코 아니기 때문입니다.

앞에서도 비슷한 내용을 언급한 적이 있듯이 아이들은 누구나 태어날 때 이미 사는 데 필요한 지적 능력, 자신만의 개성, 인성이 인자로서 이미 뇌 속에 내재되어 있습니다. 어릴 적에 타고난 능력과 개성 등의 인자를 지혜롭게 자극만 하면 발전할 가능성이 무한합니다. 어렸을 때는 그 가능성이 최대한 발현될 수 있도록 이끌어 주는 과정이 무엇보다 필요하고 중요하다 할 것입니다.

그렇다면 대체 어떤 과정들이 필요한 것인가. 뇌 속에 잠재된 능력과 개성 등을 발달시키기 위해 바람직한 것은 첫 번째, 아이들이 서로 잘 놀도록 하는 것입니다. 친구와 잘 놀고, 노래나 놀이기구와 잘 놀면 좌뇌와 우뇌가 고루 발달합니다. 사회적인 능력이 개발됩니다. 두 번째, 사랑입니다. 아이들과 선생님이 마음으로 소통하고 사랑을 주고받으면 인성도 밝게 커갑니다. 세 번째, 질문을 잘 받아주어 호기심을 한껏 키우고 자신만의 개성을 찾도록 도와줍니다. 끝으로 책을 읽어 주거나 읽도록 하여 간접 경험을 하도록 하고 다른 사람들의 생각을 알도록 합니다. 사실, 이 네 가지 과정은 이런 복지시설뿐만 아니라 가정에서도 똑같이 필요한 것들이라고 할 것입니다.

저 또한 부모로서 우리 아이들이 어렸을 때 키우면서 겪은 경험을 바탕으로 보고 느꼈던 점을 몇 가지 덧붙이고자 합니다. 우선, 부모들이 학습적인 분야에서 자신의 자녀들을 다른 아이들과 비교하지 않는 것이 좋습니다. 욕심을 내서 조급해할 필요가 전혀 없습니다. 부모들은 아이들이 하는 행동이나 배움이 미숙하거나 느린 것이 지극히 정상적이고 당연하다는 이해를 갖고 지켜보면 족합니다. 어릴 적부터 키워줘야 하는 인성을 제외하고 학교에 진학하게 되면 배우게 되는 여러 가지 학습 내용은 그리 중요하지 않습니다. 취학 전에 이런 학습 내용을 상당히 빠르게 배우거나 혹은 일찌감치 특별한 재능을 나타내는 아이들도 개중에 있으나 이는 예외적인 경우이고 대단한 일도 아닙니다.

만일에, 부모들이 학습 분야에서 욕심을 내게 되면 아무래도 어린이집 등에서는 이에 부응하려 애쓰게 됩니다. 일정한 수준이 되도록 억지로 시킬 가능성이 없지 않습니다. 혹여 이런 일이 생긴다면 이는 매우 바람직하지 않은 일이 될 것입니다. 억지로 시킨다고 아이들의 두뇌개발이나 신체발육이 되는 게 아니기 때문입니다. 다만, 배움이란 것이 재미난 놀이 중의 하나임을 느끼도록 교사가 가르칠 수 있다면 그런 학습법은 권장할 만합니다.

또, 아이들은 미술이나 종이접기 등을 배우러 종종 학원에 다니기도 합니다. 학원에 다니는 아이들이 그리거나 접거나 만들어 놓은 것들이 어른들의 눈으로 보면 대개 아주 서툴고 솜씨는 늘 제자리인 듯합니다. 때론 피카소의 작품보다 이해하기 어렵기도 합니다. 이 부족한 작품들을 부모나 어른들이 있는 그대로 존중하는 것이 또한 바람직하다고 생각합니다. 시시때때로 흥미를 잃지 않도록 격려하고 스스로 한 것에 대견해하고 칭찬하면서 말이지요.

이와 달리, 돈 들여 학원 등에 보냈는데 맨날 가져오는 것은 눈에 차지 않고 어설프다 생각하고 이를 학원에 말하게 되면, 교사들이 아이들의 소중한 작품에 손을 대는 경우가 생깁니다. 이렇게 되면 아이들의 능력과 소질은 제대로 커질 수 없는 것입니다. 아이들에 대한 창의교육이 시작부터 무너질 수 있는 것이지요. 그러니 아이들을 믿고 꾹 참으며 기다리세요. 우리 아이들이 어렸을 적에 학원이나 개인교습을 받았을 때 그림을 그리거나 종이접기 등을 하여 집에 가져온 것을 보면 교사의 손길이 묻어 있는 경우가 있었습니다. 저는 당시에 화가 많이 났던 것으로 기억합니다. 뭐라 담당 교사에게 말하기도 무척이나 조심스러웠구요.

| 디젤 차량에는 디젤을 가솔린 차량에는 가솔린을 |

만약에 디젤 차량에 가솔린을 넣고 운행하면 큰일 난답니다. 고열로 인하여 엔진이 녹아버린다고 하죠. 실수로 넣었을 경우에는 시동을 걸지 않고 차량을 옮겨 내부 청소를 하면 아무 이상이 없다고 합니다. 반대로 가솔린차량에 디젤을 넣으면 시동이 잘 걸리지 않고 걸려도 엔진에서 하얀 연기가 나오면서 고약한 가스냄새가 난다고 합니다. 엔진이 파손까지는 안 돼도 청소가 필요하다고 하죠. 이는 초식동물이 동물성사료를 먹으면 심각한 후유증을 겪는 것과 유사하다 하겠습니다. 혹은 송충이가 갈잎을 먹는 것과 비유할 수 있겠습니다. 차의 배기량이나 가격 등과 상관없이 디젤 차량에는 디젤을, 가솔린 차량에는 가솔린을 넣어야 탈이 없습니다.

근래 경제적 이슈의 하나로 떠오르고 있는 창업의 경우도 이와 엇비슷한 측면이 있습니다. 창업할 때는 무엇보다 자신에게 맞는 일을 찾는 것이 중요하다고 합니다. 또한 창업은 자신이 종사했거나 잘 아는 업종에서 시작하는 것이 좋은 방법이라고 합니다. 이것이 어렵다면 유사한 업종이어야 하고요. 준비 없이 새로운 업종으로 창업할 경우에는 많은 시행착오를 겪게 마련인데, 적어도 이를 극복할 수 있는 경제적·정신적 여유가 있어야 한다고 합니다.(포털 사이트 네이버 참고)

| 핵가족의 득과 실 |

일단 핵가족은 대가족에 비하여 단출합니다. 행동이 자유스럽고 웃어른의 관여나 지시를 받는 일이 매우 드뭅니다. 또 부부관계를 할 때도 신경이 덜 쓰입니다. 반면에 부모님과 따로 살게 되면 기본적인 주거비가 거의 두 배 가까이 늘어납니다. 부모님이 생활 능력이 부족하거나 없으면 자녀들이 일부나 전부를 부담해야 하죠. 세대의 분리로 정서적인 면에서 부딪침이 적지만 또한 같은 이유로 물질적인 측면에서는 애로사항이 많은 게 사실입니다.

그 밖에, 대가족의 경우 자녀들이 웃어른에 대한 예의를 자연스레 익힐 기회가 늘어나고 때론 조부모에게 손자손녀도 맡길 수도 있습니다. 반면에, 핵가족으로 살 경우 아이들 예의범절 교육이 힘들고 맞벌이를 한다면 아이 돌보기도 보통 일이 아닙니다. 만약 부모님이 배우자가 없다면 외로움의 문제가 부상합니다. 이렇게 보면 핵가족은 득보다는 실이 더 커 보입니다.

우리사회가 경제개발로 산업화되고 도시화되면서, 또한 인구증가로 공동주택이 증가하면서, 핵가족이 보편화되었습니다. 저는 핵가족의 장단점을 떠나 개인적으로 대가족이 좋아 보입니다. 특히나 크지 않은 앞마당을 가진 한옥에서 아들 손자며느리 3대가 같이 사는 삶이 말이죠.

| 초등학교에 다니던 시절 |

초등학교 다니던 시절에 동네의 또래 친구들과 어울려 청주 시내 한복판으로 흐르는 무심천에 이따금 놀러가곤 했었습니다. 그러던 어느 여름날, 물에서 놀던 나는 깊은 물에 빠져버리는 바람에 둥둥 떠내려간 적이 있었습니다. 그대로 계속 떠내려갔으면 아마 무심천 하류에 있는 까치내나 멀리 금강까지 갔을지도 모를 일입니다. 근데 마침 어디선가 내 나이 또래로 보이는 사내아이가 헤엄쳐 오더니 나를 꺼내놓고 사라졌습니다. 덕분에 지금껏 제가 살아 있는지도 모릅니다. 그때는 경황도 없고 쑥스러워서 고맙다는 말을 하지 못했는데 지금이라도 목숨을 구해준 고마움을 전하고 싶습니다. 시절이 변하여 하천 상류에 대청댐이 생겼고 그 후로 청주의 젖줄 무심천은 명맥만 유지한 채 도도했던 물줄기는 옛 일이 되고 말았습니다.

| 어느 작은 철새의 구만리 길 |

그것이 비록 본능이라고 해도 작은 철새의 구만리 공간 이동은 위대한 비행이 아닐 수 없습니다. 작은 몸집으로 수십 일 동안을 거의 쉬거나 먹지 못하고 날아서 아득한 곳으로 갑니다. 사람이 21일 동안 먹지 않고, 자지 않고, 눕지 않고 수행하면 도통도 한다던데. 작은 철새는 해마다 거의 그런 형국이니 이미 깨달았을는지도 모릅니다. 어찌되었건 이런 새들을 사람들이 더 힘들게 하고 있는 것은 아닌지 우려스러운 일들이 있습니다.

그 말이 사실인지는 몰라도 어느 환경론자가 말하기를, 인간이 버리는 스티로폼 조각 따위를 먹은 새는 배가 불러 더 이상 먹지 않기 때문에 결국 굶어 죽는다고 합니다. 게다가 각종 통신기기나 스마트폰의 대량 사용으로 전자파가 하도 많이 공간을 떠다녀서 새들의 비행 감각이나 진로를 방해하고 있지는 않은지도 염려스럽습니다. 살면서 별 쓸데없는 걱정을 다한다고 해도 하는 수 없습니다.

이 말을 상기한다면 제 걱정이 쓸데없는 기우라고만 탓할 수 없을 것입니다. 미국의 저명한 유대계 물리학자인 아인슈타인이 지난 세기에 한 말입니다. '꿀벌이 지구상에서 사라지면 인류는 5년 안에 멸망할 것이다'라고요. 만일에 사람들의 행위로 새들이 집을 찾지 못하거나 굶주리거나 혹은 먹이를 찾아 멀리 갈 수 없다면 그리하여 새들이 새처럼 살 수 없게 된다면 그런 세상에서 인류는 과연 온전하게 살 수 있을까요.

| 우리나라에 남북을 잇는 고속도로를 |

우리나라 국토는 동서로 남북으로 사회기반시설인 도로망, 철도망 등이 잘 발달되어 있습니다. 주말이나 휴가철 혹은 명절이나 일기가 불순한 때에 고속도로나 국도 등에서 차가 밀리는 것이 사실이나, 이제 적어도 차량이나 열차 소통의 지체로 인하여 우리나라 경제성장에 어떤 지장을 주거나 더디게 하는 일 등은 이미 사라졌다고 생각합니다.

지금 한창 제2의 경부 고속도로 건설이 이슈의 하나가 되고 있습니다. 이 사업을 추진하자면 그 비용도 상당히 많이 들겠거니와, 건설과정이나 건설 후에 국토환경이나 자연생태계 및 주민의 삶에 긍정적인 효과보다 부정적인 영향이 크지 않을까 염려됩니다. 또한 현재의 경부고속도로는 차치하고라도 기존의 비행노선이나 철도노선과의 중복 투자 성격이 강하여 그 경제적 효과도 그리 크지 않을 것으로 보입니다.

수십조 원이 들어간 4대강 사업을 벌인 지가 불과 몇 해 되지 않았을 뿐만 아니라 안보며 복지며 교육이며 각종 재원이 턱없이 부족한 상황에서 이런 시급하지 않은 사업을 벌인다는 것은 개인적으로 도저히 이해가 되시 않습니다. 국가의 재정이란 것이 국민의 피땀으로 이루진 것이기에 현재 정계에 몸 담고 있는 정치인들이 여야를 떠나서 깊은 고민 없이 과거의 전철을 밟아서 운용해도 좋은 게 아님을 유념할 필요가 있다고 봅니다.

이제, 국가의 동맥을 확충하고자 한다면 나라의 장래를 위하여 시야를 넓혀 남한에 국한되기보다 남북한을 잇는 도로를 개설하는 일이 보다 필요하다고 봅니다. 만약에 그런 도로를 건설하게 된다면 가장 먼저 착수할 구간은 아무래도 서울 평양 간 고속도로라고 할 것입니다. 물론 이 방안이 실현되자면 먼저 남북한간 상당한 논의와 협력이 선행되어야 가능합니다.

향후 국가사업이나 정책을 수행함에 있어 21세기에 걸맞게, 개발사업이나 하드웨어 중심에서 벗어나 시스템 개선이나 소프트웨어 위주의 국가 정책이 펼쳐지길 희망합니다.

| 연 만큼 열리고 닫은 만큼 닫힙니다 |

사람의 마음을 열이라 칠 때 다섯만큼 열어 놓으면, 다섯만큼 열린 것이고 나머지 다섯만큼은 닫혀 있는 것이지요. 달리 표현하면, 그 마음을 다섯만큼 닫으면 나머지 다섯만큼은 열려 있는 것입니다.

이와 마찬가지로 잠겨 있는 수도꼭지를 틀면 물이 나오는데, 수도꼭지를 튼 만큼만 구멍이 열리고 그리고 꼭 열려 있는 구멍만큼만 물이 나오지요. 반대로 수돗물이 나오는 상태에서 수도꼭지를 돌려서 잠그면 꼭 돌린 만큼만 구멍이 닫히고 그리고 꼭 닫힌 만큼만 물이 덜 나옵니다.[1]

---

1 여기서 수압이나 누수는 논외로 합니다.

| 세월이 가고 또 가도 배우자가 변하지 않습니다 |

일반적으로 배우자는 결혼 전과 후에 태도가 바뀝니다. 특히 남성의 경우 그렇다고 하지요. 그렇게 결혼하기 전과 비교하여 결혼 후에 딱 한번 태도가 달라지고 그 뒤로는 쉽사리 변하지 않습니다. 이렇게 해 주었으면 저렇게 바뀌었으면 하는데 도대체가 요지부동입니다. 어떤 바람직한 변화를 가져오길 바라는 나의 마음은 간절하고, 뿐만 아니라 사흘이 멀다 하고 틈만 나면 말해 주는데도 상대방은 바뀔 기미조차 보이지 않습니다.

왜 그럴까요. 나의 마음이 덜 간절해서일까요. 아니면 내가 너무 좋게 말해서일까요. 그것도 아니라면 사람이란 원체 변하지 않는 존재이기 때문인가요. 아내로서 혹은 남편으로서 나의 배우자가 바뀌길 진정 원하시나요. 그렇다면 원하는 만큼 내가 먼저 스스로를 바꾸기 바랍니다. 내가 바뀌지 않는다고요 어렵다고요, 그럼 배우자도 바뀌지 않거나 바뀌기 어렵습니다. 배우자 뿐만이 아닙니다.

학교에 다니는 자식의 경우도 마찬가지입니다. 이 녀석이 공부를 열심히 하면 좋은데, 하교 후 집에 와서는 하라는 공부는 제대로 안 하고 TV, 인터넷, 게임, 만화 등에 빠져 대부분의 시간을 보내고 있습니다. 해서 자주 잔소리하고 야단도 치며 가끔은 심하게 혼을 내보기도 합니다. 그런데 좀체 들어먹질 않습니다. 더욱 강도를 높입니다. 결과는 거의 마찬가지입니다. 일시적으로 따르는 듯하나 조금 지나면 다시 제자리로 돌아갑니다.

그럼 어떻게 하느냐고요. 결코 쉬운 일은 아니지만 답은 있습니다. 이 경우도 역시 배우자를 상대로 할 때와 별반 다르지 않습니다. 부모인 내가 공부하면 됩니다. 내가 먼저 책을 읽으면 됩니다. 그게 어렵다면 하는 척이라도 합니다. 그럼 자녀분이 공부하는 데 더 신경을 쓰기 시작합니다. 아니면 그야말로 열심히 사는 모습이라도 보여주세요. 그럼 공부는 제대로 안 할 지라도 커서 엄마처럼, 아빠처럼 열심히 삽니다. 그러면 되는 거 아니겠습니까.

사실, 배우자나 자식이 모두 다 그렇게 내가 원하는 대로 혹은 비라는 만큼 따라주지 않는 건 아니지요. 사람에 따라 본인이 원하거나 바라는 것보다 더 잘하는 배우자나 자식도 더러 있습니다. 복 받은 분들이지요. 그만한 복이 내게 없다면 내가 먼저 변할 수밖에요. 딴 도리가 없습니다.

자식은 자기 인생이 있다 치고, 세월이 가도 변하지 않는 배우자, 그 변하지 않을 것 같은 배우자도 내가 먼저 바뀌면 서서히 바뀝니다. 아주 서서히 말이지요. 내 습관이 바뀌고 나의 태도가 진화하거나 혹은 나의 말투나 얼굴 표정이 달라지자면 뇌회로의 변화가 필요하지요. 뇌회로를 원하는 대로 바꾸자면 최소한 21일간은 스스로 꾸준히 노력해야 합니다. 만약에 작심삼일이라면, 이를 일곱 번 거듭하면 됩니다.

| 이혼 문턱 높이기 |

우리나라 사람들은 적어도 고조선 건국 이래 수천 년간 결혼은 꼭 하는 것으로 알았습니다. 또 그 같은 기간 동안 결혼한 부부는 백년해로하길 염원하며, 이혼은 결코 해서는 안 되는 것으로 굳게 믿어왔습니다. 이와 같은 풍습이나 신념을 오래 간직한 까닭은 자녀를 키우고 문화를 보전하며, 국가의 인적 구성의 기초를 닦고 또 성적인 문제를 해결하는 데 있어 결혼보다 좋은 제도는 없다고 오랜 경험에 의하여 판단했을 것으로 추측됩니다.

한데 수천 년간 지속돼온 믿음과 관습이 불과 수십 년 전부터 흔들리기 시작했습니다. 그것이 자본주의 영향 때문인지 개인주의가 발달해서인지 혹은 인구의 증가 때문인지 그 이유는 명확히 모르겠습니다. 그 이유는 차치하고, 급기야 이제 결혼은 선택사항이 되기에 이르렀고 이혼도 부부간 합의만 있으면 가능한 것으로 바뀌었습니다. 물론 합의가 없어도 법정의 힘을 빌려서 이혼하기도 합니다.

이혼이나 미혼으로 인하여 가장 견디기 힘든 사람은 당사자들보다 보통 그 자식이고 그 부모입니다. 어떤 이유에서건 늦게까지 결혼을 하지 않은 자식이 있으면 부모의 마음이 아프고 늘 신경이 쓰입니다. 어떤 사유건 이혼을 하게 되면 누구보다 그 자식들의 마음에 크고 작은 상처를 입히게 됩니다.

보편적으로, 이혼으로 인하여 부부 당사자나 자녀들이 입는 고통이, 부부 간의 불편한 결혼의 지속으로 가족들이 겪는 어려움보다 크다고 여겨지나 봅니다. 독일을 비롯하여 여러 나라에서 가급적 이혼을 어렵게 하려고 장치를 마련하였다고 합니다. 이혼 문턱을 높였다는 말이지요.

우리나라에도 성급한 이혼을 막기 위한 제도로 이혼숙려제가 있는데 이를 좀 더 강화할 필요가 있어 보입니다. 왜냐하면 가정이 흔들리게 되면 그 부정적인 영향이 단지 해당 가정의 당 세대 구성원에게만 그치지 않고 그 세대 구성원의 후대로 이어지기 쉽기 때문입니다. 또한 그런 가정이 늘어나게 되면 사회불안을 증가시키는 요소의 하나로 자리 잡을 가능성이 높아지리라 보기 때문입니다.

실제로 같이 살다가 이혼할 경우, 배분되는 재산이 적어도 수십억은 되어야 어느 정도 안정된 생활이 가능합니다. 이혼하게 되면 대개가 집을 따로 장만해야 하고 별도로 살림살이가 필요하며 생활비를 각기 지출해야 됩니다. 이자율은 낮아서 직업이 없는 배우자는 생활비 조달이 쉽지 않습니다. 직업이 있는 경우에도 혼자 살림까지 하려니 힘이 배로 듭니다. 쉽게 말해서 이혼하면 부부의 재산이 1/2이 되고 그 순간부터, 살림살이가 숫자 그대로 전에 비하여 반으로 쪼그라든다는 사실을 먼저 유념할 필요가 분명 있습니다.

그러니까 분배되는 재산이 수십억 정도 되지 않으면 이혼 전보다 생활하기가 무척 어렵게 됩니다. 평균 수명이 점차 늘어나는데 재산이 풍족하지 않다면 늘그막에 고생깨나 할 각오를 하지 않으면 안 됩니다. 하여 젊어 하는 결혼도 신중해야겠지만, 애 딸리고 나이 들어 하는 이혼은 더욱 신중해야 한다고 생각합니다. 근래 재혼이 흔해졌다고 하지만 그 실행은 그리 만만한 일이 아니라 봅니다.

| 최저가낙찰제 |

'그동안 가격 덤핑과 이에 따른 부실시공 등의 부작용이 지적되어온 최저가낙찰제를 대신하는 종합심사낙찰제 첫 시범사업이 발주되어 건설업계의 관심이 집중되고 있다. 한국토지주택공사(LH)는 정부가 국정과제로 추진 중인 종합심사낙찰제[1]의 첫 시범사업으로 '수원 000지구 B-8블록 430가구의 000억 원대 아파트 건설공사'를 2일 입찰 공고한다고 1일 밝혔다.' 이상은 ××일보(2014.06.02일자)의 내용입니다. 낙찰 결과는 도입 취지와는 달리 우려한 대로 안 좋게 나왔다고 합니다.

정부나 기업에서 예산을 절감하고자 하는 최저가낙찰제가 확대 시행되어 중소·중견 건설기업을 고사시킬 우려가 높아지고 있는 가운데 나온 새로운 시도로 보입니다.

무엇이든 제값을 주어야 제대로 된 상품이나 용역이 나오는 시대가 되었습니다. 현재 인건비, 자재비, 부동산 가격 등이 경제개발이 시작된 이래 수십 배, 수백 배 올랐는데 최저가낙찰제를 확대함은 입찰자 등의 재정적 희생을 강요하거나, 값싼 외국산 제품의 증가로 국내 산업에 부정적인 영향을 미치거나 혹은 당초 기대에 못 미치는 부실한 결과를 가져오는 것은 거의 필연적이라 보입니다. 가격을 줄 만큼 주고 그에 상응한 결과물을 얻을 수 있는 입

---

1 최고품질을 확보하기 위하여 저가낙찰이 아닌 적정낙찰에 의하여 가격이외의 요소를 평가하려는 목적으로 도입한 제도

찰제로의 개선 노력은 당연하다고 할 것입니다.

|술 잘 마시는 사람이 일도 잘한다 |

제가 지금도 술을 많이 못하는데, 특히 직장생활 초기에는 더욱 술에 약했습니다. 최초 근무지의 어느 회식하는 좌석에서 제 상사분이 말씀하셨죠. 술 잘 마시는 사람이 일도 잘한다고요. 당시 그 말을 듣는데 기분이 썩 좋지 않았습니다. 지금도 이따금씩 그와 같이 말하는 분이 있습니다. 생각해보니 술을 잘 마신다는 것은 그만큼 체력이 있다는 말도 되니, 아무래도 신체 건강한 사람이 일도 잘할 것이라 여겨서 그런 말이 나온 것 같습니다. 술 잘 드시는 분 보면 체력이 좋거나 체력이 부족하면 깡이라도 있더라고요. 물론 술을 아예 못 드시거나 혹은 본인의 가치관에 의하여 먹지 않은 분 가운데 일 잘하는 분 아주 많습니다.

|퇴직자 주변엔 퇴직금을 노리는 하이에나가 |

오랫동안 보이지 않던 사람부터 시작하여 생전 처음 보는 사람에 이르기까지, 퇴직자에게 귀에 솔깃한 제안을 하는 경우가 많다고 하죠. 높은 수익을 보장해 준다거나 지체 있는 자리를 제시한다거나 혹은 획기적인 사업인데 특별히 끼어준다는 말 등을 하면서 접근하는 사람이 있으면 보다 면밀히 살펴볼 필요가 있을 것입니다.

직장생활 퇴직자 주변에는 퇴임 후에 무엇을 해야 할지 감을 못 잡고 있는 사람들의 알토란 같은 퇴직금을 노리는 하이에나가 어슬렁거린다니 말입니다. 하이에나는 초원에서 다른 동물이 사냥해 놓은 먹이를 노리는 경우가 많으니 이렇게 표현해도 무리가 없을 듯합니다.[1]

퇴직한 분들은 주변에서 권하는 여러 가지 제안 등에 대해 속속들이 잘 모를 때는 일단 판단을 유보하고 여러 전문가의 의견을 듣는 것이 먼저일 겁니다. 그리고 평소 잘 알고 있는 다른 퇴직자들에게도 물어보고 시간을 충분히 갖고 정보를 넓게 수집하는 게 좋겠지요. 가능하면 자신이 잘 알고 있는 업종에 종사하거나 투자하고 혹은 창업하는 게 바람직해 보입니다.

돈이란 내 수중에 있다고 다 내 돈이 아닙니다. 잘 관리하고 간수하지 않으면 언제 어떻게 누구 주머니에 들어갈지 알 수 없습니다. 누구든지 특히, 나이 들어서는 버는 것보다 쓰는 것에 더 유의하고, 쓰는 것보다 지키는 것에 더욱 마음을 두어야 하지 않을까요.

| 운전하며 양보하기와 양보받기 |

나 자신을 돌아보면 운전할 때 남이 필요로 하는 양보하기가 잘 안 됩니다. 그런 반면에 내가 아쉬울 때는 상대편이 늘 양보하기를 바랍니다. 어찌 그렇게 상반된 태도를 취하는 것일까. 내가 이기적이기 때문일까, 혹은 내가 못 됐기 때문일까 생각해보았습니다. 생각해보니 이건 역시 나의 뇌에서 비롯된 것이 틀림없습니다.

나에 대한 배려가 상대편에 대한 배려보다 우선시하였던 것이 반복되어 뇌가 굳어진 것입니다. 소위 도를 닦는다는 자가 이래도 되는 것인가. 이 시간에도 참회합니다. 그리고 운전할 때 내가 받길 원한 대로 상대방에게 그렇게 해주리라 결심합니다. 당장 오늘부터 차를 끄는 도로의 현장에서 반복 시행

---

1 이 단락의 내용과 표현은 어느 중앙일간지에서 인용하였습니다.

하여 내 뇌회로를 바꾸려 합니다.

| 닭들은 왜 |

지난해 하반기에 지인들과 정기모임이 있어 저녁을 함께하기 위하여 시내의 어느 식당에 간 적이 있었습니다. 그 식당에는 높이가 어른 키보다 조금 낮은 닭장이 하나 있었는데, 가까이 가서 보니 컴컴한 가운데 닭들이 죄다 횟대에 올라가 앉아 있었습니다. 문득 궁금해졌습니다. 바닥에서 지내면 편할 것 같은데 왜 닭들은 힘들게 굳이 가느다란 횟대에 두 발톱으로 움켜쥐고 올라앉아 불편한 자세로 쉬거나 잠을 자는 것일까 하는 궁금증이 생긴 것입니다.

생각해보니 이런 추측이 되었습니다. 이는 닭들이 지상에서 그리 빠른 편이 못되고 적들을 대적할 방어기기가 마땅치 않은 것은 물론, 새처럼 높이 날지 못하기에 적을 감시하거나 적들로부터 생명을 보전하기 위함이 아닐까. 제 추측이 들어맞는 것일까요. 어쨌든 동물들은, 약한 동물은 그들대로 강한 동물은 그들대로 다 몸과 목숨을 보호할 궁리를 하며 살고 있습니다. 사람 또한 생명과 신체의 안전을 지키면서 먹고 살기 위해 부단히 노력해 왔습니다.

맹수의 제왕 사자라 해도 사냥의 성공률이 그리 높지 않은 것으로 알려져 있습니다, 10%를 상회하는 정도라지요. 만물의 영장이라는 사람도 사업을 벌여서 성공하는 비율은 열 중 한두 명 정도인 것으로 알고 있습니다. 창업에 비하여 직장생활은 비교적 수월한 편이겠지만 여기서도 오래 버티려면 꾸준한 노력이 필요합니다. 사람에게도 짐승에게도 이 세상은 결코 만만한 곳이 아닌가 봅니다.

| 취해서 |

몸이 아플 때 처방에 따라 약을 쓰면 낫고, 그렇지 않으면 잘 낫지 않거나 악화될 수 있습니다. 평상시 운동하면 건강이 유지되거나 좋아지나 운동을 게을리하거나 안 하면 건강이 나빠지기 쉽습니다. 갈증이 날 때 물을 마시면 목마름이 해소되고, 안 마시면 더욱 목마르게 됩니다. 술 취한 상태에서 마시면 더 취하고 더 안 마시면 술이 깹니다.

| 기업의 매수 합병과 협동조합 |

어느 기업이 경쟁력을 증대시키거나 시너지 효과를 얻기 위하여 다른 기업을 매수하거나 합병하여 덩치를 키우는 경우가 종종 있습니다. 기업이 다른 기업과 매수나 합병하기 위해서는 어느 정도 규모가 있거나 자금력이 있어야 할 것입니다. 대체로 중견기업 이상에 해당되겠지요. 그렇다면 규모도 작고 자금력도 달리는 중소기업의 경우에 대외 경쟁력을 갖출 만큼 덩치를 키우려면 어떤 방법이 있을까요.

저는 이를 협동조합의 설립이라고 생각합니다. 동종업체 간 협동조합을 만들어 규모를 키운다면 기업 간의 매수 합병 못지않게 경쟁력을 갖게 될 것으로 봅니다. 동종업체 간 결합이라 시너지 효과까지 얻을 수 있을지는 알 수 없습니다. 그럼에도 잘만하면 대기업이나 외국기업과의 틈바구니에서 경쟁력을 갖춰 당당하게 대적할 수 있으리라 봅니다.

혹여 중소기업을 경영하면서 업체난립으로 어려움을 겪고 있거나 하청업체에 머물러 늘 불안하다고 여긴다면 의기투합 협동조합이라는 새로운 길을 찾아보는 것은 어떨까요.

| 어릴 적 토마스 에디슨의 호기심 |

19세기 중엽 미국에서 태어난 토마스 에디슨은 어렸을 때부터 호기심이 많았습니다. 어떤 날은 그의 어머니가 아들이 보이지 않아 찾았더니 에디슨이 암탉 둥지에서 알을 품고 있는 것이었습니다. 병아리를 부화시키려 암탉처럼 알을 품었던 것입니다. 이 미소를 짓게 하는 짤막한 이야기는 어려서부터 호기심이 많거나 호기심을 키워야 장차 새로운 생각을 하거나 창의적인 사람이 될 수 있다는 취지의 훈육자료로 널리 애용되고 있습니다. 지금 쓰는 초등학교 교과서에도 이 이야기가 실려 있는지 모르겠습니다.

한데 실은, 커서 세계적인 발명왕이 된 미국의 어린이인 토마스 에디슨뿐만 아니라 우리나라를 포함하여 어느 나라의 어린이라도 일반적으로 호기심이 왕성합니다. 이는 아주 명백한 사실입니다. 겨우 말문이 틀 무렵, 아이들은 부모를 비롯하여 어른들에게 쉴 새 없이 질문 공세를 퍼붓습니다. 질문의 내용은 매우 다양합니다. 하늘이 왜 파란지. 구름은 왜 하늘에 떠 있는지. 비는 왜 하늘에서 내리는지. 하늘은 왜 하늘인지. 공기는 왜 보이지 않는지, 밥은 왜 먹는지, 왜 수저로 밥을 먹는지, 개는 왜 말을 안 하고 멍멍하고 짖는지 등 끝이 없습니다.

문제는, 어린이의 호기심 부족에 있지 않고 이에 대한 어른들의 무성의한 태도나 대답에 있습니다. 기실 에디슨의 호기심과 관련한 교훈의 훈육 대상은 어린이가 아니라 어른인 셈이지요. 칼라 백과사전이라도 사거나 빌려서 옆에 두고 열심히 보여주거나 찾아서 성의껏 대답해준다면 우리 아이들의 두뇌는 지적 호기심을 기반으로 크게 발달할 것입니다. 아이들이 어릴 적에 어른들이 잘 이끌어 두뇌가 고루 계발된다면, 아마 우리 자녀들이 장래 발명왕이든 과학자든 또는 기업가든 자신이 원하는 사람이 되는 게 지금보다 훨씬 수월해지지 않을까요.

| 초·중·고교 교육 |

북유럽에 위치한 핀란드의 정규 교육은 우수하기로 정평이 나있습니다. 하여 이를 우리나라 학교 교육에 참고했으면 좋겠습니다. 핀란드의 초등학교 교실에서는 정교사 외에 보조교사가 있어 학습 속도가 떨어지는 아이들을 지도하여 뒤처지지 않도록 한다고 합니다. 그래도 못 따라가는 학생들은 교사가 일대일로 가르쳐서 지진아가 발생하지 않도록 한다고 하지요. 그리고 앞서 가는 아이에게는 거기에 걸맞은 숙제를 내준다고 합니다. 핀란드에서의 초등교육은 평등 교육을 추구하되 이를 맞춤형 교육을 통하여 실현하는 것으로 보입니다. 이 나라의 중·고등 교육에 대해서는 듣지 못했습니다만 핀란드는 공교육 천국이라 하니 이도 합리적으로 하고 있지 않나 짐작됩니다.

현재 우리나라의 초등학교 교육방식은 이런 핀란드식 맞춤형 교육과는 거리가 있어 보입니다. 중·고등학교에서는 평준화교육의 단점을 보완하기 위해 같은 과목의 수업을 수준별로 나눠서 하기도 합니다. 이런 방식 또한 교육 현장에서 잘 먹히지 않는 것으로 알고 있습니다. 현재 고등학교는 종전의 일반고, 특성화고 외에 자사고, 특목고, 대안학교 등으로 나름 다양하게 전개되고 있습니다. 그럼에도 상당수 학교의 재학생의 경우 높은 사교육 부담을 피해가지 못하고 있습니다. 게다가 각 대학과 교육 관련 기관에서는 대학 입시제도를 거의 해마다 바꾸어 일선 고등학교와 학생들에게 과중한 부담을 주고 있는 게 현 실정입니다.

이제, 우리나라에서도 다른 교육선진국을 부러워하지만 말고 초·중·고 교육에 충분히 투자하여, 교사의 수를 대폭 늘리고 학생에게 초점을 둔 맞춤형 교육으로 가는 것이 맞다고 봅니다. 그리하여 공교육만으로 대다수 학생이 만족할 수 있도록 개선함이 마땅할 것입니다. 특히 적잖은 고교의 교실 뒤편에서, 더 이상 학생들이 잡담을 하거나 잠을 자거나 시계만 쳐다보며 시간을 보내는 일이 없도록 해야겠습니다. 우리나라 부모님들의 교육열은 가히 세계적입니다. 그럼에도 학교 현장에서 이런 일이 벌어지고 있다는 것은 아이러니이고 비극적인 사실이 아닐 수 없습니다.

공교육을 통하여 개인의 능력을 최대한 끌어내기 위하여 당국에서 교육 인력과 시스템 개선, 교육 환경 분야에 과감하게 투자하기를 기대합니다. 이와 함께 학생 개개인이 인성을 갖춘 인재로 자라날 수 있도록 사문화된 교육법상의 '교육이념'이 교육현장에서 제대로 실현되기를 희망합니다.

| 물은 꼭 100℃가 되어야 끓습니다 |

물을 끓이기 위해서 용기에 물을 넣고 열을 가하면 물의 온도가 점점 올라갑니다. 도중에 열을 가하는 것을 멈추면 온도는 더 이상 오르지 않고 도로 아래로 떨어집니다. 재차 열을 가하면 온도가 다시 올라갑니다. 100℃가 될 때까지 열을 지속적으로 가하지 않으면 물은 결코 끓지 않습니다.

이와 비슷한 사례로 어렸을 적에 꽤 해봤던 까만 먹지에 돋보기로 불붙이기가 있습니다. 먹지에 햇빛과 돋보기를 이용하여 불을 붙이자면 초점을 잘 맞추고 일정 시간 동안 이를 유지해야 합니다. 초점을 맞추지 않고 돋보기를 이리저리 옮기면 하루의 낮이 다 지나도 연기조차 나지 않습니다. 또한 초점을 잘 맞추어도 시간이 너무 짧으면 이 또한 불이 붙지 않습니다.

이와 같은 물리적이나 광학적인 현상은 우리 인생에 있어서도 별반 다르지 않다고 할 수 있습니다. 살면서 어떤 목표나 목적을 달성하자면 상당한 기간 동안 상응하는 노력을 집중해야 합니다. 물이 99℃가 되어도 끓지 않고 오르지 100℃가 되어야 끓듯이, 인생도 꼭 필요한 만큼 지속적으로 노력하지 않으면 성공할 수 없습니다. 같은 노력에 지혜를 더한다면 기간이 당겨 질 수는 있겠지요. 한편, 노력하는 기간에 실패나 실수가 있을지라도 그 노력은 결코 배신하는 법이 없습니다.

혹여 어떤 일을 이루고자 하는데 지금 아주 많이 지쳤거나 힘겹다면 조금만 더 인내하고 집중하시길 바랍니다. 원하던 성공이 바로 당신의 눈앞에 있을지 모릅니다.

제9장

지 (地)

| 침 무치며 먹는 식문화 |

서양의 국가 혹은 인근의 일본이나 중국과 달리, 우리나라 사람들은 상에 놓인 음식을 각기 덜어서 먹기보다 숟가락과 젓가락을 같이 담그거나 사용하여 먹는 것이 오랜 전통입니다. 서구의 음식문화가 거세게 휘몰아치고 인근 국가의 다양한 음식들이 상당한 자리를 차지하고 있음에도, 여전히 밥과 국 등을 빼놓고는 대부분의 찌개나 반찬류를 침을 무친 수저를 쓰면서 함께 먹는 식문화가 남아 있습니다. 특히 가정의 경우에 더욱 그러합니다. 인정이 넘치는 우리 식탁문화, 음식문화에 감사드리고 싶습니다. 감사합니다. 이런 따뜻한 우리 식문화만큼은 앞으로도 변치 않길 바랍니다.

| 기사님! 고맙습니다 |

세상에는 다양한 직업이 있고 사람들은 제각기 자신의 생업에 종사하고 있습니다. 어느 직업에 몸을 담고 있든 어렵지 않고 고생스럽지 않은 일이 없겠지만, 힘들게 일하는 분들 가운데 제가 비교적 자주 접하는 분들이 택시 기사님입니다. 차량 운전으로 영업하거나 생업에 종사하는 운전기사분이 다 고생하시겠지만, 특히 택시의 경우에는 수시로 밤낮없이 손님을 태우며 제대로 쉬지 못하고, 때론 생리도 참아가며 고생하고 있음을 알고 있습니다. 택시를 비롯하여 모든 영업용 차량 기사분들의 건강 증진에 도움이 될까 하여 한 가지 운동을 권해 드립니다.

우선 건강을 위하여 화장실에는 제때에 가도록 노력하고 물은 충분히 마시며 매끼 식사는 거르지 않도록 하되 특별히, '장운동'을 하길 권합니다. '장운동'이란 이 용어 자체가 생소한 기사분들이 상당히 많을 줄로 압니다.

제가 선도를 익히면서 직접 해 본 까닭에 그 효과를 잘 알고 있어 권해드립니다. '장운동'을 하게 되면 복부의 혈액순환을 원활하게 하여 소화가 잘됨은 물론 변비나 치질이 있는 경우에도 이를 개선하는 데 상당한 도움을 줍니다. 또한 머리를 맑게 해주기나 눈의 피로를 풀어주기도 합니다.

이 운동은 운전하면서 가능합니다. 또한 앉아서 티브이를 보거나, 누워있거나 혹은 걸어가면서도 할 수 있습니다. 동작은 아주 쉽고 간단합니다. 아랫배를 앞으로 쑥 밀었다가, 뒤로 힘껏 당기는 것이 전부입니다. 그리고 이렇게 아랫배를 밀었다 당기면 그게 한 번입니다. 처음 시작할 때는 하루에 열 번이나 이삼십 번 하고 어렵지 않다고 여기면 백 번 정도 합니다. 자신에게 맞는 횟수를 정하여 일주일가량 매일 하고 그렇게 한 후 다음 주에는 이를 배로 늘리고 그다음 주에는 또 그 배로 늘립니다. 그리하여 나중에는 횟수로 매일 꾸준히 천 번 이상 하길 바랍니다. 일정 시간 동안 또는 일정 횟수를 하게 되면 효과가 나타납니다. 적어도 하루에 20~30분 정도, 또는 천 번 이상 하는 게 좋습니다.

장운동을 할 때 가장 좋은 자세는 발을 어깨 너비로 벌리고 서서 눈은 감거나 반쯤 뜬 채 기마자세로 하는 것입니다. 이때 양 손바닥을 아랫배 단전 위에 올려놓고 의식을 아랫배에 집중하여야 합니다. 입은 약간 벌리고 호흡은 무시합니다. 장운동은 힘껏 할수록 또 집중할수록 효과가 커집니다. 아랫배를 뒤로 당길 때 항문까지 조여도 좋습니다. 속도는 자신에 맞게 합니다. 장운동 후에는 양손을 겹장하여 배를 시계방향으로 여러 차례 쓸어주고 또 배를 위아래로 흔들어 줍니다.

돈 한 푼 안 드는 이 장운동을 하면서 꼭 한 가지 필요한 것이 있습니다. 그것은 다름 아닌 바로 자신에 대한 정성입니다. 자신을 향한 정성이 없으면 이 놀라운 ─수련의 기본이면서 수행의 기초이기도 한─ 운동은 지속하기 어렵습니다.

| 외국산 짝퉁 제품 |

제 기억이 맞는다면 1990년대 전후부터 우리나라에서 생산되는 제품의 질이 눈에 띄게 좋아졌습니다. 이제는 어떤 상품이 되었건 국산품은 대체적으로 아주 우수합니다. 다른 나라에 발주하여 OEM 방식으로 생산되는 우리나라 제품도 마찬가지이고, 농수산품이나 생활용품, 공산품이나 게임 등 분야를 막론하고 그렇습니다. 우량한 국산품은 외국에서도 인정받아 인근 국가를 비롯하여 세계 각국에 수출되고 있습니다. 국내의 우수한 제품을 수출하는데 장애요인 중의 하나가 수입국에서 생산 유통되는 짝퉁 제품입니다. 비슷한 제품명과 디자인으로 자국민에게 싸게 판매함으로써 우리 수출 상품의 매출에 막대한 지장을 주는 사례가 늘고 있습니다.

이를 방지하거나 줄이기 위하여 여러 가지 방책이 요구됩니다. 먼저 어떤 기업이 다른 나라에 제품을 수출할 때는 먼저 기업 자체적으로 그 나라의 관련 법령이나 산업의 실태를 먼저 파악하는 것이 중요해 보입니다. 또한 우리나라의 관련 부처에서는 수출과 관련한 각국의 다양한 정보를 다루는 사이트에서 지속적으로 정보를 업데이트하여 제공할 필요가 있습니다. 수출기업들이 연합하여 각기 취득한 정보나 경험을 공유하는 노력도 바람직하다고 봅니다. 수출 제품의 명칭이나 디자인 등에 대하여 전문가 그룹의 도움을 받아 해당국에 미리 등록하는 것은 기본입니다.

우량한 국산 제품이 다수 국가에서 외국인의 행복까지 책임지는 날이 오기를 희망합니다. 국산 수출품 파이팅입니다.

| 반복되는 사회적 문제의 해결 방안 |

근래 특수한 사회조직이랄 수 있는 군에서 복무 중인 군인의 군대 생활 부적응 문제가 크게 이슈화된 바 있습니다. 사실 이 문제는 어제 오늘의 문제가 아니고 또한 반복되어 발생하고 있는 다양한 사회적 문제의 하나이기도 합니다. 이 문제의 해결책으로 다양한 대응방안이 제시되어 논의가 활발하였는데, 그 방안의 하나로 지식 융합적 시스템 도입을 고려해 볼 수 있을 것입니다.

민간인과 달리 군복무 시에는 군의 특수성으로 여러 제약과 명령체계에서 지내야 합니다. 따라서 정신적인 긴장이 늘 높을 수밖에 없고, 부대원 상호 간에 부대끼는 일들이 생길 여지가 상존합니다. 이런 문제점을 군 내부에서 자체적으로 해결하려는 노력 외에 외부의 축적된 지식이나 전문가의 도움을 받을 수 있는 방안을 도입해 보는 것입니다. 군에 명상 전문가와 함께 명상 프로그램을 보급하는 시스템[가칭 '명상시스템']을 구축하는 방안이 그중 하나가 될 수 있습니다. 일시적이거나 대중적인 방법이 아니라 병사들에게 정서적이나 정신적으로 깊이 도움을 줄 수 있는 지식이 융합된 새로운 시스템을 도입하여 제도화하는 것입니다

이와 같은 방안을 군에 도입하고자 한다면, 먼저 내부의 검토와 여러 가지 여건을 감안하여 종합적으로 판단하게 되리라 봅니다. 만일 도입이 결정된다면 세부적인 시행 방법을 마련하여 일부 부대를 대상으로 시범적으로 도입하고, 운영 과정에서 발생되는 미비점은 고쳐가며 점진적으로 확대해 나갑니다.

군대 부적응 문제 해결 방안에만 그치지 않고 각종 사회적인 난제에 대하여도 기존의 틀에서 벗어나 지식 융합적 시스템을 도입하여 풀어가는 방법을 모색해 볼 수 있을 것입니다.

| 씨앗 |

해가 잘 드는 적당한 곳에 식물의 씨앗을 시기에 맞춰 심으면 일정 기간이 지난 뒤 싹이 틉니다. 움이 트면 이어서 가느다란 줄기가 나오고, 비바람을 맞고 햇빛을 받으면서 자라게 됩니다. 가지가 여럿 생기고 잎이 나오며 이윽고 봉우리가 맺히고 꽃이 핍니다. 꽃은 벌 나비를 불러들이고 봉접의 도움의 받아 난핵과 정핵이 만나서 다시 씨앗을 맺게 됩니다. 어떻게 그런 놀라운 일이 가능한가.[1] 일년생 식물이나 다년생 식물의 생장하는 양태가 똑같지는 않으나 대체로 대동소이합니다. 사람이 식물의 세포나 조직 등을 배양하여 이를 식물로 키울 수 있지만, 결코 어느 씨앗을 발명하거나 만들 수는 없습니다.

식물과 마찬가지로 동물이 자라는 모습도 놀랍기 짝이 없습니다. 수정된 동물의 알은 어미의 배 속에서 시간이 지남에 따라 형태를 갖추어 가고, 태어나서는 걷거나 뛰고, 소리를 내며 표정을 짓기도 하면서 점점 몸과 마음이 자라게 됩니다. 어느 정도 자라서는 먹이를 스스로 찾고 구하며, 때가 되면 짝을 짓고 다시 새끼를 잉태합니다. 사람도 동물인지라 이와 별반 다르지 않습니다. 어떻게 그런 굉장한 일이 가능한가. 사람이 실험실에서 달걀 따위를 나름 만든다면 그것이 부화되고 차츰 자라는 일이 생길 수 있을까요. 제가 보기에 그것은 100% 가능하지 않습니다.

식물의 씨앗이나 동물의 알에 담겨진 생명의 비밀은 유전공학이나 동식물학에 의하여 점차 밝혀지고 있으나 그럼에도 불구하고 그 성장하고 변화하는 모습이 신기하고 황홀한 것에 어떠한 작은 흠집도 낼 수 없습니다. 이 기적 같은 놀라운 일이 지상에서, 물속에서 또 어딘가에서 매일, 매순간 동식물이나 사람 같은 생명체 안에서 일어납니다.

---

1 잎이 가지보다 먼저 나오지 아니하고 열매가 꽃보다 일찍 생기지 않습니다. 줄기가 뿌리보다 앞서지 않습니다. 그러기에 씨앗은 비바람과 햇빛과 양분을 취하면서 자라게 되고 열매를 맺게 됩니다. 당연하게 보이는 이러한 일이 실상은 얼마나 경이롭고 환상적인가 그런 생각이 들지 않습니까.

생명체의 내부에는 놀라운 이치가 담겨있고 또 위대한 장치가 있기에 그와 같은 생명체의 성장과 2세의 창조가 가능하다 여겨집니다. 이러한 장치와 이치는 각 개체의 지혜나 능력에 의한 것이 아니며, 오직 신의 솜씨라고 할 수밖에 없을 것입니다. 이러한 관점에서 미루어 상량할 때 사람으로 어떤 공부를 하고 혹은 연구를 한다는 것은 신이 펼쳐놓은 삼라만상이라는 놀라운 이치와 장치에 대하여 조금씩 알아가는 과정이라고 볼 수 있을 것입니다.

| 어릴 적에 콩국수 먹던 추억 |

전 초등학교에 들어가기 전 충남 홍성의 외갓집에서 자주 지내곤 했습니다. 더운 여름날이면 가끔씩 해 진 저녁때 마당에 자리 깔고 외할아버지, 외할머니, 외삼춘, 외숙모, 이모 등과 함께 상에 둘러앉아서 콩국수를 먹곤 했습니다. 그 콩물의 특유한 비릿한 맛은 어린 나에게는 늘 익숙하지 않아 겨우 먹곤 했던 기억이 아련합니다. 그때 여러 번 먹어봐서 그 맛을 나도 모르게 익혔는지 지금은 콩국수를 아주 좋아합니다.

초등학교에 들어가서는 하계나 동계 방학 때 조치원에 사시는 고모 댁에 자주 가서 지냈습니다. 거기서 어느 겨울날에 논에서 얼음을 지치고 놀다가 얼음이 깨져 다리 하나가 개흙에 빠진 적이 있었는데 창피하기도 하고 야단맞을까 봐 걱정도 되었습니다. 근데 야단맞지는 않은 것으로 기억됩니다. 또 어느 해인가, 고모네 집에서 어쩌다 그만 바지에 똥을 싸서 고모에게 크게 혼난 일도 있었습니다. 그때 고모께서 화를 많이 내셨는데 그렇게 화를 내시는 일은 아주 드문 일이었습니다.

| 기찻길 옆에서 |

제가 어렸을 적에 살던 집은 청주역에서 가까웠고, 철길과 철도 교량도 지척에 자리하고 있었습니다. 동네 여느 아이들과 다름없이 우리 형제와 여동생은 철길 따라 놓인 그 다리를 자주 건너다니며 놀았습니다. 어느 봄날인지 초등학교를 채 입학하지 않은 제 바로 아래 여동생이 다리를 건너다가 그만 철길의 침목 사이 틈으로 떨어져 그 밑으로 흐르는 개울에 빠진 적이 있었습니다. 그때 다친 데는 별반 없었던 것으로 기억됩니다. 여동생은 많이 놀랐는지 울면서 그 개울에서 빠져나왔는데, 그 와중에 나는 아무런 도움을 주지 못했고 어떤 위로도 할 줄 몰랐습니다. 그때도 그랬지만 지금껏 저는 오빠로서 제 구실을 잘 못하고 있어 늘 미안한 마음입니다. 내 머지않은 장래에 오라비 노릇 한번 제대로 하는 날이 있으리라 이렇게 스스로 다짐해 봅니다.

| 참회합니다, 감사합니다, 사랑합니다 |

작년의 어느 가을날 시내에 어떤 일을 보러 가기 위해 버스에 올라탔습니다. 빈자리가 여러 개 있기에 그중 하나를 차지하고 앉았습니다. 몇 정거장을 지나선지 나이 드신 한 분이 타셔서 빈자리에 앉으십니다. 순간 나는 속으로 다행이라고 생각했습니다. 만일 그때 버스 안에 빈자리가 없으면 내가 양보해야 되는데 그러지 않아도 되겠기에 그런 생각이 든 것입니다. 바로 참회를 하였습니다. 마음속으로 '침회합니다!'라고 하였습니다. 어르신이 탔을 때 자리가 없다면 당연히 양보해야 마땅한데 그런 생각을 하였음을 참회하였습니다. 그리고 이어서 마음속으로 내게 말했습니다. '감사합니다!' 순간 잘못된 생각을 했지만 그럼에도 참회할 수 있는 나라서 스스로에게 감사를 표했습니다. 그리고 또 이어서 속으로 '사랑합니다!'라고 말했습니다. 참회할 줄 알고 감사할 줄 아는 나이기에, 내 자신에게 그렇게 말했습니다.

|관찰자 효과|

사람과 사람이 육체적으로는 분리되어 있어도, 기(氣)적으로나 영(靈)적으로는 서로 연결되어 있습니다. 그래서 누군가를 위하여 지성으로 기도하면 그 영적인 효과가 미칩니다. 마찬가지로 정신을 집중하여 누군가에게 기[생명의 에너지]를 보낼 수도 있습니다. 공간적으로 가깝거나 멀거나 그 결과는 다르지 않습니다.

이와 비슷한 경우로, 사람은 말이나 마음 또는 음악 등을 통하여 동식물이나 사물에게 영향을 줍니다. 식물이나 동물에게 사랑한다는 말을 하거나 그 반대의 말을 하면 그것이 작용합니다. 아름다운 음악을 틀어주면 그들에게 긍정적인 효과를 줍니다. 무생물인 물조차도 미워한다고 말하면 그 모양이 일그러지는 것이 과학적인 실험을 통하여 밝혀졌습니다.[1]

바라보는 것만으로 사람이 가진 마음이 다른 사람이나 사물에게 영향을 주는 것을 두고 관찰자 효과라고 합니다. 관찰하는 사람의 마음에 따라 관찰 대상이 변화한다는 것이지요. 관찰자 효과를 인정하는 학자도 부정하는 학자도 있으나, 마음을 실은 사람의 말이 사물이나 사람에게 어떤 영향을 주는 것이 확실하다는 것으로 미루어 보아, 마음을 담은 시선이 사물 등에 영향을 주는 것이 결코 불가능한 것이 아니라는 생각입니다.

관찰자 효과가 이럴진대, 보다 살기 좋고 아름다운 세상을 위해서는 늘 선하고 사랑하는 마음을 품는 것이 좋겠지요. 뿐만 아니라, 제가 선도에서 배우

---

1 여자가 한을 품으면 오뉴월에도 서리가 내린다는 말이 전해오고 있습니다. 이 또한 이와 같은 사례라 할 것입니다.

기로는 미움과 원망은 어떤 대상에게 영향을 미치기 전에 그 마음을 품은 자신에게 먼저 미친다고 합니다. 즉 자신의 가슴부터 아프게 하는 것이지요. 그 반대의 경우도 마찬가지겠지요. 신이시여! 우리들이 지금보다 서로 조금만 덜 미워하고 더 사랑하는 사람들이 되게 하시고 그런 사람들이 넘쳐나는 세상이 되게 하소서!

| 아내의 뚜껑 닫기 |

이전에 나의 사랑하는 아내는 무슨 뚜껑이든 열면 잘 닫지 않는 습관이 있었습니다. 닫은 것으로 보이는 뚜껑도 실제는 슬쩍 올려놓은 경우가 대부분이었습니다. 물병이나 식용유 용기나 치약 뚜껑 등을 잘 닫지 않았고 가스밸브는 뚜껑은 아니지만 이 또한 잠그는 것을 자주 보지 못하였습니다. 집으로 들어왔을 때 현관문도 꽤 오랫동안 닫지 않더니, 다행히 지금은 잘 잠그고 들어옵니다.

같이 살면서 결혼 초창기에는 의례히 잘 잠겨 있겠거니 여겨서 용기를 들다가 놓치거나 흘린 적이 한두 번이 아닙니다. 그런 경우에 그 뚜껑을 내가 닫았지만 그때마다 화가 났습니다. 하여 뚜껑을 잘 닫으라고 가끔씩 말했으나 나의 아내는 전혀 달라질 기미가 보이지 않았습니다.

그다음에는 속으로 욕을 하기도 하였습니다. "으이고! 이 여편네가 또 그랬구나" 하면서요. 한편, 우리 아이들이 다 딸이라서 그런 엄마의 행동을 닮을까 봐 내심 걱정되었습니다. 그래서 심하게 아내에게 말한 적도 있습니다. 역시 그대로입니다. 그래서 결국 포기했습니다. 그러면서 여전히 보이는 대로 열린 뚜껑을 닫고 가스밸브를 잠갔습니다.

그러다가 어느 날 생각이 바뀌었습니다. 그래 기왕 내가 마무리할 거면 기쁘게 하자. 이젠 종전과 같이 걱정이나 불편한 감정이 아니라 작은 감사함을 갖고 열린 뚜껑을 닫는 것입니다. 정신이 조금은 더 성숙해진 건 아닐까요. 그리고 이젠 집사람이 바뀌었습니다. 대체적으로 뚜껑을 잘 닫고 잠그고 있습니다.

근데 실은 이 못지않은 문제가 나한테도 있었습니다. 소변을 보고 나서 변기물을 잘 내리지 않는 버릇이 있었던 것입니다. 이 습관으로 마누라에게 잔소리 엄청 많이 듣고 아이들에게도 짜증 섞인 소리를 자주 들었습니다. 그런 말 안 듣고 살려고 언제부턴가 소변 보고 나서 변기 물을 잘 내리고 있습니다.

| 화장실에 들어갈 때와 나올 때 |

우리는 오랫동안 비가 오지 않아 가물 때 물 부족을 걱정하며 동시에 간구하기도 합니다. '하늘이시여! 우리에게 비의 축복을 내려주소서. 우리에게 잘못이 있다면 부디 용서해 주십시오. 이 시간 잘못을 참회합니다!'

가문 후에 처음 비가 어느 정도 올 때까지는 반깁니다. 하지만 장기간에 걸쳐 비가 계속 내려 침수피해가 생기면 우리 얘기는 180도 달라집니다. 그때는 이렇게 말합니다. '비가 와도 어느 정도껏 와야지, 이거 하늘에 구멍이 뚫렸나. 에이 지긋지긋해.' 장기간에 걸쳐 비가 오는 경우뿐만 아니라 충분한 양이 온 후에 일시에 비가 많이 쏟아지는 날씨에도 좋은 소리는 입에 잘 담지 않습니다.

화장실에 들어갈 때는 급한 상황인 경우가 많습니다. 잘 보이던 화장실도 눈에 잘 띄지 않습니다. 어렵게 화장실을 찾았든지 혹은 누군가의 양보로, 크고 작은 볼일을 보게 될 때는 무척이나 감사한 마음이 듭니다. 그런데 화장실에서 볼일을 다 보고 나올 때는, 고맙다는 생각을 씻은 듯 잊기 십상입니다.

그다음엔 아무 일도 없었다는 듯이 행동합니다. 우리네 심사는 이와 같이 상황이 변함에 따라 곧잘 변합니다. 어쩜 그게 지극히 당연한 일이 아닌가 하는 생각이 들기도 합니다.

| 구슬치기, 딱지치기, 자치기, 칼싸움, 고무줄놀이 |

어려서 동년배나 나이가 비슷한 연배의 동무들과 동네 놀이터에서 자주 어울려 놀았습니다. 남자 아이들이 하는 구슬치기, 딱지치기, 자치기, 비석치기, 칼싸움 등을 주로 하며 놀았고, 여자 아이들 같은 경우는 공기놀이, 고무줄놀이를 잘 하였습니다. 남녀가 함께 어울려서는 숨바꼭질을 많이 하였던 것 같습니다. 그때에는 마을마다 어디 한군데에 아이들이 놀 만한 널찍한 공터가 있었고 그 바닥은 대부분이 흙바닥이어서 놀기에 좋았습니다.

| 틀니와 수명의 관계 |

나이가 들면 각 신체의 기능이 젊었을 때에 비하여 떨어지기 마련입니다. 인생 후반기 들어 60을 넘기고 7,80이 되면 사람마다 개인차는 있으나, 잘 안 들리거나 눈이 침침하기도 하고 이가 많이 상하여 음식물을 섭취하는 것도 예전만 같지 않게 됩니다. 힘든 일이나 바깥 활동이 많았던 분들은 무릎 관절이 닳아서 일어서거나 이동하는 데 지장을 받기도 합니다.

연로하여 떨어진 여러 신체기능을 보완하는 데 쓰이는 대표적인 보조기구로는 보청기, 돋보기, 틀니나 지팡이 등이 있습니다. 이 가운데 사람의 수명과 가장 밀접한 관계가 있는 도구는 단연 틀니입니다. 과거에 이가 없으면 잇

몸으로 먹는다고 했지만, 사실 틀니가 나오기 전에는 이가 없으면 씹는 기능이 현저히 떨어져 필요한 영양분을 제대로 공급받을 수 없었습니다.

틀니라는 발명품이 나와 인간의 수명을 늘리는 데 적잖이 기여를 한 것입니다. 틀니는 이런 인사를 받기에 충분합니다. '고맙다. 틀니야. 네 덕분에 내가 이가 빠져 그동안 먹기 힘들었던 여러 가지 맛난 음식들을 먹을 수 있게 되었구나.'

근래 임플란트라는 것이 생겨 유행하고 있지만 가격이 꽤 비싸고 이를 입안에 고정하는 기간도 많이 걸립니다. 틀니만큼 기여하려면 아직 멀었다고 봅니다. 듣자하니 치아는 의외로 기억력과도 관계가 있다고 합니다. 그러니 모두 자신의 치아를 소중히 여기고 무리하는 일을 삼가며 잘 관리할 필요가 있겠습니다.

| 소비자의 선택 |

생필품이 되었건 내구재가 되었건, 싸고 좋은 물건은 찾기 힘들고 그리 흔하지도 않습니다. 일반적으로 소비자는 이런 물건을 원하지만 대체적으로 생산자는 이런 제품의 공급을 원치 않습니다. 어떤 물건이건 제값을 받고 생산하길 바랍니다. 여기에 비하여 유통업자는 가능하면 같은 물건을 싸게 물건을 받아서 비싸게 팔기를 원합니다. 삼자의 이해가 서로 충돌하면서 시장이 형성되고 가격이 결정됩니다.

저는 소비자의 한 사람으로서 어떤 물건이건 적정한 가격에 거래됨이 타당하다고 생각합니다. 과거에는 인건비나 원자재 가격이 그리 높지 않고, 임대료나 공과금 등의 부담이 비교적 적었지만, 지금은 뭐 하나 만만한 것이 없습니다. 소비자가 원하는 대로 물건을 싸게 만들거나 싸게 팔기 위해서는 남다른 노력이 필요합니다. 그런 능력을 가진 생산자나 유통업자가 되기가 쉽지 않다고 봅니다.

소비자의 대다수가 싼 가격에 좋은 물건을 계속 찾는다면, 결국 생산자나 유통업자는 싼 수입산에 눈을 돌리게 되거나 적은 이익을 남기되 많이 파는 박리다매를 하여 수입을 유지하려 할 것입니다. 또는 유통업자와 생산자간 갑과 을의 관계를 가져올 수 있으며 이마저도 여의치 않은 경우에는 결국 환경이 그 부담을 왕창 떠안게 됩니다.

싼 게 비지떡이라는 말도 있듯이, 어차피 복불복입니다. 크게 보면 내가 사는 물건은 적잖이 내 자식이나 우리 부모 형제가 일하는 직장에서 만들거나 파는 재화입니다. 그렇지 않다 하여도 이리저리 보이지 않는 관계로 연결되어 있습니다. 제값을 주고 구매할 때 나와 가까운 친인척을 포함하여 사람들이 일하고 있는 직장이 온전하게 되고 일자리가 안정되며 국내의 부진한 경기 회복에도 어느 정도 도움이 될 것으로 봅니다.

| 소풍 가서 보물찾기 |

초등학교 다닐 때 봄가을로 소풍을 가면 으레 학생들을 대상으로 보물찾기 놀이를 하곤 했습니다. 선생님께서 종이쪽지를 숲의 나무 틈바구니 등지에 감춰 놓으면 학생들이 흩어져서 찾고 숨겨놓은 쪽지를 찾은 친구들은 연필이나 노트 등을 선물로 받는 놀이지요. 저는 단 한 번도 그 쪽지를 찾아내지 못했습니다. 그런데 다른 친구들은 잘도 찾아내는 것이었습니다. 감탄하면서도 한편으론 많이 아쉬웠던 것으로 기억됩니다.

하지만 나이 40이 넘어 저도 보물 하나를 찾았으니 이는 참으로 다행한 일입니다. 그리고 그 보물은 누구도 빼앗아갈 수 없고 내가 잃어버릴 수도 없는 보물 중의 보물이기도 합니다. 그 보물은 다름 아닌 바로 내 마음입니다.

이 마음이란 게 살면서 얻은 것이 아니고 누구에게 배워서 만들어진 것도 아닙니다. 그렇다고 이 마음이 엄마 배 속에서 두뇌가 성장하거나 발달하면서 생긴 것도 아닙니다. 이 마음은 하늘이 준 선물이고 하늘의 한 조각이기도 합니다. 엄마 배 속에서 잉태된 지 얼마 되지 않아 사람이 되라고 하늘이 허락하여 내려준 귀한 보물입니다.

그렇다 치더라도 사람이면 누구나 다 가지고 있는 마음을 찾았다는 것은 도대체 무슨 말이냐고 반문할 수 있습니다. 내 머릿골에서 내려와 있는 마음이 신의 성품을 닮아서 참으로 존귀하다는 것을 내가 알게 되었기에 그리 말할 수 있습니다. 내 마음이 귀함을 알았기에 마음을 새로이 발견하였다고도 할 수 있습니다. 나뿐만이 아니라 모든 세상 사람들이 하나씩 갖고 있는 마음, 그 하늘의 한 조각은 똑같이 존귀합니다. 어릴 적 소풍 가서 한 번도 못 찾아서 아쉬웠던 보물을 내 안에서 찾았으니 참으로 다행한 일이고 신통방통한 일이 아닐 수 없습니다.

마음은 뇌 속에 자리하고 있습니다. 혼은 가슴속에 있습니다. 백은 아랫배에 위치해 있습니다. 누구나 자신의 마음이 신성[신과 같은 성품]을 지녔음을 찰나의 선택으로 알게 됩니다. 그리고 수행을 깊이 하게 되면 하늘의 별처럼 그리고 지상의 보석처럼 빛나는 자신의 신성을 만나게 됩니다.

| 아이 엠 쏘리! 쏘쏘리! |

수고하셨습니다! 죄송합니다!
안녕하십니까! 미안합니다!
고맙습니다! 사랑합니다!

진정 어린 인사말 한마디를 건넬 때, 나와 상대방의 인생이 바뀌고 또 세상조차 바꿀 수 있다고 믿습니다. 그런 인사가 늘어날수록 이 세상은 보다 따뜻하게 그리고 화안하게 바뀌게 되지 않을까요.

| 호수와 둠벙에는 고기가 삽니다 |

고인 물은 썩는다고 합니다. 확실히 물이 고이면 썩고 또한 고약한 냄새를 풍기게 마련입니다. 하지만 고여 있는 듯 보이는 호수와 둠벙은 썩기는커녕 물고기를 비롯한 여러 동식물이 많이 삽니다. 고인 듯하나 사실 고인 물이 아닌 것입니다. 보이지 않게 그곳의 둘레나 혹은 밑에서 물이 들어오거나 솟아나고 또 물이 어디론가 흘러나가기 때문입니다. 사람 사는 사회도, 호수나 둠벙에서 물이 순환하듯 돈과 인정이 잘 돌아가고 또 웃음이 물결처럼 번진다면, 살만한 터전이 되겠지요.

| 전화기의 진화 |

십 년이면 강산도 변한다고 하지요. 언뜻 보기에 변하지 않을 것 같은 강산이 어느 결인가 모르는 사이에 세월 따라 변하는 것입니다. 이에 비하여 현재 쓰이는 다양한 전자제품은 변화가 눈에 보입니다. 강산과는 비교할 수 없을 정도로 빨리 바뀌고 변화합니다. 특히 근래에 들어 그 속도가 더욱 빨라졌습니다. 그 가운데 우리 주변에 흔해진 전화기도 예외가 아닙니다.

과거를 더듬자니 또 어렸을 적 얘기를 하지 않을 수 없군요. 제가 초등학교 들어가기 전부터 아버지께서 사업을 하셔서 육십 년대 말에 벌써 우리 집에 다이얼식의 까만색 전화기가 한 대 있었습니다.. 보이지 않는 상대에게 말소리를 전하고 듣는 것이 신기하기 짝이 없어서 저는 그 전화기를 무척이나 사용하고 싶었지만 비싼 요금 탓인지 접촉이나 통화는 유언이나 무언으로도 허락되지 않았습니다.

세월이 흘러 초등학교 시절에 주산학원에 다니게 되었는데 그곳에 전화기가 한 대 있었습니다. 원장님이나 선생님이 안 계신 틈을 타서 아무 번호나 누르는 등 전화기를 가지고 장난치며 놀았습니다. 그 재미는 대단한 것이었습니다. 그런데 그 즐거움은 그리 오래가지 못했습니다. 전화요금 때문인지, 전화기를 사용하지 못하도록 조그만 자물쇠를 채워서 잠가 놓았기 때문입니다. 그당시 잠긴 전화기를 어떻게든 써 보려고 나를 비롯한 원생들이 확인되지 않은 비방(?)으로 전화 걸기를 시도했는데 잘 되지 않았고 그러다 말았습니다.

그 뒤 중학년 고학년 무렵 공중전화를 사용하게 되었는데, 처음에는 동전만 넣어 걸다가 세월이 한참 흐른 후 직장생활을 시작할 즈음에 카드전화가 생겨서 근처 가게 등에서 일정 금액이 들어간 카드를 사서 전화를 많이 걸었습니다. 직장에서는 사무실에 몇 대 있는 유선전화를 주로 쓰게 되었습니다. 그 무렵에 차량용으로 무전기같이 생긴 카폰도 드물게 있었는데 그것은 말그대로 그림의 떡이었습니다. 만져보지도 못했습니다. 그러다가 80년대 말인가요 소위 삐삐라는 무선호출기가 생겨 사용하게 되었고 당시 선풍적인 인기를 끌었습니다. 이를 전화라고 볼 수 있을지는 모르겠습니다.

구십 년대 말인지 잠시 씨티폰[PSC폰]이 등장했다가 사라지고 이천 년대가 되어서 비로소 수입산과 국내산의 핸드폰이 등장했습니다. 저도 그것을 구입하여 사용했습니다. 사진과 게임, 인터넷 등의 기능이 핸드폰이 처음 나올 때부터 가능했었는지는 기억이 잘 나지 않습니다.

그리고 약 십 년쯤 뒤에 드디어 스마트폰이 나왔습니다. 처음 수년간은 우리나라에서 사용자가 별로 없더니 순식간에 널리 보급되기에 이르렀습니다.

이제는 어른, 아이 할 것 없이 하나씩 다 들고 다닙니다. 티브이도 되고 채팅도 되고 영상도 선명합니다. 그래서인지 배터리가 비교적 쉽게 닳아 오랜 시간 쓸 수는 없습니다.

이제 안경이나 시계 형태 같은 폰도 등장했지만 아직은 손에 쥐고 쓰는 폰이 대세인 것 같습니다. 통신의 수단이었던 전화기의 빠르고 지속적인 진화로 출현한, 이 스마트폰을 끼고 사는 사람이 늘어나 가족 간이나 이웃 간의 직접 대화가 줄어들었으니 과연 좋기만 한 물건인지 모르겠습니다. 이 기기의 발달로 인한 전통적인 방식에 의한 대화의 감소는 이 시대에 필연적인 일일까요.

| 문이 지친 집과 잠긴 집 |

80년대 중반까지 우리 가족은 한옥인 단독주택에서 살았습니다. 단독주택에서 살 때 낮에 사람이 있을 때는 대문을 지쳐 놓고 지내고, 외출할 때나 밤에는 대문을 잠그고 지냈습니다. 그래서 낮에는 집에 어른이나 아이나 누구한 사람이라도 있을 때는 대문이 잠기지 않아서 방물장수든 누구든 집에 쉽게 들어올 수 있었습니다. 들어와서는 주인을 부르지요. '안에 계십니까?'라고요.

80년대 후반에 작은 아파트에서 살게 되었는데 그때부터는 집안에 사람이 있을 때나 없을 때나, 밤이고 낮이고 문을 잠그고 지냈습니다. 제 기억이 틀리지 않다면요. 아마 그 당시에도 일부 단독주택에서는 문을 살짝 지쳐 놓는 정도로 허술하게 문단속을 했던 것 같습니다. 그런데 공동주택에서는 왜 오래전부터 문을 잠그고 지내게 된 것인지 그 이유를 잘 모르겠습니다. 아마 서양에서 들어온 아파트의 형태와 외부와 연결된 현관문의 구조상 그리된 것

같기도 하고요. 어찌 되었건 우리 사회에서 믿지 못하는 풍조의 진원지 중 하나가 공동주택의 확대인 것은 분명해 보입니다.

지금은 단독주택의 경우에도 일반인은 물론 통반장이 벨을 눌러도 문을 열어주지 않는 집이 있는가 하면, 빌라나 공동주택 등에서는 등록이 되지 않은 차량이나 비밀번호를 모르는 사람은 해당 동의 입구에서부터 출입이 불가능한 경우가 늘어가고 있습니다. 입주민의 안전과 사생활 보호를 위하여 그리한 것일 겁니다. 제 경험으로 미루어 볼 때 비싼 단독이나 공동주택의 경우에 그런 경향이 좀 더 일찍 시작된 것 같습니다.

참으로 슬픈 계절인 것 같습니다. 20세기 중후반까지, 제가 어렸을 적에는 사람들은 서로가 믿고 힘들 때는 서로를 의지하며 사는 걸로 알았습니다. 세월이 바뀌고 흘러 20세기 후반에 들어서니 이제 사람을 믿지 말라 하고, 이웃 간에도 잘 아는 사람이 아니면 인사도 서로 꺼리게 되었습니다. 그것도 부족하여 가까운 사람도 조심해야 한다고 하니 과연 이렇게 살아도 좋은 것인가 하는 생각이 드는 것입니다.

행상하는 아주머니가 살림살이에 쓰는 물건들을 광주리에 잔뜩 담아 머리에 이고, 무시로 대문 열고 집에 들어와서는 바닥에 광주리를 턱 내려놓고, 어머니에게 이것저것 사기를 권하며 물 한 바가지 얻어먹고 가던 그 시절이 진정 그립습니다.

| 사람을 믿지 못하고 신은 믿습니다 |

전능하신 신은 사람과 사물을 통하여 역사하십니다. 만일에 사람이 사람을 믿지 못하면서 신을 믿는다면 무슨 의미가 있을까 싶습니다. 또 내가 나를 믿지 못하면서 사람을 믿을 수가 있을까요. 내가 나를 믿을 때 사람을 믿을 수 있고, 사람을 믿게 되었을 때 비로소 신을 믿을 수 있다고 봅니다.

나를 믿지 못한 가운데 갖는 신에 대한 믿음, 사람을 믿지 못하면서 지닌 신을 향한 믿음, 그런 믿음은 실로 공허하기 짝이 없는 믿음일 것입니다. 이런저런 이유로 사람이 사람을 서로 믿지 못하는 세상이라면, 서로 믿는 세상이 되도록 만드는 일이 사람이 신을 믿는 근간이 될 것이며, 그런 일과 그런 세상이야말로 신이 진정 인간에게 바라는 바라고 믿어 의심치 않습니다. 신은 무엇보다 인간을 통하여 역사하고 계시니 말입니다.

| 호롱불과 전깃불 |

이십 세기 들어서 토마스 에디슨이 전기를 이용하여 등을 밝히기 전까지 인류는 대부분 여러 가지 기름이나 초 따위를 이용하여 주위를 밝혔습니다. 불을 밝히는 도구로는 등잔이나 호롱, 남포, 촛대 등을 주로 사용했습니다.[1]

오늘 이른 새벽에 문득 소변이 마려워 화장실에 가려고 실내등을 켜니 어두웠던 실내가 순식간에 훤해졌습니다. 새삼스럽게 놀라움을 느꼈습니다. 광명천지가 따로 없구나. 전등의 발명으로 현대에서는 나를 포함하여 수많은 사람들이 크나큰 혜택을 보고 있구나. 많은 사람들이 얻는 혜택에 비하여 비교적 싼 요금을 지불하고 있으니 참 감사한 일이 아닐 수 없습니다.

우리가 여기서 한 가지 유의할 점이 있습니다. 가족 중에 혹 갓난아이나 어린 아기가 있을 경우, 갑자기 환한 빛에 노출시키는 건 아이의 눈 건강에 좋지 않다는 것입니다. 이런 가정에서는 빛의 밝기를 서서히 조절하는 전깃불이 필요해 보입니다.

---

1 형설의 공이라고 하여 반딧불이를 모아 사용하기도 했습니다만, 이 곤충이 나오는 시기가 한정되어 있고 많이 사용하였다는 근거는 희박해 보입니다.

| 인공지능 로봇 |

인간처럼 생각하고 느끼며 말할 수 있는 인공지능을 개발하려는 사람들의 노력은 20세기 중반부터 시작되었습니다. 지적인 소프트웨어의 총아라 할 수 있는 인공지능이 발달하면서 이를 자동번역 시스템 등 여러 분야에서 활용하여 왔고, 특히 하드웨어를 결합시킨 것의 하나로 인공지능 로봇이 등장하기에 이르렀습니다. 현재 각 분야에 진출하여 활약하고 있는 인공지능 로봇은 가정이나 산업현장 그리고 해저나 극한상황 등에서 사람이 하는 일이나 할 수 없는 일을 말없이 대신하고 있습니다.

문제는 사람의 욕심이나 욕구가 인공지능 로봇의 쓰임새를 건설적인 부분에 한정시키지 않는다는 것에 있습니다. 일례로, 인명을 구하기 위하여 대테러 작전용 로봇을 만드는 것은 바람직해 보이나 살상용이나 전쟁용 또는 첩보형 로봇은 어떻습니까. 영화에서 많이 볼 수 있는 것처럼 지능을 갖춘 기계나 로봇이 사람을 마구 해치거나 대량으로 살육하게 된다면 끔찍한 일이 아닐 수 없습니다.

인공지능이나 이를 탑재한 로봇은 여타 문명의 이기와 마찬가지로 쓰기에 따라 세상에 독이 될 수도 약이 될 수도 있습니다. 인공지능과 인공지능 로봇은 인간이 자신의 지능을 어떻게 쓰느냐에 달린 셈이지요.

한번 상상해보았습니다. 미래의 어느 날 외계에서 미확인 비행물체를 타고 지구를 방문한 이가 있어, 지구인들이 뜨겁게 맞이하였는데 그가 영혼이 깃든 영성체가 아니라 어느 별의 외계인들이 제작한 인공지능체라면 실로 뜨악할 일이 되지 않을까 하고요.

| 중독 |

보통 중독[1]이라면 하게 되면 누구나 쉽게 떠올리는 것들이 있습니다. 알코올이나 도박 중독이 그렇고 마약 중독, 니코틴 중독 등을 연상하게 됩니다. 이런 중독군은 역사가 깊고 다수인이 연루된 것들입니다. 오래지 않은 이십 세기 후반에 새로 등장한 중독들이 있으니 쇼핑 중독, 게임 중독, 섹스 중독 그리고 일중독입니다. 이십일 세기에 급하게 생긴 것이 있으니, 아이까지 물들이고 있는 인터넷 중독과 핸드폰 중독입니다. 그 밖에 스크린 중독이란 게 생겨 퍼지고 있습니다.

이런 중독을 선도(仙道)의 관점에서 보게 되면 이는 우리 인간을 구성하고 있는 세 가지 본체인 영(靈)과 기(氣)와 그리고 육(肉)이 무언가에 오염되었거나 혹은 허해서 생기는 현상입니다. 이 가운데 도박 중독이나 일중독은 영의 문제로 가치판단, 정보체계가 오염된 것이며, 섹스 중독은 몸이 허하여 나타난 것이며, 그 밖의 것은 기의 문제로 빈 가슴으로 인하여 나타나는 증상이라 할 수 있습니다.

이런 중독을 해결하기 위해선 세 가지 차원의 접근이 필요합니다. 정보의 정리, 기운의 정화, 그리고 육체의 단련이 그것입니다. 어느 중독이 되었든지 세 차원에서 동시에 접근해야 중독 문제를 근본적으로 해결할 수 있습니다. 왜냐하면 우리의 영과 기와 육은 하나로 연결되어 있기 때문입니다.

이런 흔한 중독 이외에 사람들이 잘 알지 못하는 가운데 널리 젖어있는 중독이 있으니 그것은 바로 종교의 중독이나 돈의 중독이라 할 것입니다. 위에서 언급한 여러 가지 중독들 가운데 가장 고치기 힘든 중독은 아마 '종교' 중독이 아닐까 생각합니다. 본분을 잃거나 제 역할을 못하는 종교에 다수인이 매달리는 것이 저는 중독이라고 봅니다. 그리고 현대에서 가장 광범위하게

---

1 육체[몸]나 기체[기운]나 정신이 무엇인가 외부적인 요인에 심하게 의존하는 일이나 상태라 할 수 있습니다.

퍼진 중독은 아마도 남녀노소 대부분이 좋아하고 쫓아다니다 생긴 '돈' 중독이 아닐까요.

| 청주의 명암약수터 유원지에서 춤추던 분들 |

내 고향 충북 청주에는 한동안 청주시민의 사랑을 받던 유명한 약수터가 하나 있었습니다. 청주의 상당산성 입구에 자리한 명암약수터가 그곳입니다. 초등학교 다닐 때 소풍도 자주 가고 또 가족과 놀러도 가서 톡 쏘는 약수를 아주 귀하게 마셨습니다. 늘 찾는 이가 많아서 매번 줄서서 기다리다 떠먹곤 했습니다. 당시에는 형편상 다들 사이다 구경하기가 힘든 시절이었는데 그때 널리 회자되는 말이 있었으니 명암 약수에 설탕만 타면 사이다가 된다는 것이었습니다. 그 얘길 들을 때마다 신기하다는 생각과 함께 한번 약수로 사이다를 만들어 먹어보리라 마음먹었지만, 한 번도 그리하지는 못했습니다. 언제부턴가 쇳내로 인하여 약수를 식용할 수 없게 된지라 지금은 그렇게 하려고 해도 할 수 없게 되었습니다.

명암약수터 주변은 유원지이기도 하였는데, 그곳에서 아줌마들이 당시 유행하던 평이한 한복을 입고 어울려서 춤을 추는 모습을 여러 번 보았습니다. 축음기를 틀어놓고 둥글게 둘러서서 어깨춤을 추었는데, 그걸 보신 어른들 가운데는 부녀자가 대낮에 술 마시고 춤을 춘다며 매우 못마땅해하는 분도 있었습니다. 그땐 철없던 시절이라 그에 대해 별생각이 없었습니다. 문득 기억을 더듬어보니 당시의 모습에 대하여 나름 어떤 상념이 드는 것입니다.

우리 한민족은 예로부터 술 마시고 춤추며 놀기를 좋아했다더니 '아! 그때 그 아줌마들의 모습이 본래 우리의 본 모습이구나'라구요. 사실 예나 지금이나 술이나 노래, 춤에서 우리나라 사람들을 따라올 만한 민족은 그리 없다 여깁니다. 비록 당시 아줌마들의 춤이 전문가의 춤이 아니고 어디서 배운 춤도 아니었겠지만 핏속에 잠들어 있던 끼와 뇌 속에 들어 있는 신바람이 작동한 것이라 여겨지는 것입니다. 얼마 전까지 어디 놀러갈 때 흔히 이용하는 관광버스 안에서 질펀하게 노는 풍경을 한번 떠올려 보면 능히 이해가 가리라 봅니다.

그때, 열심히 어깨춤을 추었던 그 아줌마들은 지금 어디에서 어떻게 살고 계실까요. 벌써 사십여 년 전의 일이니 거의 80대 전후의 할머니가 되셨겠지만 그 신나던 날들을 회상하며 여전히 흥을 잃지 않고 살고 계시지 않겠습니까.

| 만화책과 만화방 |

내 지나온 삶에 만화책이 없었다면 그리고 만화방이 없었다면 어찌되었을까. 분명 어린 시절에 크나큰 즐거움의 하나를 누리지 못했을 것입니다. 제가 만화책을 제대로 손에 든 것은 대략 초등학교 저학년 때인 1970년대 초반이었던 것 같습니다. 누나가 어디선가 가져온 몇 권의 만화책을 본 것이 시초였습니다. 그 뒤로 저는 매일같이 동네 만화방에 출근하게 되었습니다. 당시 만화방에서 만화를 보려면 8권에 10원인가 했습니다. 만화 보는 데 드는 비용을 마련하기 위하여 아버지께서 근무하시는 직장으로 자주 찾아가곤 했습니다.

저는 만화방에서 무협 만화, 전투나 전쟁 만화, 공상과학 만화 등을 주로 보았고, 순정 만화 부류는 구미에 맞지 않아 거의 거들떠보지 않았습니다. 만화 보는 시간이 무엇보다 좋았고 즐거웠습니다. 그렇게 만화를 사랑하던 시절에 한때 저녁 늦은 시간에 만화방에서 인기 연속극인 '여로'라는 프로를 손님들에게 브라운관 티브이를 통해서 보여 주기도 하였는데, 저는 그 드라마를 한 번도 제대로 본 기억이 없고, 그 프로를 보느라 꽉 찬 손님들의 맨 뒤에 앉아 만화책을 슬쩍 더 꺼내 본 적은 있었습니다. 청주 대성로 변에서 영업하다가 이미 오래전에 없어진 그 단골 만화방의 주인님께 뒤늦게나마 이점 고개 숙여 사과드립니다. '주인님! 정말 죄송합니다. 무탈하게 잘 지내고 계시지요.'

저는 당시나 그 후로 제가 즐겁게 그리고 열심히 본 만화책이 죄다 우리나라 것으로 알고 있었습니다. 만화책의 글자가 모두 한글로 되어 있어서 다른 나라 만화책이라고는 짐작도 하지 못했습니다. 번역된 일본만화나 미국만화 등이 섞여 있었음을 아주 뒤늦게 알게 되었습니다. 그때 즐겨본 만화 중에 아톰이란 이름을 가진 로봇이 주인공인 공상과학 만화가 있었습니다. 불과 칠팔 년 전에야 아톰이 일본에서 사랑받는 일본 만화의 주인공이란 걸 알게 되었습니다. 신문이나 라디오 등에서 일본에서 로봇 아톰 탄생 몇십 주년 행사를 한다는 소식을 들은 것입니다. 근데 초등학교 다닐 때 외에는 그 뒤로 아톰이란 만화를 볼 수 없었고 수년 전에 영화나 CD로 나온 아톰이 있었지만 그 모습이 옛날에 보았던 모습과는 영 달라 보여 매우 실망스러웠습니다. 그래서 관련 영화나 CD를 보거나 사지 않았습니다.

초등학교에 다닐 때 가장 열심히 만화책을 보았고, 중학교에 들어와서도 만화방에 가곤 했는데 초등학생 때보다는 뜸해졌습니다. 교복을 입은 것이 마음에 걸려 만화방에 들어가는 것이 어쩐지 꺼려지는 것이었습니다. 그 뒤에 젊어서 취직하고 직장생활 초기 숙직하면서 자주 봤습니다. 저는 지금도 만화라면 사양하는 편은 아닙니다. 옛날처럼 만화방을 찾아가서 보거나 혹은 빌려서 보지는 않지만, 컴퓨터의 온라인상에서 가끔씩 보고 어디 사무실이나 업소 등에 들렀을 때 만화가 비치되어 있으면 틈이 나는 대로 보곤 합니다.

지지난해까지 그랬던 것으로 기억되는데 아주 가끔씩 만화방이 나오는 꿈을 꾸었습니다. 근데 꿈속에 나오는 만화방은 어찌된 일인지 시설이나 책이 제대로 갖추어져 있지 않고, 그나마 있는 만화책을 잘 보지 못한 가운데 아쉽게 그 꿈이 끝나고 맙니다. 어쨌든 내 삶 가운데 초등학교나 중학교 다니던

시절에 만화방에 다닌 것은 지금껏 내게 아주 즐겁고 행복했던 소중한 추억
으로 남아 있습니다.

제10장

일(一)

| 얼레리 꼴레리 |

우리가 선조로부터 물려받은 전통문화는 실로 풍부하고 다양합니다. 그 풍성한 전래 문화 가운데 빼놓을 수 없는 유산으로 욕 문화가 있습니다. 그리고 많은 욕 중에서 우리에게 아주 익숙한 욕 중의 하나로 '얼레리 꼴레리'를 꼽을 수 있을 것입니다. 이 욕은 얼[정신]과 꼴[모습]에 대한 욕입니다. 풀이하자면 사람이라면 사람다운 정신과 사람다운 모습을 갖추어야 함이 당연하나, 그렇지 못함을 비난하는 뜻을 가진 욕입니다.

이 전래의 욕을 통하여 우리 조상들이 예로부터 정신과 외모를 다 중시했다는 점을 짐작할 수 있습니다. 기성세대라면 어려서 이런 욕을 많이 해봤거나 들어 봤을 것입니다. 지금도 이 욕이 자라나는 어린 세대에서 잘 쓰이는지는 알 수 없으나 근래 제가 거의 들어보질 못했습니다.

다른 나라도 욕 문화가 이어지고 있겠지만 우리나라에서는 위에서 든 사례에서 보듯이 전래된 욕에조차 나름 깊은 뜻을 내포하고 있음을 알 수 있습니다. 욕 문화뿐만 아니라 아름답고 수준 높은 우리의 전통문화가 후대로 이어지고 더욱 사랑받기를 소망합니다.

| 술은 적당한 게 |

지나쳐서 뭐 좋은 게 있으랴마는 특히 지나친 술은 여러모로 좋지 않습니다. 술이 지나치게 되면 일단 몸을 버리기 쉽습니다. 돈도 없앱니다. 시간을 허비하게 합니다. 누군가 술을 지속적으로 과하게 한다면 까닭이 있을 것입니다. 왜 그렇게 연인처럼 혹은 원수처럼 마실까. 저는 그 이유를 대략 세 가지로 나누어 볼 수 있다고 생각합니다. 첫 번째는 먹고 살기 위해 부득이 마시다 보니 과음하는 경우입니다. 두 번째는 친구나 동료 등과 자주 술자리를 같이하며 어울리다가 보니 과하게 마시게 되는 경우입니다. 세 번째는 가슴이 허전하여 마시다 보니 너무 마시게 되는 경우입니다.

첫 번째의 경우는 어쩔 수 없는 측면이 있지만 이 경우에도 심신의 건강을 위하여 눈치껏 적당히 마시려는 노력을 게을리하면 안 됩니다. 두 번째의 경우는 타인과의 소통이나 외부에서 삶의 즐거움을 찾는 것으로 내 안에서 즐거움을 찾으면 술을 줄일 수 있습니다. 세 번째의 경우는 심각합니다. 중독이될 가능성이 아주 높습니다. 마음을 다스리는 수행이 필요합니다. 또는 봉사활동을 하거나 남에게 유익한 행동을 하여 빈 가슴을 채우는 게 바람직해 보입니다.

적당한 술은 정신건강이나 인간관계에도 도움이 됩니다. 술의 종류를 막론하고 때와 장소 그리고 주머니 사정에 맞게 적당하게 먹는 게 관건이라 할 것입니다.

| 기진맥진은 선도 용어의 하나 |

우리나라 민족은 스스로 하늘의 자손임을 아는 천손(天孫)족으로, 유구한 역사를 자랑하며, 수준 높은 선도(仙道)의 문화를 면면히 이어오고 있습니다. 그래서 우리가 흔히 쓰는 말 가운데 선도의 용어가 적지 않습니다.[1] 그 가운데하나가 기진맥진(氣盡脈盡)이라는 한자로 된 우리말입니다. 그 뜻은 '기운이 다하고 맥이 다 빠져 스스로 가누지 못할 지경이 됨'이란 뜻입니다. 또 흔히 힘이 없다는 말을 '기운이 없다'라고도 하지요. 선도에서 특히 중요시하는 것이

---

1 우리나라 고유의 선도는 유·불·선을 포함하며 신선도 혹은 풍류도라고도 합니다. 선도의 맥은 우리 민족의 시원과 함께 하여 왔으며, 고조선의 국자랑(國子郎)이나 고구려의 조의선인(早衣仙人), 신라의 화랑도(花郎道), 백제의 무절(武節)로 이어졌습니다.

기운이고 호흡입니다. 그래서 이런 말들이 나오게 되고 널리 쓰이게 된 것으로 보입니다.

또, '얼굴'이라는 말도 우리 선도 문화가 깊이 서려 있는 언어입니다. 얼이 드나드는 굴이란 뜻에서 이 말이 생겼습니다. 얼이란 정신 혹은 영을 말합니다. 우리 민족은 오래전에 뇌 속에 정신이 들어 있음을 알았기에 이런 얼굴이란 단어를 써온 것입니다.

우리 한민족이 이 땅에서 반만 년 이상 살면서 외래의 문화, 사상, 종교를 많이도 받아들이고 숭상하였으며 지금도 멈추지 않고 있으나, 그럼에도 불구하고 우리의 핏속에는 선도의 맥이 뛰고 있고, 가슴에는 웅혼한 민족혼이 살아 있으며, 뇌 속에는 이미 하느님이 내려와 있음을 깨닫고 이를 잊지 않고 있음은 참으로 다행한 일이 아닐 수 없습니다. 이는 인류 차원에서도 대단히 기쁜 일이라 여겨집니다.[1]

| 해적선에도 선장은 있습니다 |

해적선이나 무역선은 다 같이 너른 바다에서 거친 풍랑을 헤치고 예기치 않은 여러 위험에 대처하며 항해하기 마련입니다. 각 배에 탄 선원들은 자신을 비롯하여 가족을 먹여 살리기 위하여 각자에게 주어진 임무를 완수해야 합니다. 바다를 주 무대로 하여 일을 하고 이익을 꾀한다는 점에서 무역선이나 해적선이 상당히 유사합니다. 또한 각기 선장이 있다는 공통점이 있습니다. 무역선에는 상당수의 거친 선원들을 통솔하는 선장이 있듯이, 해적선에도 다수의 무지막지한 선원들을 부리는 선장이 있습니다.

---

1 우리 민족의 정체성을 나타내주는 대표적인 용어라 할 수 있는 천손(天孫)이나 선맥(仙脈)과 같이 말들이 우리 국어사전에 제대로 수록되어 있지 않거나 자세히 풀이되어 있지 않습니다. 국어사전에 외래어가 범람하고 있는 것과 대비되는 사실로 매우 안타까운 일이 아닐 수 없습니다.

두 배의 가장 큰 차이점은 이익을 얻기 위한 방편으로 무엇을 하는가에서 갈라집니다. 그 수단이 '무역업이냐 혹은 해적질이냐'입니다. 무역선의 선장은 보다 효율적인 무역을 통하여 막대한 이익을 남기려 하고, 해적선의 선장은 보다 신속한 비적질로 값비싼 금품을 보다 많이 차지하려 합니다.

이와 유사한 예를 정치 세계에서도 찾아 볼 수 있습니다. 이를테면 전제국가와 민주국가가 그렇습니다. 다 같이 영토와 주권과 국민을 가진 국가입니다. 다만 전제주의[1]가 지배하느냐 민주주의를 채택했느냐의 차이가 있습니다. 지도자들은 다 막강한 권력을 가지고 있는데 전자의 국가에서는 소수의 이익을 위하여 이를 행사하고, 후자의 국가에서는 다수의 이익을 위하여 이를 나누는 차이점이 있습니다. 이와 같은 예에서 볼 수 있듯이 겉보기에 상당히 달라 보이는 세상사도 속을 들여다보면 본질적으로 같은 요소들로 구성되어 있는 경우가 왕왕 있습니다.

| 세시풍속에 대한 단상 |

도시화가 본격적으로 이루어지지 않아서 농촌에도 사람이 제법 살던 지난 20세기 중후반까지는 그랬던 것 같습니다. 오월 단오나 정월대보름, 설날이나 추석 등 고유의 명절에는 연날리기나 그네뛰기, 씨름, 쥐불놀이 등 나름대로 다양한 세시풍속이 행해지고 설빔이나 추석빔 등을 사서 입기도 하였습니다. 산업화의 물결이 전국적으로 퍼진 20세기 후반 이후, 전래의 세시풍속은 봄눈처럼 사라지고 있습니다. 떡국, 오곡밥, 송편 등 명절 음식을 준비해 먹는 세시풍속의 일부가 그나마 명맥을 유지하고 있으나, 유구한 세월 동안 간직해온 종래의 많은 풍습의 상당수는 이제 주변에서는 보기 드문 일이 되었

---

1 국가의 권력을 개인이 장악하고 그 개인의 의사에 따라 모든 일을 처리하는 정치체제를 말합니다.

습니다. 아름답고 정겨운 우리 민족 고유의 세시풍속은 그 대부분이 이 시대의 모진 풍파를 이겨내지 못하고 역사의 뒤안길로 끝내 사라지게 되는 것일까요.

| 수술 |

첫 번째 수술은 초등학교 고학년 때에 받은 축농증 수술이었습니다. 제가 어릴 때부터 코가 잘 막혔는데, 보다 못한 어머니가 어느 날 학교가 파한 후 절 이비인후과로 데려가서 진단을 받게 했습니다. 진단 결과 저로선 처음 들어보는 축농증이란 병명이 나왔습니다. 첫 진단 후 의사의 권유로 곧바로 수술을 하게 되었습니다. 수술은 부분 마취를 한 후 코 안쪽의 뼈에 구멍을 뚫어 농을 제거하는 방식으로 했는데, 이 수술은 그 후 중학교 졸업하기 전까지 해마다 수차례씩 받은 것으로 기억됩니다.

다음으로 받은 수술은 축농증 수술을 받는 시기와도 겹치는 시기로 초등학교 5학년 때에 사내라면 대부분이 하게 되는 포경수술이었습니다. 시내의 모 병원에서 역시 부문 마취를 하고 이 수술을 받았습니다. 그날 수술 후 걸어서 집으로 돌아오는데 그 길이 평상시와 다르게 왜 그렇게 멀게 느껴졌던지 모릅니다. 그리고 집에 와서 시간이 지나 마취가 풀리는데 또 얼마나 아팠던지 한참이나 소리내어 울었습니다. 수술한 지 열흘인가 지나서 실밥을 뽑으러 병원에 다시 갔는데 의사인지 인턴인지 한 분이 수술 부위를 보더니 시키는 대로 하지 않고 잘못된 자세로 오줌을 누웠다고 막 야단을 치는 것이었습니다.

그리고 세월이 한참 지난 뒤 직장생활을 하던 40대 중반에 기흉이 발발하여 수술을 받게 되었습니다.[1] 병이 발발한 당일 낮에 대전에서 대학 동창 몇

---

1 여기서 기흉이란 폐에 구멍이 나서 안에 있던 공기가 빠져나가고 폐가 찌그러지는 질환을 말합니다.

명과 모임이 있었는데 좌석이 끝나고 돌아갈 즈음 갑작스레 폐에 아주 심한 통증을 느꼈습니다. 참으며 겨우 집으로 돌아왔는데 그 뒤 기침소리가 이상하고 폐에 통증이 남아있어 한의원에 가서 진맥을 하고 한약을 먹었습니다. 그런데 증세가 나아지지 않기에 청주 시내에 위치한 한 병원에 혼자 가서 진료를 받아보았습니다. 폐 엑스레이를 찍었는데 담당과 의사분이 인화된 사진을 보고는 기흉이라고 진단하면서 빨리 수술하지 않으면 죽을 수도 있다고 말했습니다. 그래서 곧바로 처에게 전화를 했는데 마침 받지를 않았습니다. 저는 당장 보호자도 없이 급하게 옆구리에 한 개의 구멍을 뚫는 시술을 받게 되었습니다. 시술 후 일반 병실로 가게 됐는데 어찌나 기침이 나고 가래가 끓던지 아주 고통스러웠습니다. 그때 어머니가 연락이 닿아 오게 되었고, 전 좀 더 큰 병원으로 옮기게 되었습니다. 그날이 토요일이라 옮겨간 병원의 응급실로 들어가게 되었는데, 거기서 당직의사로 보이는 분과 증세 등과 관련하여 잠시 대화를 나눈 후 마취를 하고 옆구리에 구멍 하나를 더 뚫었습니다. 시술 후에 중환자실에서 일정 기간 집중 치료를 받다가 일반 병실로 옮기게 되었습니다. 중환자실에 입원해 있는 동안 계속 가래가 끓고 입과 코에는 각기 호스를 하나씩 끼웠는데 이 또한 힘들고 불편했습니다. 아파서 눈물도 많이 흘렸습니다.

시술은 임시 처방이었고 본 치료를 위하여 수술을 받아야 했는데, 저는 기흉 수술을 청주에서 받겠다고 힘써 주장했으나 우리 어머니의 강력한 의지를 도저히 꺾을 수가 없었습니다. 하여 추가로 시술을 받은 청주 소재 병원에서 저를 진료한 해당 과 의사분이 소개해 주어 서울 소재의 동일 계열 병원에 입원하여 수술을 받게 되었습니다. 입원하여 며칠이 지난 뒤 수술 날짜를 받았습니다. 수술동의 수술실로 옮겨져 누워있자니 수술복을 입은 몇 분이 들어왔습니다. 그중 한 분이 기흉 수술 받는 부위가 어딘지를 확인했고 내 기분이

젊고 마르고 키 큰 사람이 잘 걸린다고 합니다.

어떤지를 물었습니다. 나는 수술 부위가 오른쪽이라 하고, 기분은 괜찮다고 말한 것으로 기억합니다. 바로 전신 마취에 들어갔고 그 뒤로 기억은 없습니다. 서울서 무사히 수술을 마친 후 한 주 정도 입원했다가 퇴원했습니다.

그때 여러 가지 보험을 들고 있었는데 입원 하루당 일만 원씩 나오는 것 외는 더 이상 지급되는 것이 없어 크게 실망하였습니다. 실손보험이란 것을 들지 않은 까닭이었습니다. 보험설계를 잘못한 것이지요. 오랫동안 여러 보험을 들고 있었는데 이에 대한 바른 이해가 없었다니 좀 한심한 일이기도 했습니다. 집을 지을 때 설계가 잘되어야 튼튼한 집을 지을 수 있듯이 보험도 설계를 잘 해야 무슨 일이 있을 때 필요한 도움을 받을 수 있으니 전문가의 도움을 받을 것을 권합니다.

나중에 아내의 말을 들으니 입원했던 서울에 소재한 그 병원에는 수술실이 아주 많이 있었고 수술환자가 수시로 들고 나서 무슨 공장 같다고 해서 놀랐습니다. 다시 생각해보니, 옛날 같으면 아마 저는 그때 이미 죽은 목숨이었을 것입니다. 그걸 생각하면 좀 더 열심히 그리고 성실하게 살아야 할 텐데 그러지를 못하고 들쭉날쭉합니다.

| 노예들은 누구인가 |

역사적으로 보면 아주 오래전부터 많은 나라에, 다수의 평민과 함께 소수의 노예와 귀족이 존재했습니다. 귀족의 건너편에 있었던 노예라는 존재는 과연 어떤 무게를 가진 것일까. 그리고 이 시대에는 어떨까. 귀족이나 노예처럼 사는 사람들이 남아 있을까. 이런 것이 문득 궁금해졌습니다. 그래서 잠시 더듬어 보았습니다. 평민은 차치하고 노예와 함께 그 대칭점에 있는 귀족에 대해서만 언급하여 합니다.

과거로부터 어느 나라의 귀족이건 그들의 대부분은 부나 권력을 쥐고 때론 존경과 원망을 받으면서 살아왔습니다. 이에 반하여 노예들은 자유와 권리를 박탈당하고 대부분 사람 취급을 못 받으면서 물건과 같이 사고 팔리는 존재로 살아왔습니다.

　놀라운 사실은 서로 상대편에 있는 두 신분이 그 외의 다른 계층도 마찬가지였지만 거의 대부분 그대로 대를 물린다는 것입니다. 똑같은 사람으로 태어나 누구는 귀족으로 살고 누구는 노예가 되었습니다. 그런 보편적 타당성이 없어 보이는 사유에 의해서 말이지요. 노예 신분을 갖게 된 이유는 이와 같이 핏줄에 의한 것 이외에도 국가 간 전쟁에 패하여 혹은 범죄의 대가로 혹은 노예상인의 인간사냥에 의하여 그리되었습니다.

　인간답게 살지 못하고 대부분 죽도록 일만 하다가 쇠약해지고 끝내 병들어서 죽어간 그네들의 희생, 노예들의 피와 땀과 눈물로 인류는 발전이란 것을 이루는 데 꽤 도움을 받았던 것으로 보입니다.

　중세부터 근대에 이르기 까지 특히, 서구인들이 세계 각지에서 죄 없는 멀쩡한 원주민을 수십만에서 수백만 명까지 거리낌 없이 노예로 만들어 부려먹고 팔아먹으며 학대한 사건은, 부정할 수 없는 역사적인 사실이고 부끄러운 진실이며 지금이라도 반성하고 용서를 구해야 할 현실입니다.

　근데 이런 서럽고 억울하며 힘겨운 삶들이 이미 이 지상에서 사라졌어야 할 터인데, 거룩한 종교를 믿고 위대한 인권을 말하며 세계평화를 부르짖는 이 광명의 시대에도 여러 대륙의 다수의 나라에서 많은 사람들이 저임금과 고노동, 기아와 질병, 인신매매 등에 시달리고 있는 것이 현실입니다. 또한, 거대한 부나 고위직을 대물림하는 경우가 왕왕 있는 것은 어떤가요. 이 시대에도 노예 같은 사람들과 귀족 같은 사람들이 여전히 공존하고 있다는 사실을 부인할 수 있을까요.

　현재 노예와 같은 삶을 사는 사람들이 더 이상 그런 삶을 살지 않도록 방법을 찾고 또 한편으로 지난 세월 스러진 수많은 노예들의 삶과 넋을 추모하고 반성하기를 희망합니다. 노예해방은 미국에서 시작되었지만 아직 끝나지 않은 과업으로 여겨집니다.

다른 공간에서 일어나는 일로 내가 그런 것이 아니고 나로 인하여 그런 것이 아니니, 나는 이런 불편한 현실에 대하여 눈감아도 좋은 것인가 하는 자책이 일순 일었다가 사라집니다.

| 말은 진위를 떠나 힘이 있습니다 |

지난 201X년 여름, 여러 대중매체가 한 사건으로 인하여 시끌시끌한 적이 있었습니다. 사건은 군대의 어느 부대에서 선임병의 폭행과 가혹행위로 인하여 한 병사가 사망한 일에 관한 것이었습니다. 보도에 의하면 당시에 직속상관이었던 가해자는 "내가 너에게 한 행위를 아무에게도 알리지 말라. 그러면 너희 부모가 다친다"라는 취지의 말을 후임병에게 여러 차례 말했다고 합니다. 그 말 때문에 후임병은 상관은 물론 부모에게 조차 제대로 말을 하지 못하고 그대로 가혹행위 등을 당하다 결국은 불행한 일이 생긴 것으로 조사 결과 밝혀졌다는 것입니다. 결국 그 협박하는 말에 주눅이 들어 일이 그 지경에 이르렀습니다. 오히려 적극적으로 부모에게 말하고 부모의 신고로 이어졌더라면 그런 가혹행위 등은 종지부를 찍을 가능성이 훨씬 높았을 것입니다. 진위에 관계없이 말이 굉장한 힘을 가진 불행한 사례로 볼 수 있습니다.

저도 말 폭력과 관련한 경험을 한 적이 있습니다. 청주의 모 초등학교 다니던 때의 일입니다. 평소와 다름없이 혼자 등교하다가 골목길에서 그만 동네 불량배와 딱 마주쳤습니다. 그 불량배가 나에게 조용히 말했습니다. 네가 가진 돈 다 내놓으라고. 나는 가진 돈이 없다고 하였습니다. 그랬더니 그는 만약에 가방을 뒤져서 돈이 나오면 10원에 한 대씩이라고 말하며 겁을 주는 것이었습니다. 그때 혹시나 가방에서 미처 내가 몰랐던 돈이 나오면 어쩌나 맞을 텐데 하고 순간 진짜로 겁을 집어먹었었습니다. 말만 듣고 두려움을 갖게 된 것입니다. 이렇듯 말에는 사람을 얽어매는 크고 작은 힘이 있습니다.

그때 용케 가방까지 뒤지는 일은 생기지 않았습니다. 그리고 그 일은 그 뒤로 오랫동안 잊고 지냈습니다. 어쩌다 친구나 지인 간에 어린 시절에 겪은, 이와 비슷한 일에 관한 얘기가 나오면 두려움을 잠시 느꼈던 당시의 일이 생각납니다. 아마 당시 큰일을 겪지 않아 트라우마까지는 가지 않은 모양입니다.

말과 관련하여 그 위력을 말해주는 속언도 꽤 있습니다. 그 가운데 '혀끝을 조심하라'라는 말이 있습니다. 많이들 들어 보셨을 것입니다. 이 속언의 의미는 한 번 내뱉은 말은 다시 주어 담을 수 없고 그 말에는 힘이 있으니 애써 말을 조심하라는 뜻이라고 여겨집니다.

따지고 보면 말은 형식이고 기실 위력을 발휘하는 것은 말에 담긴 정보입니다. 그 정보의 성격은 개인적인 의견이거나 집단적인 의사일 수 있고 어떤 사실이거나 예측일 수 있는 등 아주 여러 가지입니다. 그 정보가 말의 형태를 띠고 타인에게 전달되어 영향력을 발휘합니다. 말의 힘은 곧 정보의 힘인 셈입니다. 여기서 말의 의미를 새롭게 해석한다면 '사람의 입을 통하여 갖가지 정보를 음성으로 표출하는 행위'라고 할 수 있다고 봅니다.

사람과의 관계 속에서 우리는 매일 때론 작고 때론 큰 힘을 가지고 있는 말이라는 것을 하면서 살아갑니다. 늘 하는 게 말이고 그 말에 이토록 힘이 있다니, 말을 입 밖에 내기 전에 한 번 더 생각하고 말을 한다면 말로서 능히 나와 남을 이롭게 할 수도 있을 것입니다. 또 남이 하는 말을 주의 깊게 듣는다면 상대방의 뜻을 왜곡하는 일이 없겠고 혹여 상대방이 거짓된 말을 한다 해도 이를 어렵지 않게 간파할 수 있지 않을까요. (제가 무심코 한 말로 인하여 상처받은 모든 분들에게 이 자리를 빌어서 진심으로 사죄드립니다. 정말 미안합니다. 부디 해량하여 주시기 바랍니다.)

 이십 대 후반부터 직장생활을 시작했습니다. 직장에 다니면서 근무지를 옮기거나 상사분이 바뀌기도 하면서 근무했고 현재는 중간 계층으로 후배 직원들을 이끄는 자리까지 오게 되었습니다. 모든 직장이 그렇겠지만 저 또한 직장에 다니면서 크고 작은 일을 많이 겪었습니다.

 아무래도 첫 부서와 처음 모신 직속상관은 잊을 수 없을 것 같습니다. 저의 첫 부서는 농촌 지역에 위치해 있었는데 사람들이 정이 많았습니다. 제가 모셨던 첫 직속상관은 담당했던 업무에 대하여 늘 같은 지침을 반복하여 말씀하셨고 업무 처리에 관하여 어떤 의견을 주는 경우는 드물었던 것 같습니다. 직장에서 갖게 되는 근무 태도는 첫 상급자에게 배운 대로 한다는 말이 있는데, 그동안 직장생활하면서 겪은 바에 의하면 그 말이 대체로 맞는 것 같습니다. 제가 그와 같은 경우에 해당된다는 말씀은 아닙니다.

 직장생활하면서 무엇보다 중요한 것은, 같이 근무하는 직원과의 인간관계이고 그것은 내가 할 탓이라는 것을 깨닫는 데 적지 않은 시간이 걸렸습니다. 이제 동료들과 긴밀히 소통하고 한마디라도 배려해서 하기 위해 고민하면서 근무하고 있습니다. 부하직원에 대해서는 작은 일도 찾아서 칭찬하거나 일을 친절하게 가르쳐 주려 하는데 쉽지는 않습니다. 인간관계와 함께 직장생활의 한 축인 업무 측면에서 중요한 면은 늘 배우고 때로 익히며 맡은 바 임무에 성실함이 기본적인 자세임을 알게 되었습니다. 적기의 적법한 업무처리 또한 빼놓을 수 없습니다. 그 밖에 외부적으로 중요한 점이 내부의 인간관계와 마찬가지로 고객과의 대화이고 소통임을 절감하고 있습니다.

| 짜장면과 탕수육 |

중국집에 가서 짜장면을 처음 먹은 것이 중학교 다니던 시절인지 중학교 졸업하고인지 그랬습니다. 짜장면은 직장생활을 시작하기 전까지는 그리 자주 대하는 음식이 아니었습니다. 탕수육도 마찬가지입니다. 지금 50대 이상 되신 대부분의 분들에게 어릴 적 짜장면은 무척이나 귀하고 인기 있는 메뉴였을 것입니다.

지금도 저는 기회가 되면 짜장면, 그 가운데 간짜장을 즐겨 먹습니다. 중식집에 못 가면 집에서 인스턴트 제품으로 대신하는 경우도 종종 있습니다. 어릴 적에 먹고 싶었고 자주 접하질 못해서 그런지 좀처럼 질리는 법이 없는 것 같습니다. 다만, 전에는 짜장면을 사먹으면 소화가 잘 되었는데 근래에는 좀 그렇지를 못하여 그게 한 가지 불만이라면 불만입니다.

| 기적은 일상적입니다 |

우리가 먹은 밥이 똥이 되고, 그 똥이 썩어 거름이 되고, 그 거름이 논밭의 벼를 키우고, 또 다시 쌀이 되고 밥이 되는 것이 기적입니다.

가뭄이 들어 강물이 말라도 바닷물이 마르지 않음이, 뜨거운 사막이 시원한 오아시스가 함께 존재하고 있음이 기적입니다. 피로 연결된 조상이 있어 우리가 태어나고, 다시 후손으로 이어지는 것이 기적입니다.

한[하나, 근원]에서 하늘이 나오고, 하늘을 바탕으로 땅이 생기고, 하늘과 땅을 기반으로 사람이 출현한 것이 기적입니다.

내가 생사를 넘나들며 존재하고 있으며, 이 생애를 살고 있고, 지금 이 자리에서 무언가를 하고 있음이 기적입니다.

누군가의 정성이 사람을 감동시키고, 그 마음이 간절하여 세상을 변화시키며, 그 간절함이 지극하여 하늘을 움직이게 함이 기적입니다.

사람이 세 가지의 공부를 통하여, 내 안에서 영과 혼이 하나 되어 스스로 나를 구원하는 것이 기적입니다.[1]

사랑과 미움, 만남과 이별, 건국과 멸망, 믿음과 배신, 탄생과 죽음, 고통과 슬픔, 진화와 성장, 잠과 숨, 모유수유와 자장가, 중독과 해독이 다 기적입니다.

태양이 활활 타오르다가 훗날 적색 거성이 되어 지구를 삼키고, 종국엔 왜성이 되는 것이 기적입니다.

지구가 하나의 생명체로 살아 숨 쉬고, 인류와 더불어 공동운명체로 살아가고 있음이 기적입니다.

사랑하지 않는 남녀 사이에도 아이는 생기고, 냉동 보관된 생면부지의 난자와 정자가 수정되어 새 생명을 이루는 것도 기적입니다.

성인과 범인, 흑인과 백인, 남녀와 노소, 동물과 식물, 생물과 사물에게 해와 달과 별이 고루 비추고, 똑같은 중력이 작용하며, 하늘이 차별 없이 비와 눈을 선사함이 기적입니다.

매일 내가 가족과 함께할 수 있음이나, 날마다 홀로 외로움에 몸부림치는 것도 다 기적입니다.

숱한 기적 가운데는, 사람들의 각별한 노력으로 이루어지는 특별한 기적도 있으나, 일상적으로 일어나는 수많은 기적이야말로 사람들에게 보다 의미 있고 소중합니다. 세상에 보석은 드물고 물은 흔하되, 보석보다 물이 훨씬 더 귀한 것처럼 말이지요.

아주 작은 미립자에서 아주 큰 은하계에 이르기까지 그 안에서 일어나는 모든 현상과 온갖 작용이 다 기적입니다. 그리고 모든 기적 안에는 신의 놀라운

---

1 세 가지의 공부란 원리공부, 생활공부, 수행공부입니다. 선도에서 말하는 사람이 평생 해야 하는 공부입니다. 영과 혼이 하나 됨이란 내안에서 일어나는 분리된 영과 혼의 만남을 말하며 이는 달리 신인합일 (神人合一)이라고도 합니다.

섭리가 내재되어 있습니다. 신의 섭리란 다름 아닌 온 우주의 법칙과 질서입니다. 위대한 신은 이미 내 안에도 내려와 있습니다.

| 더 이상의 신체 노출은 아니 되옵니다 |

지난 60년대 후반 한 여가수가 처음으로 미니스커트를 입고 미국에서 귀국한 이래, 신체의 노출수위는 줄곧 높아져왔습니다. 생각건대 공개된 장소에서의 남녀와 노소 그리고 미추를 불문하고 더 이상의 신체 노출은 곤란하다고 봅니다. 신체 노출이 여기서 더 나아간다면 인체의 신비감이 사라져 더 이상 이성에 대한 관심이나 호기심이 영영 사라질지도 모릅니다.

물론, 대륙 곳곳에서 원시림을 근거지로 하여 예로부터 현재까지 벌거벗고 사는 여러 원주민들 간에, 이성에 대한 동경이나 애정이 식었다는 말을 아직 듣지는 못했습니다만. 그럼에도 불구하고 그런 우려가 듭니다.

| 세상의 변화는 나로부터 |

많은 사람들이 세상의 변화를 원합니다. 세상이 지금보다 더 풍요롭고 평화롭기를 바랍니다. 환경이 더욱 아름다워지고 건강해지길 바랍니다. 나라의 경제가 발전되고 아이들이 늘 행복하길 원합니다. 이는 누구에 의하여, 어떤 일을 함으로써 가능할까요.

흔히 생각하는 것처럼 사회와 국가를 포함한 세상의 바람직한 변화가 막강한 권력을 갖고 있는 지도자로 인하여 혹은 강력한 신권을 갖고 있는 성직자 등에 의하여 가능할 것 같지만 이러한 지도층의 의지와 행동은 일조를 할 뿐입니다. 실상은 작은 힘을 가진 각 개인들에 의하여 바람직한 변화가 시작되고 그러한 개인들의 합심에 의하여 변화가 이루어집니다. 전 그리 생각합니다.

그렇다면 바람직한 세상으로의 변화를 위한 개인의 역할은 무엇인가. 각 개인의 의식과 습관의 변화입니다. 높은 의식과 합리적인 습관으로의 진화가 필요합니다. 내가 바뀌지 않고서 세상의 변화를 원하는 것은 바람직하지 않으며 또한 가능하지 않은 바람입니다. 각 개인의 정신과 행동양식이 중요하며, 개인 가운데 하나인 내가 제일 중요합니다. 다시 말하거니와 나는 단지 개인으로서 힘없는 하나의 개체인 것 같지만 그렇지 않습니다. 무한한 힘이 내재되어 있는 세상을 통틀어 단 하나뿐인 소우주입니다.

근데, 역설적이게도 나를 바꾸기가 쉽지 않습니다. 사람이 하기에 가장 어려운 일이 '극기'라고 부처님께서 말씀하신 바 있습니다. 나를 이기는 것이 가장 힘들다고 말씀하셨습니다. 내가 우주일진데 이를 바꾸는 일이 어디 그리 쉽겠습니까.

내게 가장 강력한 영향력이 있는 부모나 배우자, 스승이나 혹은 종교 지도자조차도 나의 바람직한 변화를 이끌어주고 도와주는 역할을 할 뿐입니다. 그 역할은 무척이나 중요하고 결코 작다고 말할 수 없으나 그럼에도 분명한 한계가 있습니다.

나는 내가 아니면 그 누구도 바꿀 수 없습니다. 나의 순간순간의 바람직한 생각과 선택, 그리고 이의 실행이 나를 진화시키고 성장시키는 변화를 가져옵니다. 그리고 이런 변화를 멈추지 않고 지속할 때, 비로소 세상이 변화하는 데 영향을 주기 시작합니다. 흡사 나비효과처럼. 놀랍지 않습니까. 만일 자신을 변화시키려는 자신과의 싸움에서 번번이 실패한다면 새로운 길을 찾으십시오. 찾으면 길은 어딘가에 있습니다. 뜻이 있는 곳에 길이 있다고 했으니까요

| 아기들은 신이 인간의 몸을 빌어 만든 작품이라서 |

아기들은 볼수록 신기합니다.

아기의 고운 눈망울은 신성이 담긴 맑은 영혼의 빛으로 언제나 반짝거립니다.

꼼지락거리는 몸에는 율려[1]가 깃들여 있어 우주와 더불어 공명합니다.

조그만 뇌에는 원시정보가 담뿍 실려 있어 원하는 사람이 되고 바라는 바를 이루게 됩니다.

사랑에는 기꺼이 웃음으로 화답하고 미움에는 곧바로 눈물지어 응답합니다.

아기들은 보이지 않는 기운의 끈으로 하늘과 땅과 연결되어 있기에 배로 호흡하며 머리로도 숨이 들고 납니다.

배가 고프면 젖을 달라며 보채고, 몸에 생긴 오줌똥은 자유롭게 세상으로 배출합니다.

무엇이든 보거나 듣거나 배운 대로 따라하며 느낀 대로 반응합니다.

자라면서 그 모습과 생각과 행동이 점차 어른들을 닮아 갑니다.

태어날 때 피부색이 홍옥 빛을 띠었거나 살구색이거나 흑진주 색깔이거나 혹은 에메랄드 빛깔이거나 아무런 상관없이 아주 똑같이 그러합니다.

아기들은 신이 인간의 몸을 빌어 만든 작품이라서 하나같이 신기할 수밖에 없나 봅니다.

---

1 율려(律呂)란 모든 우주만물이 태어나는 생명의 근원. 창조의 근원을 말합니다. 모든 생명은 이 율려 속에서 태어나 살아간다고 합니다.

| 감정노동자와 얼굴 없는 고객과의 대화 |

사람 사는 세상이 복잡·다양화되면서 사람이 갖는 직업도 따라서 그리되고 있습니다. 없어지는 직업이 없지 않으나 새로 생기는 업종이 훨씬 많다고 합니다. 직업에는 노동이 따르기 마련인데 직업이 다양화되면서 노동도 다양한 형태를 띠게 되었습니다. 20세기 들어 노동 형태의 하나로 감정노동이란 것이 생겼습니다. 서비스업 대부분은 자신의 실제 감정을 억지로 조절해야 하는 감정노동에 해당된다고 합니다. 그렇게 본다면 우리나라에서 감정노동에 종사하는 사람이 천만을 넘게 됩니다.

감정노동자 가운데 특히, 콜센터 직원과 같이 얼굴을 볼 수 없는 고객과 상대하는 직업군의 경우에 심각한 문제가 생기고 있습니다. 누군지 직접 볼 수 없고 어디에 사는지 모른다고 하여 막말이나 술주정 혹은 성희롱 등을 하여 감정노동의 피로도를 높이고 노동자의 인격을 무시하는 등이 그에 해당합니다. 장시간에 걸쳐 혹은 상습적으로 이를 반복하는 경우는 더욱 악질이라 할 것입니다.

눈에 보이든, 보이지 않든 간에 감정노동자를 괴롭히는 고객행위를 근래 사회적으로 불편한 이슈가 되고 있는 슈퍼 갑질의 하나라고 보아도 될까요. 감정노동자에게 높은 스트레스를 주는 고객은 소수에 불과할 것이라 믿고 싶지만, 다소 여부를 떠나 이런 몰상식한 고객에 대해서는 해당 근로자뿐만 아니라 소속된 직장에서도 단호하게 대처해야 될 것으로 보입니다. 또한 실명 아닌 익명으로 인터넷 상에서 상대방이나 일반대중을 대상으로 막말을 쏟아내는 경우도 위의 사례와 별반 다르지 않다고 봅니다.

| 우리 집 작은 딸과 놀아주기 |

막내딸이 어렸을 때, 그러니까 초등학교 들어가기 전 일입니다. 딸아이의 나이가 몇 살인자 정확하게 기억은 나지 않으나 퇴근 후 저녁때, 사는 데서 가까운 공동주택 내에 위치한 어린이 놀이터에 함께 놀러가곤 했습니다. 거기서 같이 미끄럼을 타고 그네를 뛰기도 했습니다. 노는 시간이 어느 정도 지나면 나는 재미도 없고 지루하여 얼른 집에 들어가고 싶은데 우리 딸아이는 계속 놀고 싶어 하는 것이었습니다. 한번 놀러 나오면 이 녀석은 도무지 집에 갈 생각을 하지 않는 것이었습니다.

막내딸은 또 실내에서는 안방에 놓인 침대 위에서 나랑 뛰어 노는 것을 좋아했습니다. 난 그때마다 이 놀이가 언제 끝나나하고 속으로 생각했습니다. 그리고 이 녀석이 제 언니랑 놀아야지 왜 나이 든 아빠랑 노는지 이해가 잘 가지 않았습니다. 언니랑 놀라고 말해도 이 말에 대해선 전혀 반응이 없었습니다.

저녁에 딸아이들이 누워있을 때는 동화책을 읽어주기도 했는데, 책은 큰 딸아이에게 조금 더 읽어주었던 것 같습니다. 지금 생각하면 아이들에게 책을 보다 많이 읽어주었어야 했는데 그러질 못했습니다. 아이들이 어렸을 적에 아주 신나게 원하는 시간만큼 같이 놀아주고 즐거운 마음으로 보다 많은 책을 읽어주었으면 좋았을 것을 하고 지금 후회하고 있습니다.

듣자니 아이가 자라면서 관심사항이나 요구내용이 달라지는데 때를 놓치지 않는 것이 중요하다고 하죠. 또 아이들의 충족되지 않은 욕구는 시간이 지나도 그대로 남는다고 합니다. 혹시 자녀분이 강보에 싸였거나 초등학교 취학 전이라면 살림살이나 직장생활로 피곤하시겠지만 책장을 넘겨가면서 열심히 동화책 등을 읽어주시거나 혹은 같이 책을 보시면 좋을 것 같습니다. 수많은 책 가운데 어떤 동화책이 좋으냐고 물으신다면 제 기준은 그렇습니다.

내가 감동받고 재미있다고 생각하는 책이 좋은 책이라고 봅니다. 부모가 재미나게 읽어줘야 아이들에게 그 에너지가 전달되어 더 좋아하죠. 또 아이들이 함께 놀기를 원할 때 바쁘지만 시간을 내서 같이 놀아주면 나중에 저처럼 후회할 일이 크게 줄어들 것입니다.

그러고 보니 그때나 지금이나 저는 좋은 아빠가 못 됩니다. 아니 그때보다 지금이 오히려 더한 것 같습니다. 아이들과 대화하는 시간이 종전보다 줄어들었고, 주말이나 언제 시간을 내서 어디 같이 밖으로 나가는 일도 더 드물게 되었으니 말입니다. 그래도 아이들이 어렸을 적에는 그런대로 여기저기 꽤 놀러도 다녔는데, 이젠 일 년에 한두 번 휴가철에 어디 갔다 오는 게 고작입니다.

| 아프리카의 푸른 숲이 사하라 사막과 피라미드로 |

세계지도상에서 아프리카 대륙을 찾아보면 대륙의 북쪽 지역 대부분이 사하라 사막입니다. 저는 검은 아프리카 대륙에 아주 오래전부터 이 사막이 자리하고 있는 것으로 알고 있었습니다. 그렇지 않다는 것을 근래에 들어서 알게 되었습니다. 이 사하라 사막이 과거에는 아프리카의 여느 지역처럼 산림이 울창했었다는 겁니다. 울창했던 숲이 모래나 자갈로 된 사막으로 바뀌게 된 것은 고대부터 중세까지의 이집트에서 벌인 대규모의 토목공사 때문이었다고 합니다.

이 토목공사는 다름 아닌 이집트의 제왕인 파라오의 무덤인, 세계적으로 유명한 피라미드를 축조한 공사를 말합니다. 당시 이집트는 광활한 영토와 인구를 가진 큰 나라로 아프리카에서뿐만 아니라 세계적으로도 강국이었습니다. 막강한 국력을 바탕으로 세기의 토목공사를 벌이면서 울창한 산림의 나무를 엄청나게 벌채하게 된 것이지요. 피라미드를 축조하고 돌을 나르고 길을 닦는 데 나무가 많이 소요되었다고 합니다.

토목공사를 벌여 울창했던 아프리카의 푸른 숲이 황량해지면서 드넓은 대지는 내리는 비를 머금지 못하고 바다로 흘려보냈고 이로 인하여 사하라사막이 형성되었던 것입니다. 아프리카 북쪽에서 광활한 푸른 숲이 사라지고 피라미드와 사막이 남은 셈입니다. 사하라 사막은 아프리카 대륙의 1/3쯤 된다고 하니 얼마나 넓은지 짐작이 가지 않습니까.

이와 같은 어마어마한 사막의 출현은 한 왕국이 꾼 한바탕 꿈이 빚어낸 일이라고 해야 할까요. 그 한바탕 꿈이란 육신의 영생불멸과 부활이란 아직까지 확인 불가한 염원이고요.

| 서민들의 고달픔 |

옛날에는 없으면 안 쓰고 버티는 수가 있었지만, 지금은 그게 사실상 쉽지 않습니다. 통신비용 비싸다고 공중전화나 집전화만 쓸 수 없습니다. 아이가 브랜드 있는 신발을 신고 싶어 하는데 언제까지나 외면할 수 없습니다. 바쁜 세상이 되어서 중고차라도 끌어야지 차 없으면 활동조차 제대로 하기 힘듭니다. 장사가 안 된다고 임대료를 내 맘대로 내릴 수가 있습니까. 아니면 형편이 어렵다고 전세금 등을 묶을 수가 있는 세상입니까.

사회가 나날이 발전하고 경제가 눈부시게 성장하며 또한 세상이 보다 편리하고 아름답게 변화하고 있는 듯이 보이나, 여전히 많은 사람들의 삶은 그리 녹록지 않아 보입니다. 어떻게 하면 언제쯤이면 서민의 고달픔이 줄어들고 그 고단함을 과거의 추억으로 삼을 수 있게 될까요.

| 호박에 줄 긋기 |

호박에 줄 긋는다고 수박이 되지 않는 것처럼, 반대로 수박에 있는 줄 지운다고 호박이 되지 않습니다. 줄을 긋거나 지워서 겉모습을 비슷하게 꾸며도, 수박이나 호박의 내용물은 그대로입니다. 호박이나 수박이 갖고 있는 본래의 맛, 성분이나 먹는 용도가 바뀌지 않습니다. 이는 사람이나 사물의 경우에도 비슷하다고 봅니다. 눈으로 보이는 외모나 형태를 바꾼다고 내면이나 콘텐츠까지 바뀌는 일은 좀처럼 일어나지 않습니다.

| 필요악 |

이 세상에 오르지 선한 것만 있으면 좋을 텐데 그렇지가 못합니다. 선한 것과 더불어 악한 것이 존재하고, 더불어 필요악이란 게 어디를 가든 있습니다. 사람 사는 세상에 필요악이 존재하는 이유는 사람에게는 누구나 할 것 없이 몸이란 것을 가지고 있기 때문입니다. 이 몸이 그것을 원하기 때문입니다. 흔하고 대표적인 필요악으로 술이 있고 담배가 있습니다. 또 불법으로 규정된 성매매도 있습니다.[1]

술 담배 등과 같은 필요악을 악으로 규정하고 이를 아예 없애기 위해서 각 나라나 지자체에서 제도나 처벌을 강화하는 경우가 종종 있어 왔습니다. 하지만 필요악은 개인이 취향이나 신념에 따라 멀리하는 수는 있으나 일반적으로 몸이 워낙 강하게 원하기 때문에 쉽사리 줄이거나 없앨 수 있는 대상이 아닙니다. 하여 그런 노력은 실패를 거듭해왔습니다.

만약에, 이런 필요악을 진짜로 불필요하고 불건전하며 불이익한 것으로 여

---

1 필요악의 종류나 쓰임새는 다양하지만 여기서는 일반적으로 흔하게 거론되는 몇 가지에 한정하여 살펴보고 있습니다.

겨 완전히 뿌리를 뽑고자 한다면, 어렵긴 하지만 방법이 아주 없는 것은 아닙니다. 그것은 각 개인의 의식 수준을 확 높여, 몸을 확실히 지배하는 수준으로 만든다면 가능합니다.[1]

한데 사람이 가진 의식을 일정 수준까지 끌어올려 성장시키는 일은 실로 많은 시간과 노력, 그리고 정성이 필요합니다. 결단코 쉽지가 않습니다. 그러니만큼 실제적인 어려움을 고려하여 필요악을 억지로 없애려 하기보다는, 지나치지 않도록 정부나 의료계, 언론이나 단체 등에서 홍보·지도하거나 혹은 스스로 절제함이 보다 현실적이고 가능한 일이라 하겠습니다.

| 하룻밤을 자도 만리장성을 쌓는다 |

저는 이 속담을 줄곧 '남녀 간에 하룻밤을 지내도 정분이나 사랑이 깊으면 만리장성처럼 아주 굳건한, 변치 않을 사이가 될 수 있다'라는 말로 이해하고 있었습니다. 이 말을 인터넷 사전을 찾아보면 그 의미가 제가 이해하는 것과 유사하게 나옵니다.

근데 이 말을 인터넷 블로그에서 검색해보니 그 유래는 사뭇 다르게 나왔습니다. 과거 중국의 진시황 때 어떤 남자가 유부녀와 애틋하게 하룻밤을 같이 보냈는데 그것으로 인하여 그 남자가 그 여자의 남편을 대신하여 평생 만리장성을 쌓게 된다는 고사로 나오는 것이었습니다. 단 하룻밤을 잘못 자서 일생을 고역에 시달렸다니 생각만 해도 아주 끔찍한 일이 아닐 수 없습니다.

언어라는 것이 시대에 따라 의미가 종종 변하듯이, 이 속언도 당초 생겼을

---

1 선도에서는 이와 같은 의식 수준을 무사지(無思知)라고 합니다. 사람의 의식 수준을 아홉 단계로 봤을 때 여섯 번째에 해당되는 매우 높은 단계입니다. 밝음과 어두움, 있다와 없다 등 상대적인 세계가 사라진 상태이며, 사사로움에 매이지 않는 단계라 할 수 있습니다. 아홉 단계는 초지, 입지, 정지, 명지, 영지, 무사지, 대명지, 대령지 그리고 천화를 말합니다. 사람의 의식이 아홉 단계를 차례로 거치면서 성장하는 법을 천화구진법(天化九進法)이라고 합니다. 이는 영혼의 진화 단계이기도 합니다.

때의 의미가 후대에 와서 달라진 경우로 보입니다.

똥누고 밑을 닦지 않으면